故事会

2013 · 63

合订本

STORIES

上海故事会文化传媒有限公司　出品

图书在版编目（CIP）数据

2013《故事会》合订本. 63 / 《故事会》编辑部编. —— 上海 ：上海锦绣文章出版社，2014.1
ISBN 978-7-5452-1430-7

Ⅰ. ①2… Ⅱ. ①故… Ⅲ. ①故事－作品集－中国－当代 Ⅳ. ①I247.8

中国版本图书馆CIP数据核字(2013)第207137号

责任编辑：顾　诗
封面设计：王怡斐
责任督印：张　凯

2013故事会合订本63
《故事会》编辑部　编
上海锦绣文章出版社·上海故事会文化传媒有限公司出版
地址：上海绍兴路74号
电子信箱：gushihui@263.net
网址：www.slcm.com
中国图书进出口上海公司发行
地址：上海市广中路88号
电话：36357888
ISBN 978-7-5452-1430-7/I·557

547
2013
SEMIMONTHLY
下半月刊
11月
STORIES

欢迎登录本刊主办的"故事中国网"（www.storychina.cn）

2013年11月
下半月刊·绿版

社 长·主 编：何承伟
副社长：夏一鸣
常务副主编(兼绿版负责人)：吴 伦
副主编(兼红版负责人)：姚自豪
本期责任编辑：刘迎曦
电子邮箱：liuyingxi1203@163.com
绿版发稿编辑：
朱 虹 黄美舟 颜轶超 陶云榴
美术编辑：王怡斐
电脑制作：郭瑾玮
本社办公室电话：021-64375030
上半月刊编辑部电话：021-64310547
下半月刊编辑部电话：021-64336469
（上海市绍兴路74号 邮编：200020）
主管：上海世纪出版集团
主办：上海故事会文化传媒有限公司
出版单位：《故事会》编辑部
发行范围：公开

出版、发行总监：张 凯
电话：021-64313938
广告业务：上海故事会文化传媒有限公司
广告总监：张 淮
广告业务：021-34010383
广告投诉：021-64333738
广告经营许可证
沪工商广字3100320080016号
发行：中国图书进出口上海公司

第一次

有对新婚小夫妻，原先什么家务活都没沾过手，婚后却决定自己下厨。这天两人买了条活鱼回家。

老公把鱼死死按在砧板上，却不知如何下手。老婆见状吼道："你出去，看我的！"

谁知老公等了好半天，只听见厨房里传来水花"噼啪"声，他探头一看。只见老婆双手把鱼死死按在水底，狠狠说了句："等我把它淹死了再杀！"

（刘之之）

（本栏插图：包丰一）

换地方

一个人到朋友家玩，见小区门口那儿挂着条横幅，上头写着：抓住小偷奖励1000元。

这人立刻不平起来，跟朋友抱怨说："还是在你们小区抓小偷合算，我们小区抓一个才奖500元呢。"

没想到那朋友听了，脱口而出："嗨，那还不简单。下回你逮到小偷，送到我们小区来呗！"

（杨 洋）

路灯太少

某所大学，治安不太好。最近一天晚上，竟然有一对学生情侣在校园的小湖边被抢劫了！

家长闻讯赶来，指责校方说："都怪你们在湖边装的路灯太少，才会有社会闲杂人等，敢在那儿对学生下手。"

谁知校长听了，无奈地回复说："唉，装了也没用。有路灯的地方他们也不爱去啊。"（佳 佳）

止咳药

这天，医生的助手犯了个错。医生批评道："我明明让你给病人开止咳药，可你竟然给人家开了瓶泻药。"

谁知助手竟委屈道："可他不也没再咳嗽了么？"医生气得哭笑不得，说："再咳就要拉了，人家还敢咳吗？"

（丁 当）

歇会儿再骂

夏天夜里，小区断水断电。居民们围着物业骂个不停。这时，物业发现有个外国人，一声不吭站在那儿，赶紧安抚道："大伙儿冷静点嘛。看看这位外国友人多有素质啊。"

谁知那外国人操着一口流利的普通话，吼道："我住在20楼，跑下来累了，歇会儿再骂你！"

（胡明明）

养 眼

老王陪领导吃自助餐，看到有猪肝，就向领导推荐："这个吃了对眼睛好。"没多久，他看到胡萝卜，赶紧又推荐，"这个吃了也对眼睛好。"

领导呵呵一笑："那么，这两样我只吃一样就够了啊。"老王一愣，赶紧又补充："不一样，一个对左眼好，一个对右眼好。"

（杜 淳）

不进去了

这天，一个大学老师正在课堂上讲得眉飞色舞，却发现门口有个身影在游荡。这老师一想，肯定是学生迟到了不敢进来。于是他打开门，只见门口果然站着个穿红色T恤的小伙子，脸已羞得通红。

这老师没忍心责备，只和蔼地说了声："进来吧，下次别再迟到了。"

谁知小伙子不好意思地说："不进去了。"接着探进头来，支吾道，"请问，哪位订的肯德基？"

（阿 布）

我是老大

有个小伙子又瘦又小，却跟女朋友炫耀："我可是我们寝室的老大。"女朋友诧异道："真的？"

小伙子拍着胸脯道："那当然！我只要动动手、动动脚就能让他们哭爹喊娘！"女朋友摇摇头说："我不信。你说说为啥。"

小伙子趾高气扬地解释说："你别不信，我们全寝唯一上网用的路由器就安在我那张铺位的墙边上呢。"

(何　穆)

送啥呢

个小伙买手机，本想要狠狠砍价，谁知售货员姑娘虽然看上去好说话，却一分钱也不肯便宜。

等付钱的时候，小伙子还是不甘心，问姑娘："有啥东西附送吗？"

姑娘不做声，只是微笑着朝他摇摇头。

他还不甘心，说："可别的店里都送啊，你好歹也送点呗。"

只见那小姑娘沉思片刻，抬起头，怯怯地说："要不，我送您出去吧？"

(古　立)

称　谓

语文课上，老师问道："古时候，称呼'我'的方式有哪些呢？"

同学们争先恐后回答："'吾'、'余'、'在下'、'鄙人'。"

老师又问："还有吗？"

同学们绞尽脑汁，想不出来了。只有小明忽然答道："还有'寡人'和'朕'啊！"

老师没理会，继续鼓励道："还有哪些呢？"

只见小明站起来，把帽子脱了，露出了光头，缓缓道："还有'老衲'、'贫僧'和'贫道'呀！"

(丛　乾)

竞　争

有家"大众电器"对面新开了一家"长城电器"，抢了不少生意。大众电器便赶紧在门口放了一组音箱，每天循环播放《孟姜女哭长城》。

谁知没多久，只见长城电器门口放了一组更大号的音箱。再听里头放出来的歌曲，竟然是——《万里长城永不倒》。

（焦　璐）

家乡菜

寝室夜聊家乡菜。有个姑娘闭着眼回忆："我们那的蛇汤堪称一绝。"大伙儿听了直发憷。又一个姑娘咽着口水说："我们那蟾蜍火锅也很鲜美。"大伙儿听得头皮发麻。

这时，另一个姑娘道："这有什么，我们那儿还吃小孩呢！"大伙儿吓得目瞪口呆，却听那姑娘笑说，"难道你们没听说过赫赫有名的煲仔饭吗？"

（勇　子）

标准不高

有个男生托人找女朋友。人家问具体标准，他笑道："无所谓。"人家又说："总该有个大致标准吧。"

只听小伙子憨厚一笑："我的标准真不高，只要我俩往路上一走，不管男女老少，看到我俩都会由衷感叹，这女的怎么会看上他啊，就够了。"

（曾　珏）

水有多深

一场大雨后，有个小伙子开车来到一座铁路桥旁。只见桥下都是积水，水中站着个人，水没过了他的膝盖。那人看见小伙子，大喊："别过来，这儿水深！"

小伙子全不理会，加大油门就开过去了。谁知开到一半，整个车就全都淹到水里去了。小伙子好不容易才从车里游出来，问道："怎么会这样？"刚才那人冷笑一声，说："兄弟，我可是站在一辆大巴的车顶上啊。"

（拳　头）

本栏欢迎来稿，读者、作者可将有新鲜感、有精彩细节的笑话佳作投寄给我们。来稿一经采用，最高稿费为一则100元。本期责任编辑电子信箱：liuyingxi1203@163.com。

珍妮太太的旅行

□ 谢庆浩

生日礼物

在加拿大的西北地区有个约克小镇，这里环境优美，四面高山环绕，一条清澈的小河从小镇静静淌过。小河边有座木头房子，房子的主人叫珍妮，是个五十多岁的妇人，独自一人生活在这里。

这天珍妮太太一早就忙碌起来：她修剪了门口的草坪，把家里打扫得焕然一新，餐桌上还换上了新桌布。最后，她还在餐桌上的花瓶里，插上了一束芳香扑鼻的康乃馨。原来，今天是珍妮太太儿子约翰的生日。

然而，尽管珍妮太太打算精心准备一桌精美的生日晚宴，但她知道，约翰并不会出席这顿晚宴，而且永远也不会。

珍妮太太并不是这里人，她的家乡在遥远的美国西部一个叫圣安东尼奥的小城。十多年前，她的儿子约翰晚上外出，却一夜未归。第二天一早，有人发现他死在一条偏僻的小巷子里。珍妮太太现在还忘不了儿子死时的惨状：满脸血污，一条胳膊不见了，肚子穿了个大洞，肠子淌了一地……

约翰死后，珍妮太太伤心透了，于是远离家乡，四处旅游，最后来到了这个偏僻小镇住了下来，一住就是十年。尽管约翰已经不在了，但每一年到了他的生日，珍妮太太还是忍不住像以前一样，为他精心烹制几样他生前最爱吃的菜品……

而现在，她正一个人坐在沙发上，盯着墙壁上挂着的相片，回忆着甜蜜的往事。照片上，约翰浓浓的眉毛，清澈的大眼睛，年轻的脸庞，灿烂的笑容，是多么讨人喜欢。可是，谁能料到，就在那个黑夜，他的生命却被永远定格在了十八岁……就在珍妮太太伤心落泪的时候，突然，门外有人喊起了她的名字："珍妮太太在家吗？"

珍妮太太应了声，开门走出去一看，门外站着的是一位陌生的中年女士。那位女士自我介绍说她叫安妮，是从美国圣安东尼奥小城过来的，此行是为了给珍妮太太递送一份通知。说完，安妮打开随身携带的挎包，掏出个信封来。

珍妮太太接过信封，打开一看，顿时惊呆了：原来这是一封从圣安东尼奥监狱寄来的通知信函，上面说，杀害她儿子的凶手布莱尔最近已经被高等法院判决死刑，将于10月25日执行。信函上还说明，珍妮太太作为受害者的家属，届时将有权到场观看布莱尔死刑执行的全过程。

珍妮太太拿着通知信函，双手不禁颤抖了起来。这个正义的判决，她足足等了十几年啊！没想到竟让她在约翰生日这天等到了。对于死去的约翰来说，这是一份无比珍贵的生日礼物呀。

安妮说："珍妮太太，布莱尔杀害了您的儿子约翰，给您造成了无尽的痛苦，目击他的死刑执行过程，是法律赋予您的权力。当然，如果感觉不适，您也可以选择不去参加……"

珍妮太太小心翼翼收起信函，坚定地说道："去，我当然要去！我等了十年，就是为了等到这一天的到来。这一次，我一定要亲眼看到杀死我儿子的凶手去死！"

安妮点点头，邀请珍妮太太和她一起搭乘明天的航班回圣安东尼奥。谁知珍妮太太却摇摇头拒绝了。她说自己要开车过去。安妮愣怔住了：要知道从这里回到圣安东尼奥超过四千公里，这么远的路程，珍妮太太为什么要放弃航班而选择开车回去呢？

这时候，珍妮太太走进里屋，抱出个相框来，流着泪说："原因很简单，我要陪着约翰回去，见证这复仇的一刻。但是约翰有恐高症，不能搭飞机；他活着的时候也一直嫌坐火车太刻板。所以，我决定开车回去，一路上也带着他看看沿途的风景。"

安妮暗暗一声叹息：尽管这只是一个相框，但在珍妮太太眼中，它依然跟活着的约翰一样，需要自己的关怀和呵护。她要用约翰喜欢的方式，送约翰回家，见证那复仇的一刻。

于是两人便约定分头出发，在圣安东尼奥汇合。临走时，安妮一再

叮嘱珍妮太太旅途上要注意安全，小心驾驶。

与你同路

于是，珍妮太太把车检修了一番，在一个阳光明媚的早晨，带上约翰的相框，开始了这段漫长的旅途。

一路上走走停停，旅途也算顺利，四天后，珍妮太太进入了美国境内的蒙大拿州。

蒙大拿州是美国的第四大州，全境到处是高地，山高谷深，人口稀少。珍妮太太本想多赶点路，没想到却错过了宿头，眼看着天已经黑了，公路两边却仍是望不到边的茂密森林。珍妮太太又累又困，却只能继续赶路，希望可以找到个人家，借宿一晚。

就这么开着开着，珍妮太太觉得一阵恍惚。她心中暗叫一声不好，忙不迭踩下刹车，但还是迟了，车子已经偏离了公路，斜着冲出了路面，"砰"的一声响，重重撞在路边的一棵杉树上。珍妮太太的脑袋当场就在挡风玻璃上重重一磕。她两眼一黑，晕了过去。

等她苏醒过来的时候，发现自己已经躺在了床上，四周全是雪白的墙壁。她动了动身子，这时，身边伸过来一只手，轻轻按在她的肩上："您醒了？上帝保佑，您没事了……"

珍妮太太抬头一看，眼前是一位六十多岁、面容瘦削的妇人，正一脸慈祥地看着自己。原来，这个妇人叫玛丽，她开车路过时，发现珍妮太太发生了车祸，便赶紧打电话报了警，还一路跟着来到医院，陪护了珍妮太太整整一晚。

好在珍妮太太的伤并不重，第二天就可以出院了，但她的车却严重受损，要修好起码得要半个月后。珍妮太太哪里还等得及半个月？因为再有七天，布莱尔的死刑就将执行了。

她斟酌片刻，决定带上约翰的相框，立刻到附近的火车站出发。一听说珍妮太太要走，玛丽吃惊地说："您的伤还没全好，怎么能走那么快呢？一定得先到我家休养一下，隔几天再作打算！"

珍妮太太叹了口气，告诉玛丽

自己此行的目的。玛丽听罢，沉默许久，说："你说你从加拿大一路开车赶回圣安东尼奥，就是想带着你儿子的相框回去，一起参加杀人恶魔布莱尔的死刑执行？"

珍妮太太点了点头。

玛丽又是一阵沉默，半晌抬起头来，说："那好，那我就开着车，陪你一起到圣安东尼奥去！"

珍妮太太惊呆了，从蒙大拿到圣安东尼奥的路程差不多有两千公里，玛丽为什么要陪自己跑这么远的路？

只听玛丽一声叹息，两行泪水顺着面颊淌了下来："原因很简单，其实我的儿子也是给这个杀人恶魔布莱尔杀死的！前几天，联邦高等法院的安妮也给我送来了相关的通知。本来我是不想去的，但现在遇上了你，我决定无论如何都陪着你过去。一来是为了用约翰喜欢的方式送他回家；二来也为了目击这次的死刑执行，见证一个时刻……"

原来，这个布莱尔犯下的是连环杀人案，死在他手下的受害者达五人之多。这次的死刑执行，联邦高等法院把通知信函发送到了每一个受害者家属手中。

珍妮太太怎么也想不到，自己会在奔赴布莱尔死刑的路上，遇上另一个和自己有着相同遭遇的母亲。更凑巧的是，这位母亲还救了自己的性命。

看着悲伤的玛丽，珍妮太太拉住她的手，说："好，那就让我们一起上路，共同去见证那个复仇时刻吧。"

同是母亲

就这样，玛丽开着车，和珍妮太太一起上了路。一路上，她俩怀着复杂的心情，分享着各自儿子小时候的种种趣事。五天后，她们终于来到了圣安东尼奥。在监狱接待室里，她们见到了安妮。

安妮问候过了珍妮太太，然后把头转向一边，对玛丽说："玛丽夫人，作为布莱尔的母亲，我很欣慰您能够作为囚犯的亲属，过来参加我们的这次死刑执行……"

什么？珍妮太太惊呆了：玛丽居然是布莱尔的母亲？这怎么可能？

这时，只见玛丽转向她，努力平静地解释说："抱歉，现在，我猜您一定觉得我骗了您。可我从来不想刻意隐瞒什么，只是没有合适的机会跟您解释。而且这些天我说的也并不是谎言。如今的这个布莱尔，凶残，冷血，压根就不是我所熟悉的那个布莱尔。我记忆中熟悉的儿子布莱尔，确实是个阳光的大男孩：爱看书，喜欢帮助别人，乐意照顾无家可归的动物。所以对于我来说，现在的这个杀人恶魔布莱尔，就是个十恶不赦的凶手，他把我熟悉的那个儿子给杀死了……"

玛丽抹了把泪水，继续说道："又

或许，这世界有着两个布莱尔，一个是恶魔，一个是天使。恶魔布莱尔也好，天使布莱尔也罢，他们都是我的孩子。我坚信生命是有尊严的，作为一个母亲，我实在没有勇气目睹自己的孩子在自己的面前被处死，也没有勇气面对别人欣赏的眼神。所以当初安妮送来通知信函，我拒绝了。珍妮太太，我用车送你过来参加我儿子的死刑执行，一是因为他杀死了你儿子，我在替他赎罪；还有另一个原因，当看到你千里迢迢也要赶回来见证这个时刻时，我突然担心他在生命最后的一刻，面对的都是遇害者家属仇恨的目光。我希望自己能在这些仇恨中，为他添上一道温暖的目光，送他上路。毕竟他是我的儿子，他也将用他自己的生命，为所犯下的恶行赎罪   "

说到最后，玛丽哭了，珍妮太太也不禁流下了伤心的泪水。

两天后的深夜，布莱尔马上就要被执行死刑了，玛丽独自一人走进了因犯家属观察室，珍妮太太和其他几个受害者家属也进了受害者家属观察室，他们都在默默地等候着行刑时刻的到来。

终于，罩住行刑室的窗帘缓缓拉起，玛丽眼里含着泪水，看到已经躺在行刑床上的布莱尔。通过玻璃窗，玛丽可以看到另一侧的受害者观察室里，珍妮太太正抱着约翰的相框，和其他几个受害者家属一起，静静地等候着。

蒙着面罩的行刑者接通了布莱尔手臂上的注射管，剧毒的药水缓缓流向给绑在行刑床上的布莱尔，行刑开始了！

就在这时候，玛丽惊讶地发现，在受害者家属观察室里的珍妮太太，正抱着约翰的相框缓缓转过了身去。其他受害者家属也一样，跟着珍妮太太全都缓缓转过了身，没有一个人直面在行刑床上挣扎的布莱尔。

玛丽哭了，她知道现在看着布莱尔的，只有她自己。尽管布莱尔犯下了罪孽，但在生命的最后一刻，珍妮太太和其他受害者的家属，选择了给予他生命最后的尊重！

背转身的珍妮太太也无声地哭

了。谁能想到，她跑了这么远的路程，为的就是来看布莱尔怎样死在自己面前。但在这最后的时刻里，她居然选择了放弃。并且，她不仅自己选择了放弃，还说服其他受害者家属一起放弃。这一切不为别的，就因为另一个观察室里，还站着另一个伟大的母亲。此时此刻，珍妮太太由衷地希望，那个母亲能用世间最温暖的目光，给予她的儿子最后的一点慰藉……

（题图、插图：安玉民 梁 丽）

延伸阅读

您想阅读这位作者的其他精选作品和创作感言吗？请扫描右边的二维码。更多精彩，立刻体验。

· 本刊信息传真 ·

故事会 ■ 新浪 微故事大赛

11月征集主题：高手

篇幅最短、含"金"量最高的故事，等待你的挑战！

《故事会》杂志和新浪微博（weibo.com）联合主办微故事大赛继续进行，邀请各路故事名家、草根英雄和世界高人展开较量！

本次大赛所有作品通过新浪微博平台征集（@ 故事会微故事大赛），每月一个主题，当月设金奖 1 名，奖金 1300 元；银奖 2 名，奖金 650 元；优秀奖 11 名，奖金 150 元。另设年度奖项。优秀作品将在每月《故事会》上刊登，并结集出版。9 月对手主题结果已经揭晓，@5 号彼岸无花获得金奖，详情请登录故事中国网（www.storychina.cn）查看。

11 月微故事征集主题：高手。高手也许是一个传说，也许就在你身边，古往今来，各行各业，他们总是令人仰慕……本月请你讲述一个关于高手的故事。正文字数在 130 以下，力求情节出人意表，立意隽永深远，文字鲜明生动。本月的微故事达人或许就是你！截稿日期：11 月 21 日。（本期刊物特别选登 10 月微故事大赛优秀作品）

强者也有无奈时 [巴西] 比纳

本栏目主持人：朱 丞

BIRA & CLÁUDIA

10月优秀作品选登　　主题：痒

@yoyo亦馨　小丽是个剩女，这天闺蜜失恋拉她看电影，小丽虽然已经看过还是义气相陪。前排一帅哥大献殷勤，一会儿递杯爆米花，一会送块巧克力。小丽扭捏接过，芳心乱跳：莫非他对自己有意思？小丽鼓足勇气把电话号码写在纸杯上传给对方。不一会儿手机就收到个短信：你能不能别再做剧透了？

@黑夜的十根羽毛　小王看着椅子上那个钱包心里直痒，这是刚才上厕所的女人遗落的，他努力不去乱想，但是那钱包就像水上的葫芦，怎么摁还会浮现在脑海中。他终于下定决心，确认周围没人后，把钱包往兜里一装，翻窗户跑了。不久，医院报告有个失忆症病人不见了，他是在老婆去厕所的时候，和她的钱包一起消失的。

@那时我住在花落的乡村　他凝神屏气，在心里数着：一个、两个……整整一个班的敌军正偷偷摸上来，他压抑着内心的躁动，端起狙击步枪瞄向敌军官，手指搭上扳机……"啪！"一声脆响，自己的胳膊一疼，血流了出来，这怎么可能？站在身边的母亲举着带血的巴掌心疼地说："孩啊，看你游戏玩的，蚊子都叮你半天了！"

@5号彼岸无花　"你要的我都能给，你敢要吗？"她看着巫婆诡异的笑容，明知不妥，却止不住心底的渴望："我要变得人见人爱，过得轻松舒适，吃得好住得好没烦恼！"一阵晕眩后，她发现自己竟变成了豪华鱼缸中的一尾红金鱼！惊怒交加中，她听到巫婆说："金鱼的记忆只有7秒，你不会再有烦恼了！"

@吃素的沙漠狼　他过马路时，被疾驰而来的摩托车撞昏在地。好心人把他抬上车准备送医院时，他忽然醒了："手机，我的手机！救命要

（插图：佐　夫）

我的故事　我的梦

全国优秀故事征文大赛隆重启动

"安亭 · 国际汽车城杯—我的故事我的梦"全国优秀故事征文大赛现已进入第二阶段,本刊热诚欢迎广大作者用优秀作品参与本届赛事。

有关事项如下:

1. 参赛稿件须是尚未公开发表的原创"故事"作品,要求情节可读,人物鲜活,语言生动,故事性强,篇幅一般在 3000 字左右。

2. 奖项设置:一等奖:2 名,奖金各 5000 元;二等奖:5 名,奖金各 3000 元;三等奖:10 名,奖金各 2000 元;鼓励奖若干。

3. 可通过电子邮件或邮局投寄方式参赛,本期责任编辑电子邮箱:liuyingxi1203@163.com;本刊地址:上海绍兴路 74 号《故事会》杂志社,邮编:200020;已和我刊有联系的作者可直接将稿件发给编辑。来稿一律不退,请自留底稿。

4. 第二阶段征稿时间即日起至 2014 年 2 月 28 日止。

5. 征稿活动结束后将邀请有关专家组成评审委员会,在广泛听取读者反馈的基础上进行评比。部分优秀作品将在《故事会》杂志上优先刊发,部分作者将优先参加由《故事会》杂志社举办的笔会。

紧。"众人没理会他。妻子刚进病房,他就苦着脸说:"手机没了!"妻子安慰他:"我不怪你。"他懊恼地说:"这次我真不是怕你责怪,那辆摩托车骑了五人,我拍了照,图片发到网上定会疯转……"

@ 唯的小窝　他打扫完房间,看了看客厅的茶几;他煮着饭,看表的同时瞅了瞅茶几;洗碗时,他又回头瞄了瞄茶几……我再也受不了了,抓起茶几上的电话按下一串数字:

"妈妈,爸爸知道错了!他很想你!你快从姥姥家回来吧!"

@kellykeron　小王奋勇跳河救起三个不慎落水的孩子,电视、报纸争相报道。这天,市长来到小王病床前,亲切地伸出手:"小王同志,你是好样的,安心养伤吧!有什么要求尽管说。"小王腼腆地笑了,半晌才蹦出一句话:"……河水能弄干净一点吗?太痒了!"边说边伸出又红又肿的手……

"外行看热闹，内行看门道。"想买辆称心的二手车，门道还真不少

二手车那些事

□ 曹景建

刘科最近辞职下海，自己当起了小老板。因为业务需要，他准备买辆二手车。

这天，岳父递给他一张名片，道："买二手车是个技术活儿，不懂的人只能认栽，我替你找了个懂行的帮帮忙。"刘科接过一看，上面写着"万东汽车维修部冯二虎"的字样。

刘科马上拨通了电话。这个冯二虎当时便自告奋勇说明天就有空，于是两人约在第二天中午，南环二手车市场碰头。

第二天准时准点，刘科见到了冯二虎：皮肤黝黑，身板结实，一双小眼睛，浑身上下透着股机灵劲。不多会儿，两人就热络起来。刘科报出了自己的心理价位，冯二虎马上爽快地说："没问题！"刘科还想多交代几句，冯二虎拍拍他的肩膀，又指指自己随身带着的工具包，说："放心吧，兄弟，包在我身上。"

这时候，刘科才注意到，冯二虎右手的小拇指断了一截。他小心地问道："兄弟，你这手是？"

冯二虎先是一怔，接着摇头笑了笑说："没啥，修车这活儿危险着呢，这也是前一段修车时不小心弄伤的。不过你可别小瞧我手有残疾，不信你去打听一下，我在咱们市修车这一行里名号到底如何。"刘科听了，嘴上

虽然没吱声，可心里却嘀咕起来：这家伙靠谱吗？

冯二虎却似乎没感觉到刘科的犹豫，乐呵呵地催他赶紧挑车去。两个人绕着市场才逛了一圈，刘科就挑花了眼。

多亏了有冯二虎在，根据性价比，最终帮他选出了两辆中外合资的二手车。这两辆车，从外观到内饰都差不多；再看里程数，都跑了五万多公里，价钱也不相上下。

刘科又开始纠结了：买哪辆好呢？只听冯二虎笑道："看我的吧！"说罢，他绕着其中一辆车转了一圈，掀开了前盖，仔细查看了一番。随后，他便把刘科拉到一边，小声说："这辆车太旧了，不能买。"刘科将信将疑地问："不对啊。我看里程数显示只有五万多公里，轮胎也挺新。你怎么说它太旧？"

冯二虎嘴一撇："你不懂其中门道，这二手车吧，所有东西都可以作假。比如这辆，先换了轮胎；再把行

驶里程调低十来万公里，加起来不过两三千块钱的事儿。可我刚才根据其他部件的损耗程度一盘算，这车起码开了十五万公里呢。"

刘科听后，惊得瞪大眼睛。冯二虎笑了："还有更牛的呢！"说完指着角落一辆车，悄声说，"瞧，那辆车其实就是把报废车的零件组合加工，拼出来的！"说完，已经钻到另一辆车下去了。这时，刘科才打心眼里佩服起冯二虎来。

不多会儿，冯二虎一骨碌钻了出来，发动了汽车，又打开前盖，一双小眼睛死死地盯在发动机上。突然，他笑着对卖主说道："你这车排气筒有些问题，你好好看看吧。"卖主听了，一边说着不可能，一边转身向车后走去查看。

说时迟那时快，冯二虎马上从包里拿出一套听诊器，把耳塞戴上，再用一块毛巾包住另一头，按在发动机上面听了起来。

没一会儿，只见卖主从车后转过

来，一把推开冯二虎，嚷道："听什么听，我不卖了，哼，还给我玩调虎离山计！"

冯二虎笑了："大哥，不要生气，你不卖我还不买了呢，这车的发动机有啥问题，你不希望我在这里嚷嚷吧？"那卖主一听，马上转成一副笑脸，递给冯二虎一根烟说，"看来今天我遇到懂行的了，行行好，你可别嚷嚷。"

冯二虎摇了摇头，便拉着刘科离开了。刘科赶紧问："我说冯哥，你这又不是医院看诊，还拿个听诊器做啥？"

冯二虎压低了嗓音解释说："汽车发动机的一些杂音，光凭耳朵是听不出来的，非得靠这听诊器不可。这不，刚才我就用它听出来，这辆车气门的声响很不对劲。"

刘科听了连连点头，可又无奈道："这车不好，那车不好，我上哪儿买车去啊？"

冯二虎答道："呵呵，你不要急。这好车啊，可遇不可求，得靠缘分。"正说着，只听他突然失声喊道，"小李，嘿，你怎么也来了？"说着，朝角落里一个年轻男子招起手来。

那个叫小李的年轻人也发现了冯二虎，迎过来，说："是啊，我来卖车。"说着向身后一指。刘科这才发现小李的身后也有辆车子，而且和刚才发动机有问题的那辆车竟是相同

的型号。于是，他便感兴趣地走上前去。可一看，他心里不免有些失望：车子虽说乍一看还成，可再看行车里程表上，竟然显示跑了十五万公里。

再一听小李的报价，刘科连连摇头，心想这车都跑成这样了，怎么好意思要价还那么高。

谁知冯二虎一听，问也不问刘科，竟自顾自地还起价来："小李，你看都是熟人，再便宜五千块怎么样？"小李面露难色，道："你们等等。"接着掏出手机跑到一旁打电话去了。

过了一会儿，小李领着一个中年男子走过来。那人听完情况，点了点头说："行，就这价格成交吧，小李你跟着他们办手续去，我还有点事去办，记着把钱带回来就行。"说完便离开了。

刘科刚想说什么，冯二虎暗地里拉拉他的衣襟小声说："别吭声，这车绝对超值，听我的没错，快交钱吧，省得别人变卦！"说完便拉着小李去交易厅办手续。

就这样，刘科稀里糊涂跟着冯二虎进了交易厅。不过交了钱后，刘科越想越觉得哪里不对劲儿，尤其看冯二虎和小李谈笑风生的样子，刘科更疑惑了。他立即警惕起来，忽然想起自己有个表哥在外地做洗车生意，便趁冯二虎和小李去厕所的时候，给表哥打了个电话。

表哥一听，马上在电话里骂道："我的蠢弟弟啊，你怎么那么傻啊，肯定是那个冯二虎事先安排好了，今天给你演双簧呢。最后好把这辆最破的车塞给你。你怎么这么糊涂啊，车都跑十几万公里了，差不多都要散架了！"

听了表哥的话，刘科越想越窝囊。刚撂下电话，他就发现冯二虎和小李回来了，一边走，小李还一边小声说："晚上请你喝酒啊！"

待小李一走，刘科就黑着脸说："冯哥，这车都跑十几万公里了，都快报废了，我出这个价太吃亏了。"

冯二虎先是一愣，随后哈哈笑起来："刚才光顾着抓紧时间买车，没多解释。你有所不知，小李是我的老相识了。这车其实只跑了五万多公里，

是几个月前他跑过来让我调成十几万公里的，哈哈。"

刘科听了哪里肯信，嚷道："咋还有把公里数调高的，傻不傻啊？"

二虎忙做了个噤声的手势，小声道："哼，当然有啊，你不知道吧，这个小李啊，是水利局前任局长的司机，刚才另外那个是他们办公室主任。据说他们新任局长不喜欢上任的座驾，这才委托他们来市场处理掉。"

刘科点点头"哦"了一声，又纳闷了："那他把里程数调高图的是啥？"二虎眼一瞪："图的是啥？图的是在单位骗汽油补贴呗！"说到这里，冯二虎叹了口气，"从他们局长骗油补这件事儿，我就知道这人不是啥好鸟，果不其然，前不久被查出问题，撤职了！"

"原来如此，二虎兄弟你懂得真多！"刘科这才回过神来，竖起大拇指说道。

只见冯二虎轻轻摇头，把手抬起来悠悠道："兄弟，实话说吧，我这手指不是修车弄伤的。其实是因为前一段有个人找我调低了里程表，又把车卖给了一个老板，结果那老板的家人开车出车祸了。那老板也不是个善茬，查来查去，查到我这里，找人把我骗去一顿毒打，还把我小拇指给弄断了。从那以后，我发誓再不干那勾当，老老实实修车才是正道啊……"

（题图、插图：谢 颖）

路在脚下

□覃　旭

南门是县城贫富区的分水岭，南门外面是高楼大厦、车水马龙，南门里面是矮房破院、老街脏乱。

住在南门里的居民，也没啥大本事，大都吃着低保，每天悠悠闲闲过日子，很多人靠打麻将打发时间。

这天傍晚，麻将馆收摊了。有个叫林永红的头一个走出门口。这时，迎面过来一个穿着整洁的女人，她笑着问："林永红，今天手气怎么样？"林永红嘴上应付说："马马虎虎。"心里却在嘀咕：这人是谁呀？我不认识她，可她却知道我的名字。更奇怪的

事情还在后头。随后，麻将馆又陆陆续续出来一些人，那女人竟然能一个不错地叫出每人的名字。

最后，那女人跟着他们回到南门里，突然高声喊了句："请大家停一下，好不好？"

大伙儿停住脚步，回头望着那女人。只听她自我介绍道："我叫郑梅香，是民政局新来的低保股股长，以后要经常和大家打交道，大家就叫我阿香吧。今天想和各位见个面，可你们都在麻将馆。我在外面等了小半天，就怕进去影响你们的手气。这样吧，你们先吃饭。晚上七点我们在林永红家的院子开会，好吗？"

这话说得大伙儿脸都白了，没人敢说一个"不好"。阿香这才点点头，回去了。看着她走远，林永红沮丧地说："完了，完了，这回死定了！赌博让她抓了现行，下个月低保怕是要停掉了！"

旁边那个瘦子苦着脸附和道："哎

呀，停了低保我们怎么活呀？也怪，她怎么都认识我们呀？"

这时，有个叫老刘的"哼"了一声，道："我们的低保档案不是有照片吗？人家不会看呀？这个女人不一般，以后要小心点。"

当晚七点钟，阿香准时赶到。一点名，南门里所有的低保户都到齐了。阿香这才严肃地说："赌博是低保户的大忌，文件规定，一经发现，要无条件地停保，不懂这条的请举手。"没人举手。阿香又问，"你们说，我该怎么办？"老刘举手说："放我们一马，以后保证不赌了。谁赌停谁的，绝无怨言，大家说是不是？"大伙齐声说："是！"

阿香笑了，说："好，看你们的行动。不过，这事不能就此算了，得处罚你们。""还要处罚？"大伙的心又拎起来了。只听阿香继续说道："这条街太难看了，各人自扫门前雪，把自己的东西搬回家，路面扫干净，不乐意的请举手！"

没人举手，会议也就结束了。阿香一走，林永红说："我看她很有人情味，没进去抓我们现行，一直等到收摊。我们也该帮帮她！"

大伙连连点头，于是就七手八脚地动起来，把堆在街边的柴火等杂物搬走，把街道打扫干净。

傍晚，大伙坐在南门下聊天，阿香又来了。看到街道焕然一新，她连声说："好好好，早应该这样了，这样才像人住的地方嘛。"老刘说："哟，你骂人还不带脏字。"阿香指着南门外的地面说："我说错了吗？你们自己看看，这像人住的地方吗？"

南门与县城最繁华的朝阳路相距十来米，中间的路面坑坑洼洼，连摩托车都走不了。阿香似乎得理不饶人，继续批评道："你们有的是时间，把路填平了不是方便自己吗？"

见大伙的脸有点红了，林永红打圆场说："填平了干什么？反正我们买不起车，有车的人也不会将车开进来。再说了，工钱谁来出？"

阿香不高兴地说："你们自己的事情还要工钱？"

老刘说："要么将低保金额提高点。"

阿香刚要说自己没那个权力，却突然间有了主意，说："好啊，要是你们能在五天内填平这条路，从下月开始，每人每月增加30块。"

顿时，大伙欢呼起来。

南门里临江，大大小小的鹅卵石、粗粗细细的沙子有的是，只要舍得出力，要多少有多少。看在钱的份上，大伙都拼了命，用了五天时间把路铺平了。

阿香验收后很满意，保证兑现承诺，但还有个条件，这条路要和朝阳路连成一体。老刘为难地说："现在我们也想这么做了，但资金的确成问题。"阿香说："我算过了，也就是十吨水泥的事，就从你们即将增加的收入里扣除，反正现在的低保金已经够维持你们的基本生活了。"

这不是羊毛出在羊身上吗？这个女人是把我们往坑里带啊，大伙脸色都难看起来。

见大伙误会了，阿香连忙把自己的计划说了。大伙这才眼睛发光，说："我们怎么就没想到呢？"

林永红领着大伙筹钱，买水泥，借搅拌机，忙得热火朝天。五天后，南门前出现一条平整的水泥路，和朝阳路连成一体，两辆车可并行。

随后，林永红借钱买了一批二级砖，把院子修葺一新，还特意把门口留得很宽。其他街坊也有院子，他们也纷纷把院门加宽，拆掉了门槛。

阿香验收后，亲手在南门外的显眼处立了一块醒目的牌子："南门内有车位，每次5元"。

从此，南门内外天天车来车往。林永红家最有搞头，6个车位，白天黑夜几乎没空过。就连最小的院子也有3个车位。就这样，南门内的居民越来越爱笑了。

很快过了一个月。这天，林永红他们来到低保股，装模作样地问："阿香，怎么搞的？我们的低保一分钱没多。"阿香边做事边说："把你们的账本拿来，看看收了多少停车费，按每人每月30块算，多的给我，少的我补。"大伙哈哈笑了一阵，然后林永红动情地说："我们专门来，是想请你吃一餐饭。从来没有谁，像你这样关心过我们……"

阿香盯着林永红的脸说："哎哟，也会玩煽情了哦。"

林永红不好意思地说："真的，给个面子吧，低保股的美女帅哥通通有请！"

只听阿香认真地说："心领了，心领了！你们能有这番情意，我们就比吃上几顿还满足呢！"

（题图、插图：刘为民）

如今流行瑜伽健身，可一家老老小小齐上阵的还不多见

瑜伽世家

□任宏伟

最近，小丽看准了时尚健身这个市场，开了一家瑜伽馆。可谁知营业一个多月了，却没多少学员来报名。小丽左思右想：肯定是营销做得不到位。

于是，她赶紧在当地电视台做了个广告，要在自己的瑜伽馆办擂台：如果一月内，本市有哪位瑜伽高手能在她的瑜伽馆内当众把她击败，就能获得奖金一万元。

这下，小丽的瑜伽健身馆果然火了一把，来挑战的人络绎不绝。不过，连比了二十九天，小丽还是凭着几招看家本领，硬是没输掉一场比赛。

这么一来，小丽的名气自然越来越大，学员越来越多，瑜伽馆也从此生意兴隆。

到了第三十天，小丽眼看就要守擂成功了，突然，店里来了个拖着拉杆箱的中年男人，向小丽发起了挑战。

小丽看了一眼那男人，连身正经的行头都没有，便不屑地说道："行啊，那咱们先来些简单点的。"说完，她直接做了一套单足伸展的动作。随后她起身拍拍手，对男人说："现在轮到你了，请吧！"

谁知众目睽睽之下，那男人竟摸摸脑袋，红着脸，半天才憋出句："这一套……我……我不会。"

一旁凑热闹的人听了，一阵哄堂大笑。小丽没好气地说："那你来添啥乱啊？"

只听那男人鼓足勇气道："我有我的套路。"说完，他突然打开拉杆箱平放在地上，深深地吸了一口气，扭动了几下身体，竟然一下子钻进了拉杆箱里。大伙儿这才一阵惊呼，都扭头向小丽望去。

小丽这下子明白了：所谓真人不露相啊，自己这回算是遇上高手了。不过她也不紧张，而是不紧不慢从店里取出了一个小号拉杆箱，一个深呼吸，"跐溜"一声，也钻了进去。

此刻，全场一片叫好。

小丽从拉杆箱中出来后，就得意地对男人做了个"请"的姿势。男人瞅了小号拉杆箱一会儿，摇了摇头，然后掏出手机打了个电话。

过了一会儿，一个中年妇女来到这里。男人介绍道："这是我老婆。她比我厉害。"

这时，只见女人脱下外套，活动了一下筋骨，还没等众人反应过来，她三下五除二就钻进了那小号拉杆箱里。

瞅着这对夫妻得意的表情，小丽咬了咬牙，又从店里找出了一只平时练功用的小坛子。

只见她把马尾辫往上一盘，往身上抹了一遍润肤精油，又定了定神，竟然顺利地对准了坛口，钻进去又钻出来。全场立刻响起雷鸣般的掌声。这时，那中年妇女愣了一会儿，也掏出手机打起了电话。

没过多久，进来一对颤颤巍巍、相互搀扶的老夫妻，说是中年男人的爹妈。

先是那老头当仁不让，没吭一声就从坛口钻进去又钻出来。这时候，看热闹的人也越来越多。小丽只好使出了杀手锏，她取出了一只最小的坛子，费了半天劲才钻了进去，差点没蹭脱了一层皮。

再看看那老头，此刻也不吱声了，而是很自觉地向后退了两步，让出一条路来。

这下，谁都明白了，该老太太出场了。大伙儿这才注意到，这老太太手里一直提着一袋鸡蛋，微微

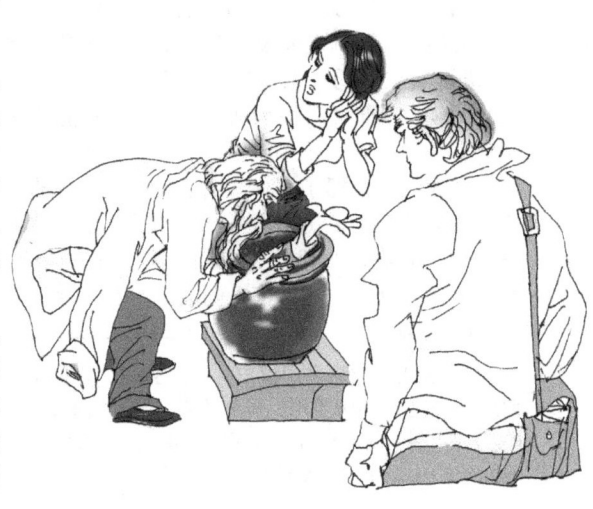

有点驼背。她白了老头一眼，就放下鸡蛋，活动了一下筋骨，"呼"的一下，钻进了小坛子里。

大伙儿一阵叫好后，正想要扶老太太出来。谁知老太太蜷在坛子里喊道："老头子，还有地方，给我递几个鸡蛋来！"老头听了，赶紧俯身往坛子里送鸡蛋。大家情不自禁地跟着老头一块儿数起数："一、二、三……"一直数到了二十！老太太才让老头住手。

当老太太顺利地从坛中钻出来时，又把那二十只鸡蛋，当着大家的面一只一只取出来，大伙儿一看，每只竟都完好无损！直看得小丽目瞪口呆。她心服口服地向老太太作了个揖，认输了。

当着大伙儿的面，小丽捧出一万元现金，递到老太太手中，说："您老是我见过功夫最了得的高手，您老一定是哪位瑜伽大师的后人吧？"

老太太连忙摇了摇头，说："我家上几代人没人练过这个，要不是被逼得一点办法也没有，我们全家也没人想练这个。不过在我们家里，我还真不是功夫最好的。功夫最好的是我的俩双胞胎孙子，就我刚才钻进去的那个坛子，他俩能一块钻进去。"

见小丽一脸茫然，老太太眼圈一红说出了真相。原来，多年前老头老太太结婚时就住在一间只有十几平米的小房子里。后来儿子长大娶了媳妇，老太太就打算等攒够了钱让儿子买房搬出去住。谁知房价一年比一年高，一家人只能依旧挤在一块儿住。房小人多，一家人睡觉时就只能把身体尽可能地蜷起来。

再后来，儿媳一下生了一对双胞胎，这本是件喜事，可却愁坏了一家人。想到房价还是涨得离谱，一家人就直犯愁。

说到这儿，老太太突然擦了擦泪，扭头冲着老头笑了笑，道："最后，还是我家老头有主意。他开了个家庭会议，给全家人上了一课。既然不能让房子变大，咱们就想办法让身体变小啊！从那以后，我们就全家总动员，个个都练起了'瑜伽'。你们瞧瞧，这才没练多久，就很有成效嘛！"

（题图、插图：潘胜奎）

·本刊信息传真·

"中国当代故事文学读本"系列丛书首批发行：《蔷薇花案件》悬念迭起，峰回路转；《恐怖的脚步声》情节跌宕，气氛紧张；《翡翠王》奇异感人、拍案称奇；《麦子长出来了》动人心弦、荡人心脾；《顶级密码》幽默风趣、辛辣讽刺；《中国式问候》社会百态、人间万象。

局长
回家

□ 马汉卿

这 周星期二，是单位的下基层日，詹局长在外头整整跑了大半天。在回城的路上，他突然想到，反正时间还早，何不趁机回乡下去看望一下父母呢？于是他打发秘书跟着局里的车回去，自己则直奔汽车站，上了一辆长途车。

没多久，他就到家了。他爸爸詹长天正准备出门，可一见到儿子，老人当时就愣住了。他呆呆地看着儿子，好半晌才问："你怎么……就……回来了？"詹局长说："今天没事，回来看看。你和妈妈身体还好吧？"

詹长天没有回答儿子的话，他脸上现出了惊恐的神色。以前每次儿子回来，都是秘书一口气把小汽车开到院子前的。像今天这样儿子单独回来

的情况，可是从来没有发生过啊。

詹长天又一想：今天早上一开门，就听见乌鸦在树上哇哇叫，当时他还嫌不吉利，连连"呸"了几声，难不成这倒还真灵验了？他赶紧问儿子："你的车呢？"

詹局长说："我是坐长途车回来的。"

"啊！"詹长天听了，应声一屁股坐在地上。

詹局长可是村里的骄傲：第一个大学生，第一个当上局长。每次回家，他都被"弄"出一副衣锦荣归的气派。每次村子里的男人女人，大人小孩都会围着他的车子发出赞叹。可今天到底是咋回事呢？詹长天再也憋不住了，看着儿子的脸，问："你……出事……啦？"

詹局长没有反应过来，半晌，才呵呵地笑道："没有，我半年没有

回来看你们了，今天空闲……"说到这，詹局长的手机响了，他边接电话，边往榕树下走。詹长天伸长耳朵，隐隐约约听到儿子说："出事了？怎么这么不小心，嗳呀……"

坏了，坏了，真是"出事了"。詹长天慌里慌张跑到田里，把老伴叫了回来。

女人毕竟更容易乱操心，一见面，母亲便迫不及待地问："你媳妇呢？儿子呢？他们怎么没来？"

可詹局长刚接到电话，说刘副局长不小心摔断了腿，他便临时考虑起工作调整来，回答自然有些心不在焉。

詹长天见儿子这副样子，忙朝老太婆使眼色，说："回来好，好好休息休息吧，你看，我们每次进城你都是开会，喝酒，多累啊。"

不一会，村长闻讯赶来了。村长也是看着詹局长的脸，小心翼翼递上烟，问："今儿得空？"詹局长把烟推回去，解释说："是的，如今考评干部，就包括对父母的孝敬，所以我要争取多回来。"

这时，詹局长的手机又响了，他再次走到榕树下去接听电话。原来是办公室主任来汇报，说刘副局长已住进医院。

这边，村长皱着眉头，对詹长天说："孩子确实出事了，他神色不对，他是想转移我们的视线，让我们不要为他担心，用心良苦呀。"

詹长天的嘴巴张得老大，半天合不拢。

詹局长接完电话，走过来。村长马上说："詹局长，你如果遇上麻烦事，就在村子里多待些日子，好好休息。我们任何时候都不会对你有看法，更不会嫌弃你。"

詹局长一时没反应过来，呆了一下，突然呵呵大笑起来。他说："你觉得我像犯了事吗？"村长抽了几口烟，说："现在反腐力度加大了，广东那边一下就抓了十几个……"

这话听得詹局长有些生气了，他想：自己

平时没少关心家乡的人和事，只要帮得上忙的，自己都会尽力而为。可要说贪啊捞啊，这种事自己从来就没干过。村长这话可说得太难听了。

村长见他脸色不对，坐了一会儿，就推说有事先走了。

谁知道，才一顿饭的工夫，全村子都在疯传詹局长出事了这个消息。于是，又有很多人涌进院子里，这些人多半是得过詹局长关照的，有张老伯，李婶，刘妈，胡嫂等等。他们有的是进城看病，等了几天还看不到专家号，就请詹局长帮忙。有的是想送孩子进县城重点中学，但因为交不起赞助费，就找詹局长通融。

只见张老伯拉着詹局长的手说："孩子，城里待不下去了，就回来，只要有我一口吃的，就少不了你的。"

李婶说："凡事想开些，没有迈不过的坎。二十年河东，二十年河西，风水轮流转……"

"冤啊……"远处传来一个大嗓门，只见王伯伯从外面跌跌撞撞进了院子，他拉着詹局长的手说，"孩子，你一定是受到坏人的陷害，有人给你下了眼药，你这样的好官怎么可能腐败……"三年前，王伯伯的孙子得了白血病，治疗费是一笔天文数字。王伯伯求到詹局长门下。詹局长二话没说，就在局里发了捐款倡议书，然后又到医院去协调，最终王伯伯的孙子得救了。

詹局长实在听不下去了，他拍着王伯伯的肩膀，对大家说："大家放心，我就是想散散心才回来的，希望大家让我静静。"

送走乡亲们，詹局长来到村东头的古樟树下。这里，是他小时候的乐园，岁月匆匆，往事悠悠，他正感慨呢，那边有人往这边走来。快到面前时，他认出来人是丁聪明。他刚想喊，丁聪明却回头走了。十几分钟后，一辆小轿车开了过来，是很漂亮的宝马车。车开到詹局长面前，停了下来。这时，丁聪明从车上走了下来，皮笑

肉不笑地问道："一个人回来？不孤独吗？"

丁聪明与詹局长是小学同学，但詹局长一直瞧不起他，觉得他太世俗。好在丁聪明还算争气，现在也当上了老板。

詹局长对他刚才的举动不理解，就随口回答说："一个人走走，清静。"

丁聪明一声冷笑，说："何必打肿脸充胖子！"

詹局长蓦然明白了，原来"自己犯了错误"的消息传开了，丁聪明转回去开着宝马车是想来羞辱他，报复他！

詹局长十分恼火，但他还是极力克制着。

丁聪明继续说："回来干什么呢？种田？你肯定干不动农活。不过你可以到我的公司来，我给你个营业部主任干，咱们毕竟是同乡，我不能看着你落难不闻不问，是吧？"

詹局长忍无可忍了，终于一挥手，说："真是一个土鳖，你神气什么？"说完就愤怒地走了。丁聪明却冲着他的背影大声嚷道："神气？你还神气得起来吗？"

詹局长一分钟也不想在家待了，他给父母打了个招呼，就直接回到城里。

第二天上午，詹局长在办公室坐定，刚要通知大家开会，就接到父亲打来的电话，说有五十多个乡亲聚在院子里，准备进城来为他鸣冤。大伙儿都说，肯定是有坏人对他使绊子下套子。

詹局长大吃一惊，立即叫父亲制止乡亲们进城，并说自己马上就回村里。

放下电话，詹局长立即叫上局里的三辆小车，把家里吃不完的东西统统装上车，又到超市买了几大包食物，然后叫上办公室几个同志，浩浩荡荡地向家乡奔去。当车队出现在村子里时，詹局长没有立即回家，而是叫司机绕着村子跑了五圈。

他这才叫车子在家门前停下，一行人下了车，詹局长大喝一声："把东西搬进去。"随车来的人便迅速把吃的用的都往屋子里搬。

詹长天见了这阵势，才彻底松了口气，进到屋子里拿出一挂鞭炮，对围观者说："我儿子没出事，还是局长！"

此刻，小院子里响起了"噼噼啪啪"的鞭炮声。

（题图、插图：谢　颖）

疯狂的货车

□彭远思

大刘是个长途货车司机，成天开着他那辆厢式大货车接单跑生意。这天，他卸了货物便急忙往回走。紧赶慢赶，傍晚的时候，他远远望见前头的螺江大桥了。

大刘心里一估摸：不错，今天半夜前到家没问题。可他正准备减速上桥，突然发现不对啊，怎么桥面上的几辆小车不但没往前开，反倒在往后倒车呢？接着，大刘听到好像有人在叫喊："后退，后退，大桥垮了！"

大刘赶紧停车，伸出头一看：我的妈呀，这螺江大桥中间居然裂了一道缝，有一截已经陷了下去，整座桥成了"V"字形。大刘心里暗骂一声：怎么这么倒霉呢！不过他转念一想，自己还算幸运，刚才那几辆小车上了桥，桥就能垮成那样，要是自己这大货车上去了，指不定有个啥三长两短

呢。于是，他决定绕过这座螺江大桥，走远路。不过今晚想赶到家就没戏了，他便就地找了个便宜的旅馆住下。

大刘把一切安顿妥当，躺下就睡。这时，却听"砰砰砰"一阵急促的敲门声。他只好爬起来，揉着眼睛打开门，正准备骂两句。不料，只见门外齐刷刷站着一排人，吓得他两腿一哆嗦，半天才憋出一句："请问，你……你们……找……找谁啊？"

只见面前站在中间的是一个戴眼镜的瘦子，递上证件，上前一步道："你好，我是螺江市公路局的。外头那辆大货车是你的？"

这下大刘给彻底吓醒了，连忙弯腰点头，再瞄了一眼证件，来人还是个科长呢。这时，这位眼镜科长扶了扶眼镜，严肃地说："我们是来调查螺江大桥垮塌事故的。我们调出大桥

附近监控摄像头拍下的录像，在大桥入口不远处发现了你的货车，怀疑是你的车超载使大桥超负荷，最终导致大桥垮塌。"

大刘听了，这才松了口气，忙解释："我说，领导，这……这里头是不是有误会啊？桥塌的时候，我……我的车还没上桥啊！而且，我这可是空车啊！"

谁知那眼镜科长根本不听他的解释，只是淡淡说了句："空车不空车，你说了不算，一切等我们调查完了再下定论。请你配合我们工作。"说完，便吩咐身后的工作人员把大刘那辆大

货车从头到尾好好检查个遍！

按道理所谓身正不怕影子斜，查就查呗。可是大刘开始心虚了。原来，他把货车驾驶室的副驾座做了一点改装，在里头放了好些水货手机，这样好赚点外快。无奈，他只好跟着这些工作人员来到车边，打开车厢门配合检查。那眼镜科长往车厢里一探头，立刻满脸的失望，接着便拨通了手机，道："领导，车是找到了，可却是辆空车，这回怎么办？好好，明白！"

说完，他挂了手机，走过来拍拍大刘的肩膀，如此这般在大刘的耳边说了好一会儿。大刘听了，连忙摇头说："这，这怎么行？"眼镜科长连忙示意他小声点，然后又补充道："事成以后，我们会补偿你的损失费，三万块！"三万块！听到这个数字，大刘犹豫了一下，可还是狠下心拒绝道："不行！"

看大刘态度如此坚决，眼镜科长急得左右踱步。他在那边干着急，大刘在这头眼看着这些工作人员在自己的车厢里蹦下跳的，也心慌得够呛。不多会儿，他便急出一脑门的汗，忍不住往驾驶室瞟了一眼。这一瞟可坏事儿了，碰巧没逃过眼镜科长的法眼。只见他又扶了扶鼻梁上的镜框，眯着眼盯着大刘好几秒，又转过头望了望驾驶室，突然命令道："别管车厢了，给我检查驾驶室。"

大刘心中暗喊一声：完了！果

然，十分钟后，工作人员拿着一个水货手机来到他们面前，报告说："科长，这应该是水货，副驾驶座下头还有二三十个呢。"

只听眼镜科长"哼"了一声，又拍拍大刘的肩膀，皮笑肉不笑道："兄弟，你这就叫敬酒不吃吃罚酒。你干的可是走私的活儿，报上去是要判刑的！"见大刘不吭声，眼镜男又凑上去小声说，"只要你照我刚刚说的做，这些事我就当不知道，那三万块依然是你的！你自己考虑一下！"

这还有什么考虑的余地？大刘只得点头答应。于是，大半夜的，他就开着车子，跟着眼镜科长的车驶向附近的一个水泥厂。一到水泥厂，眼镜科长马上让所有人动起来，迅速把一袋袋水泥搬上货车，直到超载了将近二分之一，他才喊"停"。

这时，眼镜科长招呼了大刘一声："快，马上把车开到螺江大桥附近！"这回大伙算是明白了，螺江大桥才建成不久，要是只过了几辆小轿车就垮掉的事传出去可不好交代啊。于是，这帮办事员才想到让大刘这辆超载的货车上桥来顶罪！

再说大刘，尽管心里又是后悔，又是不甘，可却又别无他法，只好自认倒霉地发动了车，往螺江大桥开去。

他在前头开着车，眼镜科长带着一帮人跟在后头，眼看着快到大桥入口处了，大刘心里一阵害怕。为了壮胆，他一咬牙，踩下油门，想尽快把这事了结了拉倒。却只听"轰"的一声闷响，车居然停了下来不走了！

大刘赶紧下车，想看个究竟。这一看，他傻眼了。这时，后头跟着的眼镜科长也下了小车，生气地走上来，训道："怎么不走了？你到底想搞什么花样！"不过，等走到货车面前时，他也傻眼了。

"这……还能动吗？"眼镜科长问了一句。大刘正一肚子火呢，没好气地回答："你说能动吗？"

眼镜科长不说话了。这时，他的手机响了。他赶紧接通电话，战战兢兢道："领导……货车是差不多到大桥了，可现在又出状况了……是这样的，您先别生气，听我说，这个……货车不是超载的吗？还没开上桥呢，却把大桥前头的路面给压垮了，现在陷进地里动不了了……"

再说大刘，眼见围观的人越来越多，还有人不停地拍照发微博。他不由的一拍大腿，低下头：这回算是全完了，别说那三万块打了水漂，自己走私的罪名恐怕也逃不掉喽！

(题图、插图：刘为民)

演戏

□ 沈海清

如今组织旅游，也算员工福利之一。这不，最近朱洪标的公司，就组织他们出门玩了一趟。

朱洪标和同事们本想趁此机会，好好休闲一番，没想到旅游团的服务质量却一塌糊涂。景点没逛几个，导游小姐却净把大伙儿往土特产商场带，不买东西就给脸色看。

这天，他们好不容易到了一个景点。导游小姐便给大家讲解起来："传说几百年前这里出过一个清官，判案如神。所以当地旅游部门专门定制了一场特色演出，叫'清官判案'，大伙儿有兴趣还可以参与互动呢。"说完指向广场。

朱洪标一瞧，那儿果然造了一座青墙黛瓦的衙门，衙门石阶左右还各有一头活灵活现的石狮子。再往里看，"大堂"中间还摆着一张戏文里包龙图审案的案桌，外面还放着一些板凳，那是留给观众的。

这时候，只见里头工作人员捧出一些戏服来，走到朱洪标面前，说："这位先生，您生得天庭饱满，地廓方圆，一定是个当领导的，待会我们要演县官审案，还少一个县官的角色，就请你来扮演了！"

朱洪标正要推辞，导游小姐连忙上前，笑吟吟道："放心，演县官不多花钱。而且县官最好演，戏里就你的官最大，怎么演下去都由你作主！"见朱洪标在犹豫，导游小姐又道，"你别紧张，这样吧，我演师爷，就站在你身后，万一有什么事，我提醒你！"

身边的同事听了，也跟着起哄。朱洪标一听，心想：也罢，今儿我也当回爷，于是点头答应下来。

说时迟那时快，几个工作人员赶

紧围上来，一边七手八脚帮朱洪标换上了官服，一边给他简单说了几句戏。等朱洪标穿戴妥当，便像模像样坐到案桌后，这时，导游小姐也换上了一身古代长衫，鼻子下面还粘了两撇胡子，装成"师爷"的角色，站在朱洪标身后。景点工作人员早已装扮成衙役，站在两边。这戏也就算是开场了。

戏很简单，说的是一个"村姑"，提了一篮子橘子在路上，碰到一个无赖要调戏她，姑娘喊救命，最后闹到了公堂，由县官审案。说是演戏，但台词大都是临场发挥。

朱洪标刚开始还有些紧张，但他很快镇定下来，不一会，一个姑娘扮的"村姑"提着一只竹篮子大叫告状。朱洪标咳嗽一声，惊堂木一拍，叫道："传上来！"

于是，那姑娘便上了大堂，朱洪标看她手里的竹篮子，里面盛了十多只青皮橘子，便装腔作势喝道："堂下何人，所告何人？"

姑娘回答说，她在橘园采橘子，路上碰到一个无赖调戏她。

朱洪标便又一拍惊堂木，喝道："光天化日之下，竟敢调戏良家女子，把那无赖带上来！"

几个衙役便拖长了声音喝一声"威——武——"，把那个无赖带上堂来。

朱洪标美滋滋地想：嘿，还真像这么回事儿。于是，他又喝道："大胆狂徒，光天化日，竟敢调戏良家女子，该当何罪？"

那"无赖"跪在地上，一双眼睛骨碌碌一转，道："禀报大老爷，小人买了橘子回家，路上被这女子抢了去，小人只是要讨回橘子，并没有调戏她，请青天大老爷明鉴！"

这时，朱洪标瞧见堂下坐着的同事们发出一阵哄笑，仿佛在说："嘿嘿，这回看你怎么审。"

朱洪标却早已胸有成竹，他有模有样地将了将假胡子，模仿电视里审案的架势，一拍惊堂木，喝道："既然橘子是你买的，那本老爷问你，这一篮子橘子有多少斤重？多少钱一斤？一共花了多少钱？"

这回，那"无赖"支支吾吾说不出话来了。只听朱洪标再一拍惊堂

·新传说·

木，喝道："你这个二流子，调戏良家女子，反诬别人抢你橘子，来人！给我当堂重打四十板子，让这小子一生一世养不出儿子！"

堂下同事们听了，一阵拍手叫好，听得朱洪标直得意。只见几个"衙役"吆喝一声，走上前来，压住那"无赖"，举起板子，装腔作势比划了几下。

接着，那"无赖"便喊着"唉哟"被赶出了大堂。

朱洪标松了口气，以为戏结束了。他正要下堂去卸妆，只听那"村姑"说话了："民女多谢青天大老爷！"

朱洪标心里一阵自豪，学着古戏里的包公，呵呵笑道："不客气，当官不为民作主，不如回家卖红薯！"

"村姑"笑吟吟道："民女为感谢青天大老爷，就代表本县乡亲们，将这篮橘子送给大老爷，以表心意。请大老爷收下！"说着，走上前，把竹篮往朱洪标手里塞。

朱洪标哪里肯收，这时，站在朱洪标身后的"师爷"，也就是那个导游小姐，连忙上前一步，道："老爷，这是乡亲们的一点心意，您老就收下吧，只要稍稍打赏几个钱就可以了！"见朱洪标好像听不懂自己的话，她又附在朱洪标耳边说，"这位先生，这也是这出戏的一部分，你就收下吧！再象征性地付一点钱，表示自己的清廉。"

朱洪标问道："象征性？付多少？"导游小姐道："少则两百，多则不计！"

朱洪标听了，不由心里一惊，他这才明白过来，自己是落入了导游和景点布下的圈套了。他知道想跑是跑不掉的，这时，他脑筋一转：不如一拍惊堂木，大声喝斥一声："本老爷以清廉为本，你竟敢行贿本老爷，让衙役重打四十大板！"这样既拒绝了这篮橘子，还可以脱身。

可他再一想，在这地方每天上当的人肯定不少，不收橘子肯定也过不了关。最可恨的是导游，和景点合伙算计游客，应该让她吃点苦头才是。

于是，朱洪标眉头一皱，又坐下来，惊堂木一拍，哈哈笑道："姑娘一番好意，本老爷可不能辜负了。但本衙门一应账册，都由师爷掌管，就请师爷收下橘子，让他打赏！"

那"村姑"哪里想到朱洪标会来这一手，当时就说不出话来。朱洪标的同事们也看出了端倪，起哄道："师爷付钱，师爷付钱！"

那导游小姐一时脸红耳赤，无可奈何地伸手接过了竹篮。

这时，朱洪标不失时机，大喝一声："退堂！"

堂下的同事们也跟着吼了一声："好！"大伙儿便一哄而散了。这时，朱洪标还真找到了一种当爷的感觉呢。

（题图、插图：张恩卫）

三个老头

□ 张洪瑜

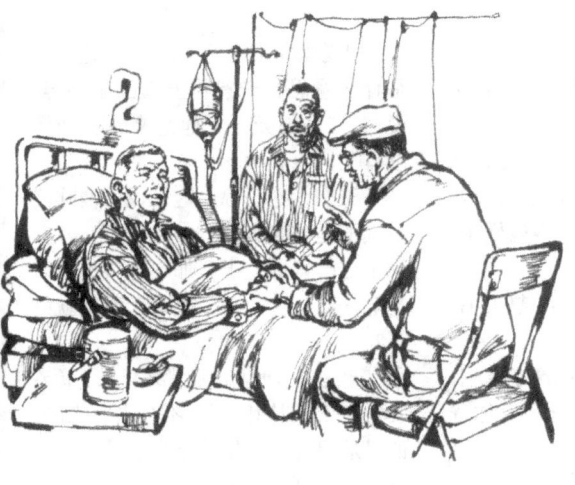

王东的老爸今年七十多，突然得了一场大病，送进医院第二天，医生就通知王东，快点准备后事。虽然医生这么说，可王东也不忍心就这样让老爸回家等死。

没多久，病房里又住进来两个老头，一个姓赵，一个姓李。王东跟他们的儿子私下一聊，原来两个老头跟他爸一样，都是大势已去，只待那一日了。住了不到一个星期，另外两个老头被家人接回家准备后事了。等两个病友一走，王大爷也坚持要出院，说反正是个死，不如在家里舒服些。

回了家，王大爷明知死期不远，可却整天脸上笑眯眯的，好像不是在等死，而是在等待一件非常幸福的事情一般。王东瞧在眼里，心下却明白着，别看老爸一副看破了生死、对世间了无牵挂的样子，实际上他还有最后一个心愿，就是死后有一块属于自己的地，入土为安。老爸在一年前就开始自己给自己找墓地了，哪知道现在墓地价格贵得吓死人，从墓园回来后，他整天嘴里念叨一句话：死不起啊死不起。

王东心想，自己再缺钱，也要完成老爸最后的心愿。于是，他瞒着老爸，悄悄跑到墓园打探。哪知道不问不知道，一问吓一跳，把全城的墓园跑了个遍，就那样屁股大的一块地儿，最便宜的也要三万以上。再加上那些造价以及各种丧葬费用，没有五万根本住不进去啊！

王东心底凉嗖嗖的，他现在可买不起哟。这阴间的房子也不能按揭，看来老爸一死，只好把骨灰先放在家里了，等以后攒够钱了再安葬。

这天半夜他从外面回来，忽然

看见屋外站着一个老头儿，正搓着两只手，伸长脖子朝他家张望。

王东走近了一看，不禁一怔，这不是和老爸住一间病房的赵老头吗？这么久不见，没想到他居然病好了，看起来还挺精神的。

王东向他打了声招呼："赵伯伯，您找谁呀？"

赵老头也认出了他，犹豫了片刻，吞吞吐吐地问："你、你爸……你爸现在咋样了？"

"还那样。"王东微微叹了口气，"一会儿醒，一会儿睡，吃了东西就吐。"

赵老头"哦"了一声，脸上似乎有些失望。他又往王东家望了一眼，说："那好，你跟你爸说一声吧，就说那个姓赵的老头来过了。"

王东知道他是来看望老爸的，忙说："赵伯，进屋坐一会吧，我爸也老提起你和李伯哩。"

赵老头连连摆手，走得很急，一会就看不见了。王东心说这老头真怪，想来看人，又不愿进屋。

第二天，王东才跟老爸提起昨晚赵老头来看他的事。老爸一听，黯淡的眼神突然一亮，急迫地问他："你看清楚了，真的是那个赵老头？"

王东说没错，我看得很清楚。老爸缓缓点了点头，说："唉，毕竟还是老赵这家伙快了一步。"

王东愣了愣，不明白老爸这句话是什么意思。老爸脸上露出了笑容，说道："老赵死了，他是来看我死了没有呢。"

王东大吃一惊，这么说，他昨晚看到的是老赵的鬼魂？他接着一想，恐怕自己真见鬼了，那赵老头出院时奄奄一息，这才一个来月，哪能就好了？

老爸见他吓得脸都白了，笑着安慰道："别怕！老赵不会来害人的，他只是想看看我几时走罢了。"

王东还是觉得头皮一阵阵发麻，不由得怪起赵老头来：你走了就走了吧，干吗想拉我老爸一块走？

过了几天，老爸的情况越来越不妙，已经到了弥留之际，王东请了假，整日整夜陪在老爸床前。一天夜里，他看老爸昏睡过去，就打算出去买点东西吃。

走到门口，他忽然听见外面有人说话，心中一惊，躲在窗后往外看。只见屋外站着两条人影，在月光下看得真真切切，其中一个果然是那个死了的赵老头，另外一个老头正是老爸的另一个病友李老头，看来也死了。不知咋的，他们居然扯到了一起，而且跑到自己家来了。

王东吓得腿都软了，瞪着这两个鬼，大气也不敢喘。只听那赵老头有些埋怨地说："唉，这姓王的真是，磨磨蹭蹭，就是不死。"

李老头接口道："是呀，你说这么拖着有什么好？还不是害着自己儿子吗？也不知要让我们等多久，真不够意思！"

赵老头叹口气道："我真有些等不及了，要不咱们别等他了？"

李老头想了想，摇摇头说："不太好吧，说好了算他一份。再等等，我看他也快来了。"

王东哆哆嗦嗦地听着，明白了，原来这三个老头在医院有缘一见，大概做了什么约定吧，所以他们就来等老爸一块走。

两个老头又在屋外嘀咕了一阵，慢慢地走了。王东也不敢出去买吃的了，一张脸吓得刷白刷白地回到房间，一看老爸正好醒过来。他犹豫了一下，不知道该不该告诉老爸。

不想老爸一瞧他的脸色，就猜到了，问道："是不是赵老头又来催我了？"

王东知道瞒不过，只好说了，说这回那个姓李的老头也来了。老爸的声音突然大了起来："什么？那个姓李的老头也来了？"他脸上又是高兴又是着急，想了想又说，"哎哟，他们两个都走了，我也得赶紧了。他们万一不等我，就麻烦了！"

王东暗吃一惊："爸，他们走他们的，又不是赶火车，您还能活好长哩！"

"不行哟！"老爸认真地说，"我要是迟了就没份啦！"

王东一听愣了，什么份不份的？这又不是分什么宝贝，老爸还怕他们独吞吗？接着一想，可能老爸脑子已经糊涂了，也就没有问。老爸接着说："王东啊，你也别再给我吃什么药了，就让我安安静静地走吧。"说完，又昏昏沉沉睡去。

第二天晚上，王东不知不觉在老爸床前睡着了。忽然间，他隐隐听到外面有人说话，就爬了起来。走到窗前一看，顿时吓了一跳，原来又是那两个老头，后面还站着两个老太太。

一惊之后，王东不禁来了气，我老爸还没走呢，你们天天在这催，算怎么回事嘛？想到这，他壮了壮胆，

正打算出去劝他们走开，突然看见一个人从屋里走了出去。他一下张大了嘴巴，这个人正是老爸。

老爸径直冲两个老头走去，一边还说道："两位老哥，你们等急了吧？对不起啊，让你们等了这么久。"

两个老头不耐烦地说："就你这么拖拉！再迟一天，我们就不等了。"

老爸又连连赔礼道歉，看见那两位老太太，惊讶极了："这两位、这两位……"赵老头说："自己人！她们也是昨天刚下来的，非要加入，我一想也不错，这样咱们就更热闹了。"

老爸有点迟疑："男女有别，这个不太好吧？"赵老头一笑："死人哪还管这么多规矩？人家的儿女都无所谓了！"

老爸点点头，说那好，你们先走一步，我还得跟儿子说一声。我怕他不同意，还没交代清楚哩，说罢转身飘回了屋里。

王东愣了愣，快步跑回屋去，一看老爸端端正正地坐在床上，精神抖擞，像个没病的人一样。他知道，老爸这时已经死了，又伤心又害怕。

老爸向他招手说："王东，老爸有话问你，我死后，你准备怎么处理我的骨灰啊？"

王东"扑通"一声跪在地上磕起了头："爸啊爸，儿子没用，连块墓地也买不起。我不敢骗您，我打算先委屈您老人家一下，让您的骨灰仍旧住在家里，等我赚钱了，一定买块风水宝地把您风光大葬！"

老爸悠悠叹了口气，说道"你什么情况我不知道吗？所以我一直不敢奢望有这个福气。"

王东一看老爸这么难过，什么也不顾了，大声说："爸，我就是去借高利贷，也要给您买块地！"

"别别别！"老爸慌忙摇手，"你可千万别干傻事啊！听我说，你把我火化后，就去找老赵的儿子。"

王东一听愣了，找老赵的儿子干啥？老爸犹豫了一下，才缓缓开口，说当初在医院时，他和赵老头、李老头互相一聊，谁家都不富裕，没打算买墓地。后来赵老头突发灵感，想到了一个办法，三个老头一拍即合：让三家人合伙买块地，三人合住。碑呢？就立一块好了，上面写上三个人的名字，再加上三个人的丧葬合成一次办，能省去不少钱。现在赵老头又多找了两个人，摊成五份，就更便宜了。

王东一听恍然大悟，怪不得那两个老头非要等老爸哩！接着他心里一阵难受，哭道："爸，太挤了……太挤了啊，太委屈您了！"

老爸叹了口气："挤就挤点吧，好过死人跟活人同住！记住，就这么定了！"说罢突然往后一翻，躺在了床上。

（题图、插图：谢　颖）

□ 申之珉

阿 P 见义勇为

阿P这几年经历了不少事情，可总觉得没一件是轰轰烈烈能上得了台面的。人过留名，雁过留声。他想：自己若不来点流芳百世的英雄壮举，岂不是虚度一生？也真是心想事成，阿P这回还真碰上了一次该他露脸的事。

这是个炎热的上午，阿P去超市采购，路经一个偏僻的小胡同口时，突然听到里面有人高声大叫："抓小偷啊！"接着便一前一后窜出一高一矮两个人来。

阿P先被吓了一跳，但瞬间就反应过来：这可是见义勇为的好机会呀！他见第一个小偷长得人高马大的，估计自己弄不过他，便贴着墙先将他让了过去，然后突然朝后面的矮个子来个扫荡腿，只听"扑通"一下，紧接着又"哎呦"一声，矮个子便重重摔倒在地，脸皮还被蹭破了一大块。

阿P随即又来了个饿虎扑食，将那矮个子死死按倒在地，嘴里还朝路人大声喊道："快拨110！"

路人随着喊声围了上来，此时两位巡警也押着前面那个高个子小偷走了过来。

阿P得意洋洋地站起身，正想主动报告自己姓名时，地上的那矮个子突然蹦了起来，朝着阿P左脸颊就是一拳，嘴里还大声嚷道："警察，他们是一伙的，偷我钱夹……"

阿P这才明白，闹了半天，自己扫倒的矮个子原来是失主！警察查明原因后，便当场对他俩进行调解，矮个子捂着脸来了个狮子大开口："警察先生，您看我都破相了，怎么也得赔个几千元的医疗费吧？"

阿P大吃一惊："你就擦破点皮哪用得了这么多？何况我是抓小偷误伤你的。"说着，又将两个裤兜翻出来说，"再说我身上也没带这么多钱，喏，你看，只有一张50的……"

警察一见双方赔偿数额差距太大，正想继续调解，谁知那矮个子上前一把夺过阿P手里的50元钞票，说："50就50！我还有急事要办呢，我认倒霉还不行吗……"说完，又从警察那里要回自己的钱夹走了。

警察见事已解决，也押着小偷走了。阿P摸着有些发烫的左脸颊，开始心里有点别扭，但很快就释然了：不管怎么说，我这也算是见义勇为呀。

他摸了摸后裤兜里还有几张零钞，便继续朝超市走去。此时超市门口围了一大群人，一位老太太焦急地喊着："谁有电话，快打120，有人晕倒了！"

阿P挤过去一看，只见一个打扮入时的年轻女人口吐白沫躺在地上，周围却没有一个人敢搭手相救。阿P平时稍微懂点救护常识，一眼就看出她是因为天太热，中暑了。

于是他一边疏散人群，一边蹲下身将那年轻女人抱到了路边树下阴凉处，先给她灌了几口矿泉水，然后解开那女人的衣领扣准备给她透透气。

年轻女人很快就苏醒过来，她发现阿P正在解她的上衣扣，不禁又羞又恼，抬起胳膊扬起手，照着阿P右脸颊就是狠狠一掌，嘴里还恶声恶气地骂道："臭流氓，敢吃你老娘的豆腐！"

阿P冷不丁挨了这一掌，顿时满眼乱冒金星，右脸庞立马现出一个鲜红的五指印掌，不由得"妈呀"一声跌坐在地上，半天没能站起来。

谁知那女人还觉得不解恨，爬起来又踢了阿P一脚。就在她还想再继续咒骂踢打阿P的时候，周围的群众可就看不下去了，大伙儿都上来七嘴八舌地责备起那女人来："喂喂，打错了，你刚才中暑了，这小伙子是救你的。"

"就是，恩将仇报，你这个女人还讲不讲良心呀……"

那女人虽说感到自己有些理亏，可嘴里却仍旧不依不饶地说道："简直就是趁火打劫！谁知道你安的什么心呀？哼哼，要不是老娘我现在有急事要办，非把你这个臭流氓送到派出所去不可……今儿算是便宜你了。"说罢，她从手提坤包里掏出镜子照了照，又拢了拢自己的发型，这才扬长而去。

人们把阿P扶了起来，那位老太太一边给他拍打灰土，一边嘟嘟囔囔地说："作孽哟，真是好心不得好报呀。"也有人抱不平："小伙子告她去！我们给你作证。"

阿P放眼一望，哪里还有那女人的身影？他只好苦笑着摆摆手，说："算啦算啦，有诸位这几句话我也就知足了，不管怎么说，我这也算是见义勇为。"

连遭两次打击后，阿P买东西的心情也没有了，于是掉头朝家走去。走到半道觉得口渴，他便走进路边一家"情侣饮吧"买了杯饮料，正想找个座位喝时，意外发现刚才路上被盗钱夹的矮个子和中暑的女人竟然坐在12号情侣间内。瞅着两人那暧昧的神情，阿P不觉心中一动，于是便悄悄地躲在隔壁，透过隔板的缝隙，偷瞧偷听起来。

此时就听那女人吃吃地笑着问："亲爱的，你的脸怎么啦，是不是遭

到你那黄脸婆的家庭暴力了？"

"她敢？我借她俩胆！是我路上帮助警察抓歹徒时弄伤的，警察非要让我去局里填表，说要给哥们申请见义勇为奖金，我说没时间，谁稀罕那俩小钱呀，不能耽误我和美人约会是不是……喂，亲爱的，你怎么也迟到了，让那糟老头子拖住了？"

"嗨！别提了，路上碰上个帅哥，死缠活缠要请我吃饭，烦死人……"那女人还想继续讲下去，坤包里的手机突然响了起来，那女人看了眼手机号码，先朝着男子轻轻"嘘"了一声，然后打开手机嗲声嗲气地说道："老公，有事吗？我正在做美容呀，真的。不骗你，骗你是小狗……嘻嘻。"

阿P明白了，原来他们是一对偷情的狗男女呀！他此时突然灵光一现，拿起手机对着隔板缝隙大声吼叫起来："噢，老王啊，我现在在情侣饮吧和情人约会，什么，不相信？骗你是小狗！我就在13号雅座，不信你来看……"

此时就听得隔壁一阵骚动，接着，那丢钱夹的矮个子和中暑的女人狼狈地冲出了情侣饮吧。望着他们的背影，阿P一边惬意地呷着饮料，一边得意洋洋地想：我这也算是见义勇为吧……

（题图、插图：顾子易）

□ 吞墨鱼

举人经商

巧卖干柴

清朝嘉庆年间，皖北有个举子叫于树青。这年他进京赶考却名落孙山，最后连返乡的盘缠也凑不齐了，无奈之下只好寄居在齐化门旁的葫芦庙里，每天为僧人们抄写经书换碗饭吃。

一个初春傍晚，有个游方僧，自称法号道空，想到庙里投宿。可葫芦庙本就僧多粥少，方丈老大不高兴，一个劲把他往外面赶。于树青见这道空年近八旬，衣着破烂袈裟，头戴济公帽，颤巍巍拄着根拐杖，极是可怜，便走过来代他向方丈求情，情愿自己每天为寺庙多抄一卷经文，好说歹说，终于将道空留了下来。

从此道空对于树青满心感激，常来同他攀谈，两人极是投缘。得知于树青没有盘缠回乡，道空劝道："人不能一条道走到黑，你考不中进士，可以做生意赚路费嘛。"于树青愁叹道："我一介书生，哪儿是做生意的材料。况且襄中羞涩，全部家当也不出十两银子。"

道空想了想道："靠山吃山，靠水吃水，你住的这座破庙里，便有一个发财的宝地——老衲看这庙后的菜地足足有十来亩，你不妨包下来……"

没等道空说完，于树青便连连摇头："这块菜地全是贫瘠的粘土，不长菜苗，倒疯长野树条。庙里的种菜和尚一年到头累死累活，连买菜种子的钱都收不回来……"道空呵呵一笑："老衲何曾让你种菜？老衲也算是个'老北京'了，让你种什么你就种什么，准没有错。"

于树青见道空一脸真诚，还真动

了心：道空没理由骗自己的，不妨放手一搏。当下他便来到前堂找到老方丈，要求包下这片菜地。老方丈求之不得，便一手接银子，一手在契书上签字画押。

春暖花开，正是耕田种地的好时候。于树青问道空种什么，道空笑道："你不是说这块地疯长野树条吗？咱们就插树条子。"当下两人砍来随处可见的柳树枝、榆树根、野荆棘，见缝插针，全移栽到了葫芦庙里的菜园里。这年夏天，雨水格外足，野树条可着劲地长，入秋后便长成了胳膊粗的树棵子。道空又叫于树青砍下树棵子，晒干后码成堆，枝枝叉叉地堆得好像座小山包。

这下，庙里的和尚们终于明白道空和于树青两人要干啥了——入冬后要把这些树棵子当干柴卖呢！可在北京城，家家户户烧炕取暖向来用的都是西山炭民挑进城来的煤块和木炭，这些不赶火又起烟的干柴，白给都没人要。怕是于树青这个穷举人穷疯了，也亏得道空这歪嘴和尚还自称是"老北京"。

听着和尚们的讥笑，于树青心头忐忑不安，道空却气定神闲。过了霜降，皇城北京突然天气转寒，鹅毛大雪下了三天三夜，奇冷无比，更要命的是九门提督忽然下了一道紧急禁门令：严禁西山炭民入京。

这是为啥？大伙儿打听了半天，才知道原来九门提督府侦知一条绝密消息，一直活跃在西山炭民中的天理会教徒要趁炭民入京的机会二打紫禁城——八年前他们就曾在皇城根下起事造反，差点攻下了紫禁城呢。

这下可好，京城炭柴奇贵，价码成倍上涨，往年根本没人看上眼的干柴也成了香饽饽，于树青的那堆干柴不到半月便全卖光了，直看得葫芦庙里的僧人们羡慕不已。于树青心中也连连称奇，一个劲问道空如何能料事如神。道空一笑，痛痛快快地揭了底……

原来，初春的时候，京城上空就响雷不断，这可是罕见的天象。不久，一条谣谚在百姓中流传：开春打雷，遍地反贼，雪花一飘，改天换地。这不是鼓动人们造反吗？

沿街化缘的道空顿时明白，这是天理会教徒要在冬天农闲时聚众闹事的信号。作为一个老北京，他知道开春打雷实际上是春气动得早，夏天雨水必然充足，冬天也必然来得早，而朝廷一直提防着天理会，到了冬天必定要严禁炭民入京。如此一来，炭柴岂有不大贵之理？

妙计填坑

于树青听了自然叹服不已。

只听道空反问他："如今你有钱了，是不是要回乡了？"

"不，"于树青摇摇头，"还是师父您当初说得对，人不能一条道走到黑，我想在京城经商，发了大财再衣锦还乡。"

道空点点头，沉吟道："京城寸土寸金，经商尤其不易。你手里的银子只能盘个小店铺，想发大财恐怕还不能够。也罢，老衲再给你出个主意——如今皇城最繁华的地方莫过于前门大街，前门大街有个蛤蟆坑，你可以买下来填平了盖商铺。"

于树青兴冲冲来到前门大街，果然见大街左侧、铁帽子王爷果亲王府第东面有个足有方圆两亩的水坑，坑中蛤蟆"呱呱"叫个不停，难怪叫作蛤蟆坑。

可再一细打听，于树青心凉了半截。原来，蛤蟆坑的主人周老二当初也曾想将坑填平了盖商铺，但刚填了两马车土，果亲王府里便出来人发话，说果亲王五行属水，最忌宅东有土——土克水嘛，你周老二填平坑可以，但不得用土！周老二只得停工。

不曾想来年夏天，果亲王的小阿哥来蛤蟆坑捉蛤蟆，跌进坑中淹死了，果亲王勃然大怒，要治周老二死罪，周老二几乎倾家荡产才保住命，从此便想把这招灾破财的坑卖出去。可偌大的京城，谁敢得罪果亲王呢？这么久了，蛤蟆坑果然无人问津。

于树青思来想去，一咬牙还是找到了周老二，要买蛤蟆坑。周老二求之不得，只象征性地收了于树青几两银子。

坑买来了，道空也拄着拐杖过来了，指点于树青在窄窄的坑边搭了个小棚子，支起锅灶，雇个厨师开煎包铺。于树青大为不解：前门大街尽是豪门阔商，谁会买这只有平头百姓才吃的早点？就这小生意能发大财？

等煎包铺开张后，道空又过来了，只见他一手拿着文房四宝，一手拎着一根长竹竿，竹竿上头还挑着个小葫芦。道空将竹竿插在蛤蟆坑中心，然后摊开纸张，让于树青写了个告示：凡能以碎砖烂瓦击中葫芦者，赏大煎

包一个。

道空这葫芦里卖的啥药？正当于树青迷瞪不已的时候，却听耳边一声呼啸，一群乞丐围拢过来，看了告示后又一哄而散。

不多会儿，只见乞丐们成群结队而来，他们的讨饭兜里装的全是碎砖烂瓦，围在蛤蟆坑边，雨点似的向坑中砸去。这又正是青黄不接的二三月，乞丐们多啊，几乎全皇城的乞丐都闻讯赶到了蛤蟆坑，天天来砸小葫芦，只不过一个月的工夫，蛤蟆坑居然被砸平了！

至此，于树青大悟：道空此举，醉翁之意不在酒啊，如此填坑，花费的代价比雇人挑土填坑便宜多了，又不得罪果亲王！

盖好商铺，于树青向道空请教做什么生意。道空却连连摇头："做什么生意还须你自个儿拿主意，这就看你有无生意头脑。不过，老衲可以送你做生意发大财的八字真经——欲取先予，人无我有。"

估衣奇招

正当于树青拿不定主意做何生意时，这年秋天，嘉庆驾崩，智亲王即位，年号道光。一听是智亲王即位，于树青脑袋一拍："一场大好生意来了！"他当下雇了两个小伙计，自当掌柜，开了间估衣铺，打出了"高升衣庄"的招牌，招牌旁书写五个大字：

专收旧官服。

嗬，这可真是件奇事！在皇城，估衣铺少说也有上百家，但没有一家会收旧官服，更何况还是"专收"。为啥？官服不同于一般衣服，平头百姓是不能穿官服的，而品阶不同的官员也不能乱穿式样和补子都不同的官服，否则就是"犯上"之罪！因此，官员们的旧官服只能放在家里

压箱底。

如今居然有个"高升衣庄"专收旧官服，且出价不低，一件旧官服的出价足够买件新袍子，京城的官员们喜出望外，争相派家人前来高升衣庄卖掉旧官服。一时间，高升衣庄人满为患。周边的店铺见状无不哂笑：这个于树青，填平蛤蟆坑倒挺有办法，可这回居然昏了脑壳——看你收了一屋子旧官服卖给谁去？只怕要"关门大吉"了！

国丧期过后，朝臣们脱下丧服换上朝服上朝，却见新皇帝道光穿着件半新不旧的龙袍坐在金銮殿上，旁边侍立的太监也全穿着旧官服。而道光放眼往殿下一瞧，只见山呼万岁的文武百官个个衣着光鲜，只有内阁曹学士穿着旧官服鹤立鸡群。他当下脸一寒，气恨恨道："成由节俭败由奢，家如此，国犹如此！"说完龙袖一甩退了朝，抛下群臣们大眼瞪小眼。

等到第二天上朝，皇上的第一道圣旨便是将曹学士升职为军机大臣！这下群臣们终于明白了：新皇上倡俭戒奢，要求大臣们从自身做起，像曹学士那样穿旧官服！而这个曹学士是个十年不曾升职的迂腐老儒，无新官服可换，当然只能穿旧官服了，没想到竟然因此时来运转！

散朝以后，朝臣们纷纷翻箱倒柜找旧官服，可旧官服一件也没有了，都卖到高升衣庄了！没奈何，只得再

来高升衣庄赎回旧官服，可想再赎回去，那价钱可就咬手得很！没办法，价钱再咬手也得买，不然别说升官了，只怕顶戴花翎也保不住！

还有那些外地觐见的封疆大吏听说皇上如此作风，也连忙来到高升衣庄买旧官服——只此一家，别无分号。不过两个月，旧官服卖了个光，于树青赚了个盆满钵满！

要问于树青为何能未卜先知？说来也是他在盖商铺时，常见果亲王府中皇室贵族来来往往，其中智亲王格外与众不同，不仅自己穿旧衣服，手下的随从也都是破衣烂衫的。得知智亲王当了皇帝，于树青马上判断一朝天子一朝臣，道光难以容忍朝臣们穿新官服……

现身说法

于树青正得意时，道空拄着拐杖又来了，恭喜他发了大财，之后，他又问道："倒卖旧官服其实是一锤子买卖，如今你已有了生意头脑，不知到底要做何长远生意？"

于树青一笑："师父，我现在又改变主意了，我不打算做生意了。"

"莫非你想捐个官做？"道空平静地问道。

"对！"于树青道，"做官发大财比经商来得快。正如您当初所说的，发大财必须做到'欲取先予，人无我有。'做了官依仗官威和官势最容易

做到这一点——不管百姓需要不需要，都可以把货物摊派下去，这就叫'欲取先予'；对货物进行独家经营，便是'人无我有'……"

于树青眉飞色舞地还要说下去，道空打断了他的话，指了指头上的济公帽道："你我相识两年了，可你看见我脱下过这顶帽子吗？听到我念过经吗？"说着将济公帽掀了下来，只见他的精光头皮上一个香疤也没有，分明是个假和尚！

道空将于树青扯到内室，摆出一壶酒和几碟菜，两人边吃边谈。道空幽幽地道："二十五年前，不知你听

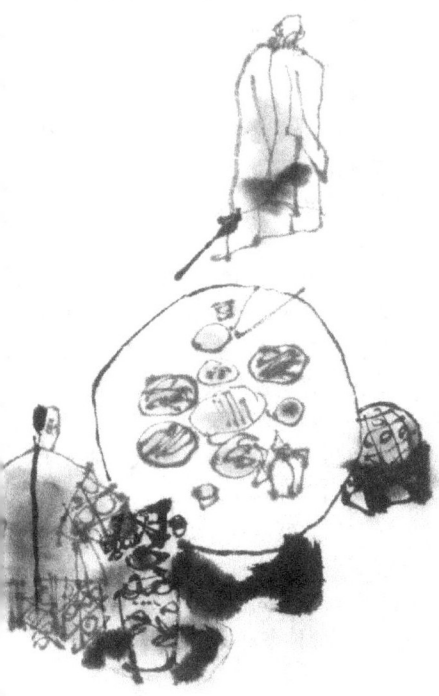

没听说过和珅家有个人称'神算子'的账房先生何敬之？

于树青大吃一惊：当年和珅富可敌国，其财产并非全由受贿贪污而来，他还拥有数不清的当铺、地产、粮店、酒店、古玩店、小煤窑……依仗官威官势，他尽做一本万利甚至空手套白狼的好生意，而为他打理这一切的，便是"神算子"何敬之，天下谁人不知？

只是后来和珅败亡，何敬之也被发配到苦寒之地宁古塔充军。难道眼前这位道空就是当年的何敬之？难怪他做生意料事如神！

"不错，我就是何敬之。我不想老死关外，逃回来是为了叶落归根。"只听道空咽了一口苦酒道，"我也算是富贵场中的过来人了，奉劝你两句——为官者若是有了生意头脑，一举一动都会想着如何以权发大财，其实是对百姓的巧取豪夺而已。如此做法，必将引得人神共愤，千夫所指，早晚要像和珅和我一样一败涂地，实是一条不归路！你要经商就做个正儿八经的商人，要做官就做个正大光明的官。何去何从，你好自为之！"言毕，他拖起拐杖，橐然而去。

这番话，语重心长，犹如一桶冷水兜头而浇，让于树青心头那一团财欲的火焰渐然而灭……

（题图、插图：黄全昌）

远处识人

明代永乐年间，有一个叫万咸的人，在知府手下当差。万咸特别会讨知府喜欢，什么事都为知府办得十分妥帖，知府对他十分满意。有一年，知府治下有一个盐运司副使的空缺，知府有心向上级推荐万咸，却先把他派到了某县去协助管理粮务。

一个月以后，他听到有人反映，万咸对人态度特别傲慢，不把下边人放在眼里，对县令也态度不恭。知府听说后，便把万咸调回自己身边，仍做原职，对提拔他

的事只字不提。

直到知府告老还乡，也没有提拔万咸。后来，有人问他当初为何如此，知府说："一个人每天围在你身边，你就很难真正了解他，很可能对他的缺点视而不见，只有和他拉开距离，才能真正了解他，这就是我当初那么做的目的。"

（推荐者：唐时月）

一枚硬币的秘密

这年寒假，女儿每次出门去图书馆前，都要拿出一枚硬币攥在手心里。问她为啥，她却总神秘兮兮地说："这是个秘密！"

这天，我正好陪她去图书馆，快到的时候，女儿快步走到路边，用那一元硬币从一位卖报老人手里买了一份报纸，然后才笑意盈盈地回到我身边来。

我责怪她浪费："图书馆里有免费报纸，干吗还要多花钱？"女儿这才解释："妈妈，其实我已经连续一个冬天都在他那儿买报纸了。那么冷的天，他还站在寒风里，不停地跺着脚。我想，我多买一份报纸，他就可以早点回家休息了。"

这时，我才注意到那位老人，正佝偻着背，满眼期待地看着来往的行人，着实让人同情。于是我帮女儿出主意："那你拿张大钞，不找零不就

行了吗？"

女儿惊呼："不行，那样太伤自尊。我每次拿一元硬币，其实就是不想让他脱掉手套找零，那样会很冷的。"

我紧紧将女儿搂在怀中，感觉微风拂面，春天正一步一步地向我们走来。女儿那一颗金灿灿的心，温暖了别人，也温暖了我。

（作者：汤圆林）

我想变成一条狗

这是一堂语文课。

为了激发同学们的想象力，老师出了这样一道题目："假如你具有孙悟空七十二变的能力，最想变成什么？并说说原因。"

题目一抛出，教室里就活跃起来，全班40个同学，有39个同学的手举了起来。老师开始点学生回答了。

刘耀说："我想变成爱迪生，发明很多很多东西，造福人类。"掌声响了起来。老师说："好，有远大的理想。"

张九天说："我想变成一艘军舰，去守卫我们国家的海岸线。"掌声响了起来。老师说："好，有一颗爱国心。"

杨军说："我想变成一只小鸟，玩遍世界各地。"掌声响了起来。老师说："好，读万卷书行万里路。"

华沙说："我想变成莫言，也写书获得诺贝尔文学奖。"掌声响了起来。老师说："好，有抱负。"

梅玉说："我想变成一个世界名模，有好多漂亮的衣服穿。"掌声响了起来。老师说："好，爱美之心人皆有之。"

邹茜说："我想变成人民币，人见人爱。"掌声响了起来。老师说："好，可以理解。"

39名同学都发过言了。最后只剩下一个没有举手的小女孩，这个小女孩名叫徐玲丽，是今年刚从农村转来的。

老师点了徐玲丽的名，并鼓励她也像同学们一样，大胆地说出自己的想法。徐玲丽站了起来，嗫嚅了半天，才红着脸，小声地说："我……我……我想变成一条狗。"

静了几秒钟后，教室里突然爆发出了一阵大笑。

老师示意同学们安静下来。老师问："徐玲丽同学，能说说原因吗？"

徐玲丽的眼泪流了下来。她哭泣着说："我家在大山深处，爸爸妈妈一年到头在城里打工，我爷爷早年就去世了，只有我和奶奶在家，夜晚来临时，我和奶奶好怕好怕，幸亏我家的那条狗给我们做伴壮胆。现在我被爸爸妈妈接到城里来读书了，只有

奶奶一人在家，前几天奶奶打来电话说，那条狗被人药死后偷走了，奶奶一个人在家一定很怕很怕，我就想变成一条狗……"

教室里静悄悄的，只听到同学们的啜泣声。此刻，老师的眼眶也红了。

（作者：邵火焰）

母亲的炉火

星期天回娘家，我做饭，妈打下手。液化气、电磁炉，她都不让用，非要用蜂窝煤炉。看着那弱弱的火苗，我心里急得直冒火。妈却不急，慢慢跟我唠着家常：说侄子最近会骑自行车了，说我爸最近好像稍微胖点了，

说我老姨跟她那不争气的儿子又吵架了，说她花池里种的小菜长得特水灵。我"嗯嗯"地敷衍着，瞅着那小火苗直郁闷。

妈说："你怎么没听我说话呀。"我说："在听在听。"却想着一边用小火炉熬汤，一边用电磁炉炒菜。妈却说："不行，你呀，就是不会过日子，吃不穷花不穷，打算不到就受穷。"我长吸一口气，算了，将就着用吧，反正一个星期才回来一次。

就这样，简单的四菜一汤，在这个小炉火上浪费了近两个小时，妈也在我旁边唠叨了两个小时。

我吃完饭还有事，急着走，问她："要我把火封上吗？"妈说："不用，让它灭了吧，你不在的时候，我用电磁炉。"我听了，心里有点火，不高兴道："这炉又脏、又慢、又热，还呛鼻子，为啥偏偏我回家，就让我用小火炉？"

妈定定地望着那个小火炉，淡淡地说："每个星期，你陪我最长的时间，就是这一炉火的工夫……

（推荐者：蔚新敏）

（本栏插图：安玉民　梁　丽）

学写作文，从读故事开始

· 外国文学故事鉴赏 ·

村正浩一，日本当代微型小说名家，作品短小精悍，结局常在意料之外，情理之中。

精神感应药

□ 李重明 编译

启子刚二十出头，是个普通的公司职员。她的父母经营着一家小咖啡店，所以经常喊她下班后去店里帮忙打理。

这天晚上，店里来了个新客人，是个年轻小伙儿，瘦高个儿，白衬衫，看上去特别精神。小伙儿一进店，启子就情不自禁在心里叹了句：好帅啊。接着，她连忙上去招呼点单。过了一会儿，小伙儿喝完咖啡，离开了。启子不由又望了一眼他的背影，心里默默期望：要是他能再来光顾该多好。

没想接下来整整一个月，小伙子居然每天都来。启子心里别提多高兴了，可每次小伙子点好了咖啡，朝她礼貌地一笑，就低下头去看报纸杂志了；有时候，甚至还避开她的视线。好几次，启子都快要沉不住气，想要上前跟他打个招呼，问问他究竟是

啥意思。可她又转念一想：万一是我自己自作多情了怎么办？我一个女孩子，众目睽睽之下，闹了笑话，那该有多难为情啊。唉，如果能知道他的心思就好了。

这天，启子路过一家旧物置换的小店，被玻璃橱窗里一些小东西吸引过去。忽然，她发现橱窗内侧贴着一张纸，上头竟写着：你想知道别人的心思吗？请服用精神感应药，它能帮你读懂他人的内心世界。近日进货，数量有限，请在店内预约订购。

启子心里一咯噔，想：精神感应药？真有那么神奇吗？她又想：要是吃了这药，就能知道那小伙子的心思，该有多好啊。

于是，她走进了店里。老板是一位戴眼镜的老人，见启子进门，他赶紧迎上来说："欢迎欢迎，请进，你

故事会2013年11月下半月刊·绿版 **53**

想买什么吗？"

启子支支吾吾道："我看见贴在外面的广告，说……能读懂人的心……上头说的当真吗？吃了这个真的能读懂人的心思？"

老板赶忙拍着胸脯打包票说："那当然，我试过，对方的心思一下子就会一目了然！不过你小点声，这药是我们秘密运来的，不想太声张，所以卖起来要随缘啊。"

启子听了，赶紧压低嗓门，半信半疑地问："这药吃起来复杂吗？"

老板也凑上来，低声说："很简单啊，把一粒小药片吞下去就成，然后你注视着对方。这时候注意力一定要集中，把自己脑子里的想法都排空，对方的想法就自然而然传到你的脑子里去。千万不能开小差啊！"

见老板说得很像那么回事情，启子开始感兴趣了，她问道："那得要多少钱？"老板也干脆地开价："五万一粒！"

启子听了吓了一跳，这可是她好几年的积蓄啊。但她犹豫再三，还是不忍放弃，说："今天钱没带够，请帮我预订一份吧。不过要是无效的话……"

老板听了哈哈大笑："放心，无效来找我，我帮你出主意！你运气真好，是最后一位，预约就要截止了！"

启子这才相信，签了预约单，准备后天来取药。

就这样，启子好容易熬过了整整两天，终于带着钱又来到了那家旧物置换店。老板一看是她，连忙打招呼："你来啦？我都给你准备好了。"

启子付了钱，接过那片药，看看，好像和其他的药片也没啥两样。老板看她有些怀疑，忙交待说："这可是店里最后一片了，只能用一次，吞服后，效果只能持续三分钟，你一定得好好利用。"

启子若有所思点点头说："谢谢，我一定会好好利用的。"

说完，她便马上向咖啡店跑去，慌慌张张地等候着，担心那小伙子今天不会来。

过了半个钟头，那小伙子进门了！还是一身干净的白衬衫，还是那么帅气。启子的脸"刷"的一下红了。她赶紧定定神，整理了一下围裙，端上一杯凉水，问他需要喝点什么。

小伙子低着头说："请来杯咖啡吧。"

启子应了声"稍等"，便返回柜台。不过她并没有忙着泡咖啡，而是缓了缓，再取出那药片吞下。接着，她一边深呼吸，一边注视着小伙子。只见那小伙子大概等得不耐烦了，喝了口水，朝这边望来。启子连忙下意识地要躲开那目光，可又心念一转：不能胆怯，要脑袋排空才能读懂他的心思……于是，她马上又将目光迎了上去。

可是，过了整整一分钟了，那小伙子脑子里在想啥，启子却什么也读不出来。启子就这样又坚持了三分钟，但是仍没有任何效果。

上当了！启子心想：那个老人在胡说八道！靠这样一粒药片竟然能读懂人的心？我真是鬼迷心窍，昏了头。

启子气坏了，解下围裙，径直跑了出去。刚才那个小伙子见了，一脸惊讶，目送着她出了咖啡店。

启子一口气跑进那家旧物置换店。老板见了她，连忙笑盈盈地问："怎么样？效果不错吧！"

启子忿忿道："不错个啥？根本就是骗人的。把钱还给我！"

老板忙问："哎，不要激动，出了什么事？能告诉我吗？"

"我完全按照你的说法做了。可那药根本没效果！"启子把没有读出小伙子心思的事前前后后说了一遍。

老板纳闷了："那人一出现，你就服用了？并且看着他的时候，其他什么都没想？"启子激动地说："当然，我足足盯了他三分钟呢！"

"不对，你等等。"老板沉吟了半天，说道，"啊，我明白了。"接着，他解释道，"这种情况很少见啊，而且药肯定没问题啊。要是你没有读懂他的心，那么只有一种情况可以解释这个现象，那就是，当时那个小伙子也把脑子清空了，他的脑子也啥都没想啊！"

启子还是不太明白，问："咦？这是怎么回事？"

老板忙笑着说："也就是说，当时那小伙子看着你的时候，脑袋也是空的。那么，他那个时候，正好也在想读懂你的心思。"

听到这里，启子张大嘴巴，简直不敢相信自己的耳朵。

这时，老板忽然指着窗外说："嘿，你瞧，是不是他？"启子回过头去，只见那小伙子正巧在拉门要进来呢。

老板会心地笑说："在你的前面预约药片的，就是他啊。看来他和你一样，是来追究药效的。怎么样？这回是由我来再解释，还是你自己对他说？"

（题图、插图：佐　夫）

都说"爱之深，恨之切"，你看故事里的小两口，还真发展到了"你追我杀"的地步

追杀爱人

□ 无心之云

肖恩和麦莉经历了长达五年的两地爱情长跑，终于在同一座城市定居下来，结婚了。

尘埃落定，麦莉决定，自己要和情敌做一个了断。

这个情敌名叫网游，具体称为网络游戏。肖恩为了这个情敌，大半夜都会爬起来玩到天亮。

麦莉给肖恩下了通牒："你要是再这么起劲地玩游戏，咱们就过不下去了！"

肖恩自然投降。经过一个月的观察，肖恩玩游戏的时间大为减少。

一天夜里，麦莉内急，她坐起身，就听见一声轻呼，然后"啪嗒"一声，接着一团黑影扑到了床上。

麦莉打开灯，看到床上肖恩双眼紧闭，她往电脑那边看去，插头被拔出掉在地上。

很明显，是肖恩来不及关闭程序，只好匆匆拔掉插头，然后蹿回床上，闭眼装睡。

麦莉冷笑一声，道："不玩游戏，连觉都睡不着吗？"

肖恩瞒不下去，只好招供："帮会里有些事情，我这个老玩家不好不去。"麦莉讥讽道："帮会？您是几代长老啊？"

生气归生气，麦莉还是想解决问题。可看起来要肖恩强制和网游断交，怕是会影响两人的感情。

最理想的结局是，肖恩自己心甘情愿和网游绝交。

几天后，麦莉从电脑城订购了一台电脑，装在了客厅。接着，她对肖恩笑道："今后我就要和你一样了，玩游戏。既然不能改变你，那我就加

入你。"

肖恩看看客厅，再看看卧室，喃喃地说道："好是好，可就是家里变得像是网吧了。"

麦莉笑道："网管，过来，告诉我怎么玩你那款游戏。"

没多久，麦莉就学会肖恩玩的那个网游，而且很快就进入了状态。

从此以后，他们夫妻下班后回到家就直奔各自的电脑前，打开游戏。他们沉浸于游戏之中，直到肖恩感觉饿了，就喊一声："麦莉，饿了没有？出去吃点啥？"麦莉回道："你出去给我带点吃的就行。"

游戏里，麦莉也加入了肖恩的帮会，一上线就开着帮会的语音频道。夫妻俩近在咫尺，却和其他远隔万里的人一样说话。

有一天，肖恩好像发觉了什么，走到麦莉面前，说道："麦莉，我们好像半年多没一起说过话了，每次说话不超过三句半。"

麦莉说道："我们不是天天都在语音频道说话吗？"

肖恩说道："这不一样，不是真正地说话。"

麦莉说道："你想多了吧？"

这时，语音频道响起帮会老大的集结号召，要出任务了，麦莉赶紧催肖恩归位。肖恩有点沮丧，但一回到游戏中，又什么都忘了。

网游里装备很重要，好的装备都

要拿钱买。

看到妻子在游戏里穿戴寒酸，肖恩心里很不是滋味，他琢磨着要不要为麦莉买上一套装备。

于是他盘算了一下，马上可以领到的一笔绩效奖金，加上这段时间省下的零花钱，为麦莉买一套过得去的装备，够了。

可谁知还没等肖恩行动，麦莉已经换上了新装备。肖恩点开一看，震惊了。那可全都是最顶级的装备，要备齐至少得花上十来万。

肖恩第一个念头就是，麦莉花钱了。于是他到银行一查账，奇怪，麦莉没有取走一分钱。

肖恩第二个念头就是，麦莉的这套装备是跟游戏里的玩家借的。再一看，所有的装备都绑定了。也就是说，这套装备是不可转让的，以后也无法转让。

那是怎么回事？肖恩脑子里闪过一个很不好的念头，难道……

肖恩静下心，在游戏里跟着麦莉观察着，发现她跟帮会里一个名为"不要说话"的角色异常亲昵。

再一看，这位"不要说话"是这游戏里排名第一的玩家，他一向花钱如流水，是个典型的高帅富。但这个人很奇怪，从不在语音频道说话。

难道麦莉和他……肖恩不愿多猜，走到麦莉面前，先关掉她的语音频道，问道："你的新装备是谁给的？"

麦莉说道:"没谁啊。"一边又将语音频道打开。

肖恩默默回到自己的电脑前,在帮会里发起一次组队打怪物练习。

很快,一个六人队伍组成了,不要说话和麦莉也在其中。进到怪物的洞窟时,众人开始聚精会神地打怪,语音频道里大家互相提醒,除了不要说话仍旧保持沉默。

这时,肖恩忽然在语音频道中问道:"麦莉,你的新装备是谁给的?"麦莉没做声。

肖恩说道:"是不是不要说话给的?"麦莉仍不做声。

别的队友听到话音不对,赶紧劝说。肖恩还是接着问道:"麦莉,你和不要说话到底是什么关系?"

麦莉不屑地回答道:"你以为呢?还是赶紧集中注意力打怪吧。"

这时,怪物们都冒出来了。可肖恩却脑子一热,一刀劈向麦莉。麦莉正和大怪周旋,挨了一刀,立马丧失了战斗力,眼看就要没命了。队友见状,马上舍怪不打,一起扑向肖恩。第一个做出反应的就是不要说话。

肖恩的屏幕立刻灰暗了,他还被踢出了语音频道。被踢出前,他听到几声恶狠狠的斥骂,说他不像个男人,并表示全帮会的人会在任何地点追杀他。随后,他听到麦莉在客厅呜呜地哭了起来。

那一晚,肖恩冷静下来后,发现自己坐在街心广场的石凳上,什么时候出的门他都忘了。虽然已经冷静了,可心还在痛。三年来亲密无间的游戏玩家竟然一齐跟着不要说话向他杀来,妻子麦莉接受异性玩家的馈赠并对他隐瞒,这一切都使他对网游产生厌恶。

重新回到家,麦莉也离开了电脑,盘腿坐在沙发上,旁边的纸篓里,装满了揩眼泪的纸巾。

肖恩坐到她旁边,将她揽进怀中,轻声说道:"不玩了,好不好?咱们都不玩了。"

麦莉破涕为笑,郑重地

点头。

肖恩说道："明天咱们去银行汇款吧，将你那套新装备全款退还给不要说话。"

麦莉没有接茬，起身回到电脑前，打开一个界面，敲了一行字，回身对肖恩说道："过来看。"

肖恩过去一看，电脑上出现一个视频框，框里一个恬静的女孩在对他微笑。麦莉笑道："你猜她是谁？"肖恩说道："不认识。"

麦莉说道："这就是不要说话。"

事后，麦莉给肖恩详细解释。不要说话玩过很多网游，她知道在网游中，女性角色很容易受到追捧和照顾，当然免不了骚扰。于是在玩这个游戏的时候，她选择了男性角色。

麦莉加入游戏后，不要说话很照顾她，帮助她熟悉游戏，带着她快速升级。

一开始麦莉比较担心肖恩的感受，时不时地避开不要说话。直到知道对方原来是女孩时，才和她亲密无间起来。视频的时候，不要说话要麦莉保守她的性别秘密。

投桃报李，麦莉也打字跟她说了自己的秘密，自己玩游戏是为了找出让丈夫离开游戏的办法。

不要说话立刻给她出了这个刺激肖恩的主意。

听到这儿，肖恩叹道："这女孩，怎么想得出这么一招！"

麦莉连忙解释："她曾经在另一个网游中有过一个恋人，后来两人闹了别扭，恋人竟然赌气离开了游戏，她也就换到这个游戏中，希望在这里能找到那个恋人，两人可以重新开始。她跟我定了一个协议，如果找到她的恋人，我这个ID就移交给她。"

肖恩说道："那你不是成了她的游戏代玩？"

麦莉说道："就是这么个意思，所以，我这个ID上的新装备，其实是她买给自己的。我得到的酬劳就是，帮你戒掉网瘾。"

事情圆满解决，夫妻俩好得又如初相识。肖恩从此很少上网，网游更是碰都不碰。他的那个ID，在他的意识中，永远都躺在了布满怪物的洞窟地上，绝不重启。现在的他，睡觉都睡得死死的。

有一天肖恩偶然半夜醒来，口渴得很，便去客厅取水。刚走进客厅，只听一声惊呼。一看，麦莉慌张地从电脑前站起来，电脑屏幕上是熟悉的网游界面。

麦莉嗫嚅地解释道："我跟不要说话的协议还有一条，她的恋人再来找她之前，我必须得一直玩下去，保证这个角色的级别。"

肖恩听了，用力地对麦莉挤出一个夸张的笑容。

（题图、插图：佐　夫）

师傅领进门，学艺在个人。遇上个小气又蹩脚的师傅，小学徒杰克又学得咋样呢？

聪明的
杰克

□ 燕沐郎

威尔斯经营着一家小小的殡葬公司，手下有个小学徒叫杰克。威尔斯生怕杰克把自己的那点手艺偷了去，所以总是藏着掖着。还好杰克是个老实人，只是默默干活，从不抱怨一句。

这天，来了位西装革履的中年男人，一进门就边抹眼泪边说："我的父亲前两天过世了，我想在你们公司订制一块最好的墓碑。"

杰克见了，赶紧上前扶着中年男人坐下，想给他介绍一下公司的业务。这时，威尔斯上前一步，把杰克一挡，吩咐说："这里没你什么事，快去给客人冲杯咖啡。"接着，他又转过脸，笑着招呼中年男人说，"您请节哀顺变。来我们公司您算是找对地方了。"说完，他便拿出样品照片，陪着男人挑出了满意的款式。

接着，威尔斯询问道："请问您想在这款墓碑上刻些啥碑文呢？"这时候，中年男人一把鼻涕一把泪地回忆着："我父亲生前是一位老牧师，德高望重。我这两天把他的生平事迹总结了一下，写了一篇悼文。麻烦你帮忙刻上去。"说完，便从公文包里取出十来页纸，递给威尔斯。

威尔斯接过悼文，顺手一翻，便拍着胸脯保证道："没问题，包在我身上。明天您再来确认一下，我们就把悼文刻上去。"

等送走中年男人，威尔斯亲自把这十来页纸的内容精简成了百来个单词的篇幅，等着第二天中年男人来访。

谁知到了第二天，那中年男人一看到缩写好的悼文，连忙摇头说："昨天忘了交代，我写的悼文一个字都不能少，全要刻在墓碑上。"

威尔斯一听，立马傻了眼，解释说："那恐怕您得订制一块超级巨大的墓碑，才能把这些字全都刻上去。"

中年男人赶紧摇头说："可我父亲临走时交代过，一定要把他葬在公墓里。你们也知道，公墓里对墓碑的规格是有严格规定的啊。"

威尔斯一听，火了，心想：你这不是成心要找茬吗？于是他不客气地说："先生，要么你同意精简悼文，要么你另请高明。"

这时，他忽然感觉自己的衣角被人拉了一下，转头一看，原来是杰克拿着那几张悼文，泪流满面地乞求："这位牧师的事迹真是感人肺腑，太伟大了。威尔斯师傅，要不我们再想想办法，帮帮人家？"

威尔斯心里暗骂：真是不怕神一样的对手，就怕猪一样的队友。他喝道："闭上嘴，一边呆着去！"说完，一把抢过悼词，塞到中年男人手上，干脆地拒绝，"先生，我们实在无能为力！"

中年男人失望道："是吗？我本来还想，要是花个大价钱，这事儿能解决呢。这不，我今天把报酬都带来

了，五万美元呢。"

天哪！五万美元，这可是威尔斯好几个月的收入啊！他这才发现中年男人的公文包鼓鼓囊囊的。他赶紧一把扯回那几张纸，回头跟杰克干笑道："事情也不是没有余地，是吧？杰克？要不，我们再想想办法。"

杰克听了，破涕为笑，认真地点了点头。于是双方约定，五天后交差。

接下来连续三天，威尔斯都把自己关在工作室里。可任凭他绞尽脑汁，尝试了所有工艺，还是设计不出一个可行的方案，弄得他着急上火直叹气。

更可气的是，杰克还时不时跑到窗口瞄一眼，问："师傅，怎么样？有法子了吗？"气得威尔斯吹胡子瞪眼，训斥道："你别给我添乱，滚一边去！"杰克只好低着头默默离开。

到了第四天，威尔斯简直坐不住

了，绕着工作室不停地打转。正在这时，杰克轻轻地推开门，小心翼翼问："威尔斯师傅，我来问问那个悼文，我能帮上啥忙吗？"

威尔斯咆哮道："这时候你竟敢来说风凉话！有本事你给我设计个方案出来！"

谁知杰克竟结结巴巴地说："要不，就……就交给我……我吧！"见威尔斯将信将疑，杰克又解释说，"您让我试试，后天应该可以交货。"

没办法，威尔斯只好死马当作活马医，答应杰克试试看。杰克一听，乐得大喊一声"耶"，乐颠颠跑了出去。

威尔斯好生纳闷：我平时半点功夫都没认真教过他，这小子能有啥办法？于是，他不动声色地观察：接下来，杰克却一个劲往外跑。到了第五天晚上，威尔斯问杰克："明天就要交货了，你把事情办得怎么样了？"

只见杰克一拍胸脯，保证道："威尔斯师傅，放心吧。现在就差悼文没刻上去了。"威尔斯一听，正喝着的一口咖啡"扑哧"喷了出来，骂道："满满十多页悼文，给你三天三夜也别想刻完。现在还剩一晚上了！"杰克赶紧上前帮他边擦边说："没关系，晚上我加个班，明天保证交货。"威尔斯见杰克口气那么笃定，将信将疑地下班回家去了。

第二天一早，威尔斯忐忑地去公司上班，老远就看见那中年男人走在了自己前头。他心虚，不敢上前打招呼。等中年男人进了公司，威尔斯躲在门外想看看情况再说。他远远望见杰克热情地和中年男人握了手，便指向地上的一块墓碑。再看看那中年男人，绕着墓碑走了三圈，忽然直起了身子。威尔斯心里一咯噔：完了，要发火了！谁知中年男人上前一步，紧紧地拥抱了杰克，接着，好像又掏出手帕直抹眼泪。

难道这小子真把这事儿搞定了？难不成他背着我学了什么微雕技术？威尔斯赶紧上前想看个究竟。

那中年男人一见威尔斯来了，赶紧上前握住他的手，感激道："真感谢您培养了那么聪明的杰克，这事儿办得我满意极了！为了让父亲的生平事迹完整地刻在墓碑上，我已经求了好几家公司，却只有你们办到了！"

威尔斯看看杰克，只见他红着脸摸着后脑勺，挺不好意思的样子。威尔斯又赶紧往那块墓碑望去，顿时愣住了，只见上头竟然一个字也没有！

这时，中年男人指着墓碑上的一个正方形图案，催促道："快掏出手机扫描一下吧！杰克已经把我父亲的事迹详细地挂到了一家大型的社交网站上，这二维码是他找最好的设计公司用电脑设计好的，这法子真是新颖别致又时髦啊！"

（题图、插图：佐　夫）

这是两回事

□ 蒲玉海

黄鑫也算是"有车一族"，可惜他只能眼巴巴看着老婆小雨开车，自己却不能碰，为啥？还不是因为没考出驾照呗。

黄鑫也不是完全不会开车，他的驾照考试只剩最后一项——路考了。

这天老婆因为出差，车子没有开走，黄鑫来到车库，看见自己心爱的"宝贝疙瘩"，不免手痒，钻进驾驶室把车启动了。他心想，只要不把车开远，应该不会出事的。

黄鑫在小区开了一圈，还不过瘾，又开出小区，车行驶到一个丁字路口时，突然从旁边窜出一个骑着车的人。黄鑫一紧张，就去踩刹车，哪知道，这下出大事了。黄鑫把油门错当刹车了，小车就这么硬生生地撞了上去。

骑车人被撞得在空中连翻了好几个跟头，然后重重地摔在了地上，鲜血立刻从嘴角流了出来。看到这一幕，黄鑫整个人被吓傻了，茫然呆在车里一动不动，最后还是路人报了警。

交警与120急救车很快赶来，现场勘验完毕，交警认定：黄鑫是无证驾驶得负全责！见黄鑫一脸惊恐的表情，交警善意提醒道："出这么重大事故，你怎么没叫保险公司的人来？"

交警的话提醒了黄鑫，他记得这车购买过《第三者责任强制保险》，于是立刻拨打了保险公司的电话。

本指望买的交强险能派上用场，孰料保险公司理赔员来后，得知黄鑫是无证驾驶，毫不客气地开口道："对不起，公司有规定，因为无证驾驶而引发的交通事故，一律不予理赔。"

交警在一旁听了感觉不对劲，插话道："驾驶员无证驾驶撞人，自有法律来制裁。可他既然办了保险，你们保险公司就应该理赔！"可理赔员态度非常坚决："对不起，这是公

司的规定，我是爱莫能助。"然后头也不回地走了。

因为黄鑫负全责，所以他的车被作为证据拖进了交警队，他面临的不仅是要承担民事赔偿责任，还有可能面临牢狱之灾。

后来，老婆小雨回来了，她见保险公司不愿理赔，就找律师咨询。

王律师了解情况后，确定地说："依据《中华人民共和国道路交通安全法》第七十六条规定，机动车发生交通事故造成人身伤亡、财产损失的，由保险公司在机动车第三者责任强制保险责任限额范围内予以赔偿。"

小雨是看到了希望，但她又有些担心地说："可保险公司说我老公是无证驾驶，所以他们不愿赔付。"

王律师听了摇摇头，说："驾驶员无证开车撞人和车辆保险是两码事，以无证驾驶为由不愿理赔，这样做完全是混淆概念，只要车辆在购买保险后撞了人，他们就得理赔！"

后来在王律师的调解下，保险公司同意改变观点，及时赔付了保险金。

律师点评：《这是两回事》故事涉及的一个法律问题，即因无证驾驶造成交通事故的，保险人是否可免赔？

根据交强险条例相关规定，被保险机动车发生交通事故中保险公司免责范围，仅指"受害人的财产损失"，故对于人身伤或亡这部分，以及财产损失，保险公司均应在机动车第三者责任强制保险责任限额内予以赔偿。该规定所确定的，就是保险公司对保险事故承担的无过错赔偿责任原则。

故事中黄鑫无证驾车，肯定有错，但保险公司不应以此理由拒付保险金，而应在交强险限额内向受害人承担赔偿责任，从而体现出交强险的社会公益性。

作为保险公司，他们还有一种选择：对于无证驾驶这一情形，保险公司先赔付受害人，然后在法定范围内向肇事者进行追偿。

（题图、插图：丁德武）

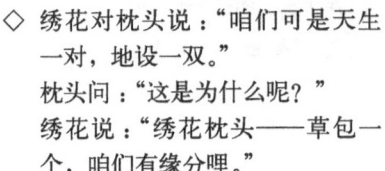

这是为什么呢

◇ 绣花对枕头说："咱们可是天生一对，地设一双。"

枕头问："这是为什么呢？"

绣花说："绣花枕头——草包一个，咱们有缘分哩。"

◇ 烟对酒说："咱俩相爱永远不分离。"

酒问："这是为什么呢？"

烟说："烟酒不分家，没听说过吗？"

◇ 窝边草对兔子说："俺爱死你啦，想和你永远在一起。"

◇ 兔子问："这是为什么呢？"

窝边草说："兔子不吃窝边草嘛。"

◇ 英雄对美人说："见到你俺就挪不动步了。"

美人问："这是为什么呢？"

英雄说："英雄难过美人关啊！"

◇ 半斤对八两说："俺觉得咱们结婚很合适。"

八两问："这是为什么呢？"

半斤说："人们不是都说，半斤对八两吗？"

（推荐者：刘代领）

◇ 小时候想当个美少女战士，后来想当美少女，到最后就只是战士了。

◇ 领导和下属的关系就是：你不仁，我不易。

◇ 多希望收到压岁钱的时候，打开里面写着"再来一包"。

◇ 现在无房无车无妹子的三无宅男有新名称：低碳哥。

◇ 站在体重秤上看到显示的数字，我想到了一个特别文学的词儿：插翅难飞……

◇ 领上世纪的工资，穿前年的衣服，住下辈子的房子。

◇ 一打开电视总是会碰到广告，一打起瞌睡总是会遇到主管，这就是人生。

◇ 我知道天下无不散的宴席，可是至少宴席上我要吃得爽。

◇ 我想把自己裁剪得适合每一个人，结果我的剪刀坏了。

◇ 有些人人格分裂得自己都能建一个聊天室了。

◇ 单身并不难，难的是应付那些千方百计想让你结束单身的人。

◇ 装了一整天的孙子，不会兵法的那种。

◇ 生活就是要这种态度：牙再大，也要笑。

◇ 不想开学的孩子都是好孩子，这证明他们在校没有处对象。

（推荐者：尘中塑）

灌水

诙段子·

做人的尺度

◇ 挤不进的圈子，不要硬挤，难为了别人，作贱了自己；

◇ 跨不过的门坎，不要硬跨，跨过了是门，跨不过就是坎；

◇ 做不来的事情，不要硬做，换种思路，也许会事半功倍；

◇ 拿不来的东西，不要硬拿，即使暂时得到，也会失去。

◇ 在没人知道自己付出的时候，不要表白；

◇ 在没人懂得自己价值的时候，不要炫耀；

◇ 在没人欣赏自己才能的时候，不要气馁；

◇ 在没人理解自己志趣的时候，不要困惑。

◇ 被人理解是幸运的，不被理解也未必不幸。

◇ 做人低调一点，你会一次比一次稳健；做事高调一点，你会一次比一次优秀。

◇ 认识一个人靠缘分，了解一个人靠耐心，征服一个人靠智慧，和睦相处靠包容。

（推荐者：邵欣露）

俏 皮 话

◇ 打遍天下所有的酱油让别人吃醋去吧！

◇ 我要努力攒钱，争取买一个自动取款机！

◇ 当幸福来敲门的时候，我怕我不在家，所以一直都很宅。

◇ 考试测的不是成绩，而是中国移动的信号。

◇ 医生跟IT部门还是挺相似的，凭借"多喝水"以及"你重启一下看看"的唯一技能，就能胜任95%的工作。

◇ 要搞清楚自己人生的剧本——不是父母的续集，不是子女的前传，也不是朋友的番外篇。

◇ 每次看书，整个人马上就变得有深度，例如睡眠。

◇ 你长得很阳光，不过就是看着挺刺眼的。

◇ 那些每天吃饱喝足往床上一躺，侧着身子玩手机的人的样子，很像旧社会里大烟鬼们抽大烟的情景再现。

◇ 每个吃货都是正义的使者，因为他们敢于向饿势力挑战。

◇ 多么想自己某天醒来睁开眼的时候，发现自己正坐在小学的课堂上，老师掷来的粉笔头正好打在眉间。

（推荐者：胡 瓜）

·中篇故事·

所谓"人做事天在看，不是不报，时候未到"。所以做了亏心事，可别高兴得太早……

一物降一物

□ 刘克法

1.儿子坑爹

新成市有个叫李富强的人，开了一家食品厂，名叫富强食品有限公司，主要生产火腿肠。这些年他靠这厂子挣了不少钱，也算是本市知名度很高的企业家了。

可近日来，他却对现在流行的这么一句话"丫头坑干爹，儿子坑亲爹"，深有感触，因为他的儿子就狠狠地坑了他一把。

他儿子是咋坑他的，咱且放一放，先说说李富强自己干的缺德事。前不久，李富强低价买了一批有些变质的猪肉，闻着都有异味了，但放在火腿肠里一加工，肯定吃不出啥异样来。为了获得更高的利润，他把这些猪肉送上了生产线。

就在李富强做着发财梦的时候，他厂子里生产的火腿肠被质检部门查出了问题：大肠菌群超标。

这下李富强慌了神。他知道，这种事查出来，不但要被罚款，最可怕的是，这事儿一旦被曝光，自己的牌子就要砸了！往后，谁还会买富强牌火腿肠啊？

不过，大肠菌群超标这种事，说大不大说小不小，也不是没有回旋

余地。为了挽回不可预见的损失，李富强决定尽快摆平这件事。

李富强经过四处打听，知道质监局主管食品安全的张副局长，是个懂得通融的主儿。要是这位张副局长能帮自己说句话的话，这事儿就能大事化小，小事化了了。

李富强赶紧四处托关系，想和这位张副局长搭上关系。可他万万没想到，这关系还没打通，自己却在派出所提前跟这位局长大人见上面了。

说起来，这事儿还真托了他儿子的"福"。李富强的儿子名叫李鸣，今年刚上高一。这个含着金匙长大的富二代，被李富强宠得游手好闲，骄横无比。

正处在青春期的李鸣，对读书毫无兴趣，追女生却是热情奔放。他把目标锁定在了他们学校的校花身上。为了把校花追到手，李鸣下了血本，用他爹给他的钱展开了疯狂的攻势，手机、鲜花、香水，变着花样往校花手里塞。

可是既然被称为校花，追她的当然就不止是李鸣一个人。在众多的追求者中，一个叫张浩的小伙子可以说和李鸣是并驾齐驱，他的攻势一点不比李鸣弱。

为此李鸣和张浩两个人从同学变成了生死仇家，开始还是明争暗斗，到了最后，竟然演变成了拳脚相向。

这天中午放学后，李鸣和张浩各自带了一伙人，在校外的一条巷子里，上演了一场激烈的武斗。

武斗的结果是李鸣这方大获全胜。人高马大、强壮结实的李鸣，打起架来更是生龙活虎。他不但打破了张浩的头，还把张浩一个手下的腿给打断了。

就在李鸣得意之时，附近有人打电话报了警。

还没等双方人员撤退，派出所的警车就来了，警察把他们统统拦下，一块儿带回所里去了。

未成年人打架斗殴，该负责的是作为监护人的家长。没多久，李富强就接到派出所打来的电话。这种情况李富强也不是第一次经历了，他兜里早就准备好了保释金，直奔派出所而去。

在路上，李富强不但没生气，反而偷着乐：嘿，这小子我没白养啊。平时教他在外面千万不要吃亏，别人打他一拳，就得还对方两拳外带一脚，出了事自有我这个当爹的去摆平。果然，这回打赢了，真给老子长脸啊。

谁知到了派出所一打听，李富强的肠子就悔青了。这一次，可不是他想花几个臭钱就能摆平的了。原来，被他儿子打的这位张浩小爷，是一个官二代。

更让李富强惊得目瞪口呆的是，这个张浩的老爸，竟然就是他李富强这几天苦苦想要巴结的那位——质监局的张副局长。

李富强心里哀叹：完了，自己这几天四处求爷爷告奶奶的力气，全都打水漂了。

果然，在派出所里，无论李富强是要赔钱还是赔笑脸，道歉的话说了一箩筐，就差跪下了，而这位张副局长就是不给他面子，最后冷冷地"哼"了一声，拉着一张臭脸拂袖而去。

这下李富强真的害怕了，自己有死穴握在这位张副局长手里，对方要收拾他还不是易如反掌？闹不好他的整个厂子都得关张。

不过李富强这些年也不是白混的，人脉关系还是积攒了不少。最后，他终于通过一个硬关系跟张副局长说上了话，这个人还帮他把张副局长约了出来，答应跟他一起吃个饭。

这个机会李富强自然不会错过，他赶紧在最豪华的酒店订了最豪华的套间。堆满山珍海味的大餐桌边上，只坐了李富强，张副局长和那个关系人。

上完菜后，李富强站了起来，倒了三杯酒，对张副局长说道："张局，我替我那个混蛋儿子向您和您家公子赔礼道歉，为表诚意，我先自罚三杯。"说完李富强端起三杯酒一饮而尽。

李富强喝完后，关系人帮腔道："老张，你看李总是真心实意地跟你道歉，再说小孩子之间打打架也是常有的事儿，不要因为这个伤了大人的和气嘛。"

"就是，就是。"李富强急忙接茬道，"我已经狠狠地教训了我那混蛋儿子，我保证他以后再也不敢冒犯令公子了。"

张副局长哼了一声说道："算了，看在老马的面子上这件事就揭过去吧。"

李富强急忙来到张副局长的座前，给他倒了杯酒，自己又满了一杯，二人碰杯后李富强说道："谢谢局长

大人不计小人过。"

酒这个东西真的很神奇，能轻易地拉近人与人之间的距离，刚才还冷着脸的张副局长，半瓶酒下肚后，竟然拍着李富强的肩膀称兄道弟了。

酒足饭饱后，李富强一直把张副局长送到了住处。这时，他从车里拿出一个装着十万元现金的包递给了张副局长。

经验丰富的张副局长自然明白里面装的是什么，他立刻还给李富强，说道："李老弟你这是干什么，这不是让我犯错误吗？"

李富强赔着笑脸说道："张局言重了，我儿子把您儿子打伤了，给点营养费是应该的，怎么能跟犯错误扯到一起呢。"

两人又互相推让了几次后，张副局长终于收下了李富强的营养费。李富强一直悬着的心也终于落下了。

2.奸商嘴脸

果然，在张副局长的帮助下，富强牌火腿肠大肠菌群超标的事暂时被压了下去。

一场风波总算过去了，李富强的心情大好。这天他哼着小曲儿来到公司，正要往办公室走时，突然被一个中年妇女拦住了去路。

李富强上下打量了一下面前的妇女，只见她一身旧衣服，一双粗糙的大手，一看就是底层干体力活的。这种档次的人竟然怒气冲冲盯着自己看，这让李富强感到特别别扭，于是，他赶紧凶巴巴地问道："你想干什么？"

那中年妇女激动地说道："你儿子把我儿子的腿打断了，现在还在医院住着呢，你到底管不管？"

听中年妇女这么一说，李富强这才想起，那天除了张浩被打破了头，还有一个小伙子被打断了腿。因为这些天他一直忙着张副局长那边的事，几乎把这件事给忘了。

这阵子，李富强为了儿子的事，没少当孙子，更没少花钱。现在好不容易问题解决了，能松口气，叫他再赔钱赔笑脸，那可就没门了。再说，事先他也打听过，这家人就孤儿寡母两个人，掀不起啥风浪。

于是，李富强的奸商本性立刻就露了出来。只听他冷笑一声，倒打一耙道："你还敢跟我要钱？你儿子也打了我儿子的脑袋，我儿子的头现在还疼呢，你说说，你该赔我们多少钱啊？"

那女人好像事先没想到李富强会是这副嘴脸，一下子怔愣住了，半天才哆嗦着嘴憋出一句："你，你怎么这么不讲理？"

李富强冷笑道："跟你有啥理好讲，还不快给老子闪开，再不滚我叫保安了。"

中年妇女似乎知道遇上了无赖，她狠狠地瞪了李富强一眼说："你这种黑心肠的人，是不会有好报的！"说完，愤愤地转身离去。

李富强冲中年妇女的背影骂道"呸！不知好赖的东西，也不掂量自家有几斤几两，还敢让儿子跟人打架，活该！"

就在这时，有个人吹着口哨凑了上来，李富强一看，是自己的表弟二溜子。说到这家伙，李富强就直皱眉头。此人不走正道，成天游手好闲，经常来找李富强蹭钱。

李富强原本就被那中年妇女搅了好心情，再看到眼前这个不成器的表弟，气就不打一处来，他冷着脸问二溜子："你又来干什么？"

二溜子虽说长得尖嘴猴腮，脸皮却极厚，完全不在乎表哥一脸的冷漠。他伸长了脖子对远去的中年妇女看了半天，才问李富强道："表哥，这个女人来找你干什么？"

李富强见二溜子的样子好像是认识这个女人，就问道："你认识她？"

二溜子道："认识，她曾经可是个风光无限的女人。"

李富强一听心不由得一紧：难道这个女人也是有背景的人？要是这样的话，自己刚才的态度可有些鲁莽了。

于是，李富强急忙问二溜子："你快跟我说说，她是个怎么样的人？"

二溜子见李富强紧张的样子，心

中已经猜到了几分，但他没有回答李富强的问题，反而眨着眼睛问道："怎么表哥，你跟她有过节？"

李富强说："小鸣前两天把她儿子的腿给打断了，她来跟我要医药费，我没给她。"

二溜子惊讶地叫起来："什么？小鸣把她儿子的腿给打断了！"李富强见二溜子这副一惊一乍的表情，心里不由开始七上八下了。

二溜子接着说道："表哥你摊上事了，你摊上大事了！你知道这个女人的丈夫是谁吗？"

李富强不解地说："她家不就只有他们娘俩吗？哪来的丈夫？"

二溜子道："哦，对，对，她现在是没丈夫，我说的是她的前夫，她前夫你可惹不起。小鸣把他儿子的腿打断了，他是不会轻饶了你的。"

二溜子越说越邪乎，李富强听得越来越紧张，他急切地问道："她前夫是谁？"

二溜子说："疯彪听说过吧？"

"疯彪？"李富强摇着头说道，"这是外号吧，谁是疯彪？"

二溜子一跺脚说道："表哥你怎么连疯彪是谁都不知道呢？他可是我们这里叱咤风云的黑道大哥啊！"

听二溜子这么一说，李富强想了起来，他们这儿好像是有疯彪这么一号人物。

二溜子接着说道："疯彪喜新厌旧，跟他原配媳妇离了婚，他儿子跟着他的原配一起生活，他虽然对他前妻没了感情，但儿子可是他亲生的，这世上哪有老子不向着儿子的？你儿子把他儿子的腿打断了，他能跟你善罢甘休吗？"

李富强担心地问："那怎么办？"

二溜子眼珠一转说道："表哥你不用担心，你不是还有我这个表弟吗？我现在在道上也是有些名气的人，这样吧表哥，你给我一万块钱，要是疯彪敢来找你麻烦的话，我替你

摆平，当然这一万块钱不是给我的，我找人对付疯彪，也是需要一些吃喝花费的。"

李富强知道二溜子是什么德行，他这是在拐着弯儿跟自己要钱花。哼！我就不信了，一个无赖痞子还能把老子怎么着。

李富强这么一想，就没好气地说道："这件事就不用麻烦你了。"说完扬长而去。

二溜子被晾在了原地，好半天才冲着李富强的背影骂道："呸，为富不仁的东西，敢不把我当回事，有你后悔的一天。"

二溜子最近手头紧，今天他是想找李富强来借点钱花的，正好碰上了这档子事儿，虽然今天是热脸碰了冷屁股，但他是个心眼活泛的人，认为这是一个好机会，一定要从李富强这只铁公鸡身上拔一把毛下来。

3.疯彪上门

二溜子说的没错，疯彪虽然对他的老婆没了感情，可儿子还是他的心头肉，当他听说了儿子被打断了腿的消息后，立刻带着两个小兄弟气势汹汹地找到了李富强的公司。

在办公室里，疯彪拍着桌子问李富强这件事想怎么解决，他说如果李富强想一家人平安无事，就痛痛快快地掏出十万块钱给他儿子治病。

李富强也是个见过世面的人，没

有被疯彪嚣张的气焰吓倒。他心里道：什么东西，竟然一张口就是十万，你以为你是局长呀！

这么想着，李富强从容地说道："彪哥，这件事我已经跟你的夫人说清楚了，不怨我儿子，要认真追究起来的话，你们还要给我儿子赔偿呢，不过我大人有大量，就不跟你们计较了，你要是再在这儿无理取闹的话，我可就要报警了，现在是法制社会，不是你想怎么样就怎么样的。"

这番话把疯彪气得青筋暴跳，他刚想发飙，但看到办公室门口来了十多个保安，知道现在动手的话，是捡不到便宜的。

于是，疯彪用手指着李富强说道："小子你有种，你给老子等着。"说完气哼哼地带着两个小兄弟悻悻而去。

疯彪出了李富强的公司，没走多远，那二溜子从旁边窜了出来，点头哈腰地来到疯彪跟前，恭敬的说道："彪哥好！"

疯彪正在气头上，没好气地说道："你是谁？别挡老子的道！"

二溜子依旧死皮赖脸地说道："彪哥别生气，我叫二溜子。小弟久仰彪哥的威名，可是一直无缘结识，今天总算是等到了机会，还望彪哥收下小弟。"

二溜子的嘴非常甜，马屁拍得疯彪很舒服。他端详了二溜子一番后，假装骂道："想做我的小弟哪有那么

容易，看你瘦得跟个小鸡子似的，我要你有什么用？快滚远点，老子现在心情不好，小心挨揍。"

二溜子急忙指着自己的脑袋说："您可别看我瘦小，但我脑子好使啊。从小人人都夸我机灵呢。不信？我知道彪哥正在为什么事生气，而且这事儿啊，没准我就能帮上忙。"

疯彪听了，将信将疑地说："那你就说说，我究竟是为什么事生气。你要是说得不对，在这拿大爷我寻开心，看我怎么收拾你。"

二溜子笑了笑，信心十足地说：

"好，我要是说得不对，任凭彪哥处置。不过，彪哥你是不是在为儿子被打的事而心烦生气？"

疯彪没想到还真被二溜子说中了，不由对眼前这个瘦猴子有些刮目相看了。

二溜子又是狡黠地一笑，拍着胸脯，道："彪哥，我不但猜得出原因，而且只要您肯收下我做小弟，我还可以帮助你出主意，从李富强那里弄出钱来，而且还是一大笔！"

最后，疯彪当下就收了二溜子做小弟。二溜子心里别提多高兴了。是啊，他之前一直是个不入流的小痞子，哪里有什么出头之日啊。

现如今，能跟在疯彪这样大哥级人物的身边，在他们这个行业里也算是出人头地了。不过，他果真有那么神通广大，能把这事儿搞定吗？对此，二溜子早就心里有数了。

4.守株待兔

原来，那天二溜子从李富强的公司出来后，找到他的表嫂，也就是李富强的媳妇，一通花言巧语后，他从表嫂嘴里得知了整件事情的经过。

接着，他又顺藤摸瓜，还得到一个重要的消息，那就是质监局的那个张副局长是个好赌成性的赌徒。而且无巧不成书的是，张副局长还偏偏喜欢在疯彪开的地下赌场赌博。于是，二溜子便盘算出了一个守株待兔的计划来。

这天晚上，张副局长又偷偷来到了疯彪开的地下赌场，可不知怎么回事，他今天的手气算是背到家了，一会儿工夫就输了个精光。

但这时，他正在瘾头上，总想往回捞捞，就跟赌场的人借了一万元的高利贷。可没赌几把，这一万元钱又输了个精光。他仍不甘心，又借了一万，直到借到第五个一万，最后还是输光了的时候，他才意识到今天运气太背，不能再赌下去了。

就在张副局长走到门口要离开的时候，二溜子闪身过来拦住了他的去路，笑呵呵地小声说道："张局长先别走啊。"

张副局长一听，不由一惊，他每次赌钱都是独来独往，秘密进行。可眼前这人开口就管自己叫局长，看来他早就摸清了自己的底细。

张副局长明白，他这种见不得光的事要是传了出去，自己可就要吃不了兜着走了。

他紧张地看着二溜子问道："你是什么人？"

只见二溜子却笑着说："张局长不要害怕嘛。我又不是什么公安的调查人员。我啊，是在这场子里混口饭吃的伙计。是这样，我们老板想见见你。"

听二溜子这么一说，张副局长的心安定了不少，他沉下脸来说："我不就是借了你们五万元钱吗？放心，明天一早，我就会连本带利还给你们的。"

二溜子道："我们当然相信张局长您有这个能力，可是我们老板找您不是谈钱的事，所以还是麻烦您跟我走一趟吧。"

张副局长虽然心里是一百个不情愿，可现在小辫子攥在人家手里，这地方的规矩他也是知道的。无奈之下，他只好硬着头皮跟二溜子来到了赌场里头的一间小屋里。

一进门，只见那疯彪已经带着两个手下等在了里头了。二溜子指着疯彪，介绍道："这位就是我们的老板，彪哥！"张副局长极不情愿地也跟着喊了声"彪哥"。

这时，疯彪笑呵呵地开门见山道："请张局长来，没别的事情，就是想请你帮个小忙。"

张副局长心里很清楚，要是上了这种人的贼船，要下来可就麻烦了。于是他赶紧撇清关系道："我欠你们的钱明天就会连本带利还给你们，你们的忙我想我是帮不上的。"

疯彪冷笑一声道："张局长先别忙着拒绝嘛，不妨先看段录像之后再作决定。"

疯彪说完，让一个手下打开了一台电脑，上面正播放着一段张副局长在聚精会神赌钱的录像。

张副局长一看，惊出了一身冷汗，生气道："你，你们竟然偷拍我！"

疯彪依旧笑呵呵地说："这回张局长同意帮我们了吧，我要是把这段录像寄到你们上级单位，或者传到网上，后果会是什么样子？我想张局长应该比我们还清楚吧。"

这时候，二溜子和疯彪的那两个手下也都跟着"嘿嘿嘿"地笑了起来。

张副局长彻底蔫了，脸色惨白地问道："你们想让我帮什么忙？"

彪哥道："很简单，有个叫李富强的人得罪了我，还欠了我的钱不还，听说他非常听张局长您的话，所以只要张局长让他给我道个歉，再把欠我的钱还上，我保证这段录像不会再有

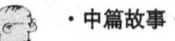

别人看见，而且你今天借赌场的五万块钱也不用还了。"

"就这么简单？"张副局长有些不相信地问道，他还以为疯彪他们抓住了他致命的短处，不知想怎么敲诈他呢。

在李富强那里说几句话，对张副局长来说确实是很简单的事，而且李富强不敢不听，因为李富强的短处就抓在他手里，这就叫一物降一物。

5.痛下狠手

第二天李富强刚到公司，就接到了张副局长打来的电话，在电话里，张副局长让他给一个叫疯彪的人赔礼道歉，并把欠人家的钱还上。

李富强也没敢多问，挂上电话，有些蒙了：这疯彪怎么跟张副局长扯上关系了？就在他百思不得其解的时候，疯彪已经再次找上门了，而且这次他一个手下也没带。只是他那满脸幸灾乐祸的表情，看着比上次还让人来气。

没等李富强开口，疯彪就呵呵一笑道："接到张副局长的电话了吧？"

李富强愣怔地点了点头。疯彪道："既然你知道了我跟张副局长的关系，废话我也不多说了，我儿子被你儿子打了的这件事，你给个说法吧，要是不能令我满意的话，那就只好再请张

副局长出面了。"

李富强傻了眼，没想到这个流氓还真跟张副局长有关系，张副局长的面子他是不敢不给的。李富强狠狠心说："你儿子的手术费也就两万多块钱，看在张副局长的面子上，我给你五万，多出来的钱算是给你儿子的营养费吧。"

疯彪摇着脑袋说道："李老板你可是个精明的生意人，这笔账不能这么算吧？我儿子被你儿子打断了腿，起码半年上不了学，现在正是学习的关键时期，耽误这么长时间，他的学习成绩肯定得落下，成绩落下了，就考不上大学，考不上大学就找不到好工作，找不到好工作就赚不到钱，要是他考上大学的话，一年怎么也能挣个几十万吧，咱就算我儿子活到八十岁，这样一算……"

"停停停！"李富强打断疯彪的话说道，"讹人也没你这么讹的，我还是那句话，看在张副局长的面子上，你给个痛快话，想要多少钱吧？"

疯彪笑道："痛快！果然是做大买卖的人，那我也就痛快点，给一百万，咱们就两清。"

"一百万！"李富强惊道，"你怎么不去抢啊？"

疯彪道："抢哪有这样来得痛快？这是我的账号，要是我三天之内收不到钱的话，那就只好再麻烦张副局长了，要是知道你不给这个面子，我想

他会很不高兴的。记住，只有三天！"说完，疯彪把一张写着银行卡号的纸条扔在了桌上，然后大摇大摆地走了出去。

李富强气得把桌上的东西都推到了地上，大骂道："妈的都不是好人，凭什么只有我当孙子啊！"

一百万啊！对李富强来说比割他身上的肉还难受，而且他知道，即使他给了疯彪一百万，也甭想彻底甩掉这只癞皮狗，这绝对是一个贪得无厌的家伙。

李富强气得有些喘不上气来，他走到窗边打开窗户，想透口气，正好看到疯彪走到了大门口。

守在门口的是疯彪的几个小兄弟，见疯彪出来，他们都纷纷围了上来，李富强在这群小兄弟中看见了一个熟悉的身影，此人正是他的表弟二溜子。

李富强猛地想起，前两天他回家，他媳妇跟他说表弟二溜子来上过门，拐弯抹角跟她打听他们儿子打架的事情。当时李富强也没在意，可现在看到二溜子跟疯彪打成了一片，他忽然明白过来了：肯定是二溜子从中搞的

鬼，要不然疯彪怎么可能知道张副局长能拿得住自己。

当晚，李富强就气冲冲地来到了二溜子的家里。一进门，只见二溜子正坐在屋里，美滋滋地就着几个小菜喝酒呢。

李富强指着二溜子的鼻子骂道："你个吃里扒外的东西，竟然帮着疯彪算计我！"

二溜子先是一惊，他没想到李富强这么快就知道了。不过随即他就镇定了下来，往嘴里扔了粒花生米，说道："表哥，你可是一向把我当臭要饭的对待啊。我可没从你那儿吃过里，所以也就不存在扒什么外喽。"

李富强道："好好好，这些咱们先不计较，你就告诉我，你帮着疯彪一起算计我，他给了你多少好处？"

二溜子得意地说："好处可多了，彪哥答应我，事成之后，他会给我

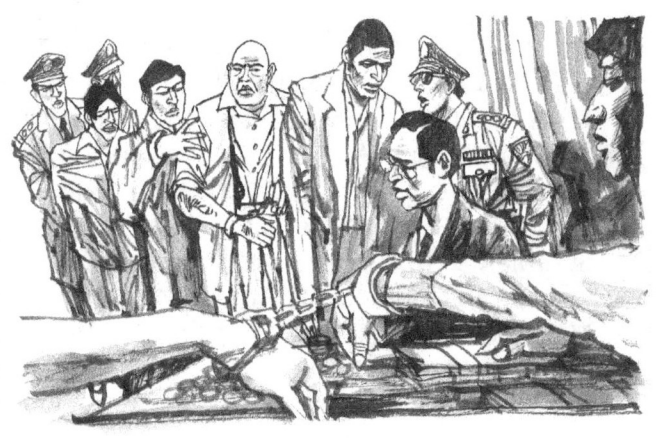

十万块！"其实，本来疯彪只答应给二溜子两千块，可此刻，二溜子从李富强的嘴里嗅到了特殊的味道，这才故意提高了价码。

李富强道："你不就是为了钱吗？要是你能反过来帮我把这件事摆平，我，我给你十五，不，给你二十万怎么样？"

二十万！这个诱惑对二溜子来说太大了，他咽了口唾沫说道："表哥，你要早点对我这么大方，也不会有现在的事了。"

李富强不耐烦地说："废话少说，你就说能不能帮我摆平吧？要是不能的话，我再想别的办法。"说完，李富强转身做出一副要走的架势。

二溜子急忙上前拽住李富强说道："能能能，当然能。咱们都是一家人，兄弟我当然早就帮您想好对策了。"

李富强听了，将信将疑地看着二溜子。二溜子见他不信，拍拍他的肩膀道："表哥你就放心吧，这事儿对我来说简直是轻而易举！不过，事成之后……"

李富强强压下心中的气恼，许诺说："明白，二十万，一分少不了你。"

二溜子还是不吭声，李富强立刻明白了，他从包里掏出一万块钱，扔在桌上，说："这是定金。"二溜子见了钱，眼睛都亮了，他赶紧上前，在李富强耳朵边如此这般说了一通。

原来他早就盘算过了，要想阻止疯彪的敲诈，最好的办法就是把疯彪送进监狱。疯彪开地下赌场的事，警察已经注意很久了。但因为他狡兔三窟，每次聚赌的地方都不一样，而且都非常隐秘，所以至今还没被警察抓到。不过，现在不一样了，他二溜子已经成了疯彪的得力干将，提前知道这些地方不在话下。

所以，只要等疯彪下次再通知开场聚赌的时间和地点，他二溜子只要来一个无间道，偷偷告诉李富强。李富强再向警方那么一举报，这疯彪肯定就成瓮中之鳖，跑不了。等疯彪人进了监狱，那一百万自然也就要一笔勾销了。

李富强看着二溜子这副贪财的嘴脸，气得心里火气直窜。但他转念一想，这还真是个好办法。他知道二溜子是个认钱不认人的主，只要有钱，就是让他出卖亲爹，都不在话下。

于是，他强压下火气，喝道："成，就先听你小子的。记住了，要是搞定了，剩下的钱我立刻打给你；要是搞不定，我让你吃不了兜着走！"说完，转身走了。这时，他身后还传来二溜子贼兮兮的声音："表哥放心，您就等着我的好消息吧！"

接下来，李富强整天盯着手机，等着二溜子的电话，给他通风报信。一天、两天，眼看着两天熬过去了。

李富强想，只剩最后一天了，再不来消息，他就只好乖乖地上银行转账了。正当他急得坐立不安时，第三天傍晚，手机响了。李富强一看，二溜子终于来电话了。

他赶紧接通电话，只听那头二溜子神秘兮兮地说了声："今天晚上十点，金丰酒店地下室。"说完，电话就挂了。这腔调，还真有点黑帮片里卧底接头的架势。

不过，此刻李富强可没时间回味这腔调，他赶紧找到公安局里早就打好招呼的熟人，把这线索通报过去。接下来，他按捺住激动的心情，只等着公安局那边的好消息。

果然，当晚公安局出动了大量警力，按照李富强的举报线索，一举摧毁了疯彪的地下赌场。在场的聚赌人员一个也没跑掉，人赃俱获，全被抓了个正着。

李富强接到电话，开心得一屁股坐在沙发上，大笑三声。哈哈，总算出了口恶气！接着，他又开始心疼许给二溜子的那笔钱了。他想，现在，这剩下的十九万要是也能赖过去，那就再完美不过了。

不过这种事情也不费脑子，李富强盘算好了：现在也没啥把柄抓在二溜子手里，大不了来硬的，不给就是不给！他要不识相，跟我耍无赖，吃亏的肯定不是我。

6.自食其果

为了以防万一，李富强下了狠招，找人到处放话说：疯彪的地下赌场之所以被端了，就是二溜子告的密。李富强心里有数，这消息一传到道上，二溜子立刻会成为众矢之的。到时候轮不到他李富强出手，自然有人去找二溜子算账。所以二溜子别想再在这座城市里混下去，除了跑路，他不会有其他出路！

果然不出李富强所料，这回二溜子连上门向他要钱的时间都没有，就卷铺盖滚蛋了。

李富强乐了：嘿嘿，这小子想跟我使坏，还嫩了点。这回，没个三年

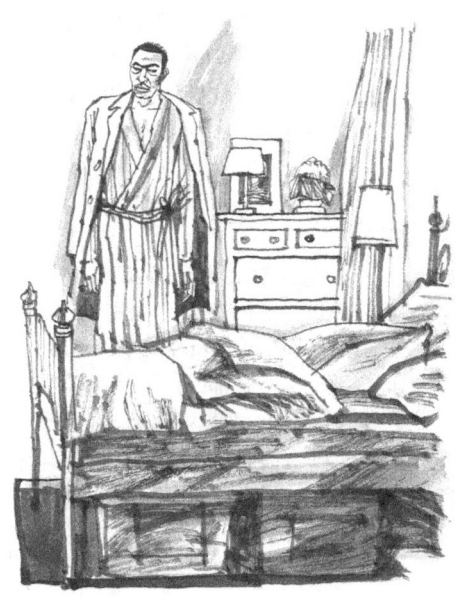

五载的，他别想回来混。

这下好了，老子终于可以睡个安稳觉了。

于是接下来，李富强果然整整睡了一个星期的安稳觉。到了周末，艳阳高照，李富强还赖在被窝里呢，是一阵电话铃声把他给吵醒了。他打着哈欠，抓起电话，电话是厂里人打来的，只听厂里的人支支吾吾地说："李……李总……厂里出事儿了。"

李富强不耐烦道："说话利索点，还能有啥事？"

那头厂里的人汇报说："要不，您还是打开电视看看市台的午间新闻吧。"

李富强抹了抹眼睛，拿起遥控开了电视，一看，只觉得那电视里的场景，一砖一瓦，一草一木，咋就那么熟悉呢？再一看，电视里放的，就是他那富强食品有限公司的生产线啊！

此时只听电视台的记者正义愤填膺地曝光李富强用问题猪肉生产火腿肠的内幕。

这下，李富强全醒了。他翻身下床，嘴里直嚷："完了！完了！全完了！"

接下来的事儿顺理成章，道歉、罚款、关厂，一样都少不了。顷刻间，李富强多年的心血也就玩完了。

这到底是咋回事儿呢？李富强想来想去，觉得一定是二溜子报复他！他下定决心，挖地三尺，也要把这小子找出来，痛打一顿。

不过，还没等他找到二溜子，新的食品安全法规条例就出台了。李富强没等来二溜子的消息，却等来了法庭的传票。

更出人意料的是，在法庭上，李富强倒是见到了二溜子。正当他目瞪口呆的时候，二溜子就把他们私底下那点勾当招了个一干二净。最后，二溜子还看着他瞪得血红的双眼，哆哆嗦嗦道："表哥，对不住了。不过你厂子里的那点儿事还真不赖我，要怨还得怨您自己。"

李富强心里的气直往上蹿，可也特别纳闷：这事儿不是他小子，究竟是谁捅出去的呢？

这时候，轮到检方宣读那位质监局张副局长的证词了。李富强听了，差点没背过气去！话说这位张副局长倒不是因为包庇李富强落的马。这事儿二溜子说得没错，要怪还真得怪他李富强自己。

原来，那天晚上，要不是李富强的举报，公安局就端不掉疯彪地下赌场的黑窝。这个黑窝要是没被连底端了，这位张副局长恐怕还继续在里头赌得欢畅呢。

此刻，在李富强的心里，整件事情总算是理顺了：张副局长因为赌博落马，他做的那些见不得光的事也都浮出了水面。当然，和他李富强之间的这笔交易，也肯定被列入其中喽。

（题图、插图：杨宏富）

本期主题：斗智故事

生活中总避免不了一些矛盾冲突，有矛盾就要学会去化解。我们的民间故事中就有这么一类，故事里的人物总是能够凭借自己的智慧，以计取胜、以德服人，至今值得我们学习和借鉴。

四只茶杯

从前有个穷秀才，家徒四壁。他家中唯一的宝贝，就要数家传的一套四只的茶杯。

秀才对这四只茶杯简直爱不释手，还经常拿出来，在他的四位好友面前直显摆。

谁知有一天，秀才不小心失手打碎了其中的一只茶杯，却因为好面子，不肯跟好友们说明。

他那四位好友听说了这件事情，便想跟秀才开个玩笑，故意让他难堪。于是这天，四位好友聚在了一起，好好商议了一番，这才一块儿上秀才家拜访。

大伙儿一进门，只见秀才竟然一点也不慌张，反而迎上来热情地问他们要不要喝茶。

这时，其中一位好友随口客气地说了声："不渴。"

那秀才听后，立刻对妻子喊道："娘子，泡三杯茶来。"

于是这一次，四位好友没达到目的，只好灰溜溜地走了。

可他们仍然不甘心，过了几天，聚在一起又好好商议了一番，随后又一起来到了秀才家里。

这次，秀才还是不慌不忙，照样问他们渴不渴。上回说"不渴"的那位好友听了，赶紧大喊一声："今天渴死了。"

语毕，大伙儿都望着秀才，想看看他该怎么办。此时，却听秀才大喊一声："娘子，先上三杯茶，另外再泡一大碗茶来。"

至此，四个好友本想捉弄一下秀才，结果却又被憋了回去，只好又一次灰溜溜地离开了。

棋高一着

从前，有个镇上出了两个象棋高手，是一对亲兄弟，老大人称"活棋圣"，老二人称"棋胜天"。

兄弟俩仗着自己棋艺高超，开了一家棋院，还立下一条规矩：逢棋必赌，不赌免弈。几年下来，兄弟俩打败了无数慕名而来的棋手，从中赚取的银两自不用说

这天下午，一个棋童来禀报："两位老爷，门口来了位姓陈的小姐，说是来找两位赌棋的。"活棋圣一听乐了："那就让她进来吧。"

一会儿，棋童便领着一位十五六岁的姑娘来到众人面前。活棋圣心想：这是哪家的黄毛丫头，不知天高地厚！便吩咐棋童打开棋室的门，又

对棋胜天说："我去去就来。"说完走进棋室。

谁知陈姑娘喊了一声："慢！刚才我说过了，今天我是来会会两位的。"

活棋圣停下步，哑然失笑："怎么？姑娘想跟我们兄弟两个同时下棋？"

陈姑娘说："那当然，不过要用两间棋室，这样你们就不能凑在一起商量对策了。怎么，你们怕不成？"

话说到这个份上，活棋圣便吩咐棋童："去叫厨房温几壶酒。"说完，便和棋胜天分别进了棋室。

第一间棋室里，活棋圣执红先行；第二间棋室里，棋胜天执黑后走。陈姑娘在两间棋室间来往穿行，左右开弓。

下着下着，第一间棋室里，活棋圣托起了下巴；第二间棋室里，棋胜天瞪圆了眼睛。两个人的棋是越下越慢，到最后，兄弟俩的汗都下来了，陈姑娘却仍旧轻松应对。

棋童把酒温了又温，热到第二十二回时，第一间棋室的门开了，活棋圣疲倦地走出来，面带微笑地冲大家抱抱拳："让各位久等了。"显然他是赢了。

这一局陈姑娘一言不发，转身进了第二间棋室。工夫不大，第二间棋室的门也开了，只见陈姑娘满面春风地走出来，后面跟着垂头丧气的棋

胜天。

活棋圣一见，问棋胜天："结果如何？"

棋胜天的声音小得像蚊子："输了。"

活棋圣再也顾不得颜面，猛地吼道："二弟，你往日的威风哪去了？竟败给一个小丫头！"

陈姑娘冲众人抱拳，笑盈盈地说："今天两位的棋下得果然不赖，一胜一负，算是与我打了个平手，输赢相抵，两不相欠，告辞了！"说完，她迈步离开了。

活棋圣和棋胜天恨不能马上找条地缝钻进去，兄弟俩今天这个跟头栽大了：两个棋坛老手居然被一个刚出茅庐的小姑娘杀了个一胜一负，以后还能在江湖上混吗？众人见状，纷纷摇头走了，分明是在说：不过如此啊！

众人离开后，活棋圣把棋胜天骂了个狗血喷头，最后，两个人越想越不对劲，就再次进入棋室复盘。

复来复去，两个人发现，与陈姑娘下的那两盘棋，其实竟然是同一盘棋：兄执红，弟执黑！陈姑娘只是以兄之矛攻弟之盾，又以弟之矛攻兄之盾而已。

此时，活棋圣只好仰天长叹一声，道："二弟，我错怪你了，我们都被人家当猴耍了。"

原来，这位陈姑娘的父亲几个

月前做生意时，顺道来切磋棋艺，竟输去所有货款，还被兄弟俩讥讽了一番。陈父又羞又气，回到家一病不起。

陈姑娘弄清原委后，才想出这一计来：那天，在第一间棋室，活棋圣下了第一步棋后，执黑的陈姑娘并未立即应对，而是转身进了第二间棋室，走了与活棋圣同样的第一步棋；等棋胜天应了第一招后，陈姑娘才回到第一间棋室，把棋胜天应的那一招照搬到棋盘上。如此往复，陈姑娘穿针引线，让蒙在鼓里的兄弟俩相互厮杀起来。

不管兄弟俩棋艺如何高超，反正结果都是一输一赢。

陈姑娘下完棋，回到家里把事情一说，陈父的病当场就好了大半。

而活棋圣和棋胜天虽然弄清了真相，思来想去，觉得再也无颜面继续开棋院设赌了，只好关门大吉，改做生意去。

画师和木匠

从前，有一个技艺高超的木匠，倾尽毕生技艺，雕刻了一尊仕女木雕，简直是活灵活现。

有一位画师听说后，非常好奇，想要一睹那木雕的真容。于是，他便带上了酒和几样小菜，特地去木匠家拜访。

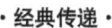

两人就这样喝酒、聊天一直到深夜。这时候，木匠邀请道："夜已深，今晚就请留在我家歇息。我就让我家的侍女陪您就寝吧。"说完，他便起身自己回屋去了。

这时候，画师往四下里一张望，果然见角落里站着一位女子，身段婀娜，容颜娇好。

画师不由心中一动，赶紧招手让她到自己身边来。

谁知那女子却默不作声，半天都站在那儿，一动不动。画师想，大概是因为她矜持，于是便上前去拉女子的手。

可这一拉他才发现，那手竟是木头的。原来，这个女子就是木匠雕刻的那尊仕女。画师这才明白过来，自己被木匠捉弄了一番。

次日一大早，木匠就过来了，想嘲笑一下画师出了洋相后的难堪。

谁知，等他蹑手蹑脚走到门口，探进头去一看时，顿时大惊失色：只见那画师竟然悬梁自尽了！他的脖子上还停着一只鸟，正在啄食他的尸体呢。

木匠急忙取来刀子，想去砍断绳子救人。哪知这一刀砍下去，竟然砍在了墙上。

木匠这才发现：那个上吊的人，不过是画师画在墙上的而已。木匠顿时羞愧难当。

这时候，只见画师从暗处走了出来，对着木匠笑盈盈地说道："昨晚你捉弄了我一回，今早我也就捉弄你一次。那么现在我们互不相欠，扯平了。"

我们姑且不说木匠和画师之间相互捉弄的是是非非，单说他们二人的技艺，那还真是让人叹为观止啊。

木匠和富人

从前，有一个木匠和一个富人，门对门住着。富人仗着财大气粗，经常欺负木匠。

有一天，木匠实在忍无可忍，决定好好教训一下富人。于是，他便悄悄把富人家的大门砸坏了。富人没看见门是谁砸的，只好叫木匠来重新做一扇大门。

木匠假装仔细打量了一番，说："做这扇大门需要好木料。"

富人便拿出一堆上好的木料，这些材料刚刚够做一扇门。

接着，富人就整天坐在家里等着木匠完工。

忽然有一天，木匠进来问："门做好了，还要做什么？"

富人以为还有剩余的木料，便随口说："再做一扇窗户吧。"

听了这句话，木匠便把刚打好的新门拆掉，用木料改做了一扇新的窗户，然后去问富人还要做什么。富人以为还有剩余的木料，便说："再做一个锅盖吧。"

木匠又把窗户拆了，做了一个锅盖，又去问富人还要做什么，富人说："再做一个砂壶盖。"

于是，木匠把锅盖拆了，做了一个砂壶盖。

最后，富人问那些木料还够做什么，木匠假装想了想，认真地回答说："还可以做一个鼻烟壶盖。"于是又把砂壶盖拆散，做了一个小小的鼻烟壶盖。

这一天，太阳快要落山的时候，木匠拿着鼻烟壶盖对富人说："我把木料全部用完了。看在我们是好邻居的份上，工钱我就不要了。"

富人听了，咧开大嘴笑着说："你可真是个好木匠，没有浪费一点木料。

现在，你把那些个大门、窗户、锅盖、砂壶盖、鼻烟盖什么的，全部交给我的管家吧。"

木匠听了，好像十分惊讶，说："不对啊，我用那些木料做好了门，问你还要做什么。你说做一扇窗户，但没再给我木料，我只好把门拆了做窗户，然后又把窗户拆了做锅盖；把锅盖拆了做砂壶盖；又把砂壶盖拆了做鼻烟壶盖。瞧，鼻烟壶盖在这里。"

木匠说完，把小小的鼻烟盖交给了富人，这才头也不回地离开了。

小和尚吃蜜

从前有个小和尚，很是聪明。

这天，有一位信徒送了一瓶蜂蜜给他的师父。碰巧师父这天刚要出门，心里盘算着：这瓶蜜若是就这么放在屋里，小和尚可能会偷吃。

因此师父心生一计，把小和尚叫来，吩咐道：

"刚才信徒送来的这瓶是毒药，药性强烈，非常危险，你可千万不可贪食啊。"

小和尚一听，心想这不是此地无银三百两吗？所以虽然他当场点头应和，可等师父一离开，他就赶紧招呼师兄弟们，一块儿把整瓶蜂蜜都吃了个精光。

饱餐一顿之后，大伙儿开始犯愁了：师父回来时怎么交待呢？

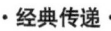
这时候，小和尚灵机一动，走到桌边，把师父平时最心爱的一只花瓶高高举起，"哐当"一声，摔在地上砸个粉碎。

大伙儿看了，更是怕得瑟瑟发抖。

只有小和尚不慌不忙地安慰道："别害怕，到时候看我的！"

没多久，师父回来了。只见小和尚倒在地上号啕大哭，边哭边跟师父解释："师父！我犯了不可赦免的罪过了。"

师父一头雾水地问："你做了什么错事？"

小和尚哽咽道："我把您心爱的花瓶打破了！"

师父顿时火冒三丈，骂道："你

怎么这样粗心大意，把那么贵重的花瓶打破了？看我怎么罚你！"

小和尚这才止住了哭声，无限憾恨似的忏悔道："师父！不用您动手了。我知道不该将您的花瓶打破，为了表示忏悔，向师父做个交待，我只好以死来谢罪。所以，刚才我把今天一早信徒送给您的那瓶毒药统统都喝光了！"

师父听了他这一席话，心里才明白过来。

可小和尚用这样的方式谢罪，他也只能哑巴吃黄连，有苦说不出了！

弃老山

很早很早以前，有个国家的国主非常嫌弃老人，他颁布一道命令：每家若有老人，一到六十岁，就要由儿孙们扔到山里去自生自灭。

有一户人家，老人刚到六十，可儿孙们却舍不得抛弃他，便把他藏在地窖里偷偷赡养。

这时候，邻国突然派来使者，向国主提出了三个难题，并说倘使解不开这三道题，他们将出兵侵略。

首先，他们送来了颜色相同、大小一样的两条蛇，让国主辨别："哪一条是公蛇，哪一条是母蛇？"

猜来猜去，没有一个人能辨别雌雄，都感到头痛。国主就在全国征募贤者来解决。

把两根棍同时扔进河里：浮起来的是嫩木棍，沉下去的是老木棍。经流水一冲，朝前的一端是前梢，坠后的一端是树根。"

第三次，邻国使者送来一颗圆玉石，它剔透玲珑，内中有一个七弯七曲的小孔。使者让他们用一根线，从这小孔穿过去。大家一时都没有主意了。

爷爷听了后，想也没多想，就告诉孙儿："在孔眼的一头涂上蜜糖，然后把线系在蚂蚁的腰上，让蚂蚁从孔眼的另一头爬进去，线也就穿过去啦。"孙儿照这办法一试，果然灵验。

当国主按这些办法解答后，对方很佩服，就再也不敢出难题了。

于是国主把孙子传来问道："你这个毛孩子是怎样解答那些难题的呢？"

孙儿照实情回答了，他说："答出难题的其实是我的爷爷，我们舍不得抛弃他，就把他老人家偷偷安置在地窖里养活着呢。碰巧，国主您贴榜招贤。我见无人能解难题，才冒险告诉了爷爷。"

国主听了以后，很受感动，这才恍然大悟，道："看来，老人阅历广，经验多，有用处，而且应该受到尊重。扔到山里是不对的。"

据说，从此以后，国主颁布了一道命令：老年人不但不再遭到遗弃，而且加倍地受到尊重。

孙儿把这情况告诉爷爷，爷爷听后说："这算什么！在客厅里铺上丝棉，让两条蛇在上面爬爬看。其中一条趴在那儿不动的是母蛇，另一条慢吞吞往外爬的则是公蛇。"孙儿把这话禀告了国主，首先解决了第一个问题。

可是，邻国紧接着又出了第二个难题。他们送来了削得颜色、形状和粗细都相同的两根木棍，要国主区别："哪一根是树根底部的老木棍，哪一根是前梢的嫩木棍？而且还要指出每一根哪一端是前梢，哪一端是树根？"

这也没有一个人能够解答。这时，孙儿又去问他爷爷。

爷爷说："原来是这么一点事。

我要赢黄金

□ 古四郎

比尔在镇上开了个汉堡店，每天都能卖出上百份汉堡套餐。可这天直到傍晚，都没有一个顾客来光顾。

比尔到处打听才知道，原来小镇开了一家首饰店，今天开始搞"减肥送黄金"的促销活动：只要在一周之内减肥2公斤，就送5克黄金！镇上的人都去报名减肥了，谁还来

买汉堡？

比尔正心疼，却听一声吼："老板，来三份巨无霸汉堡套餐！"

比尔抬头一看，原来是镇里出了名的大胖子杰弗逊。他赶紧送上汉堡，笑问："怎么了？杰弗逊，全镇的人都冲着那5克黄金减肥，你连试都不试就放弃了？"

杰弗逊抬起头，白了他一眼道："谁说我放弃了？等吃完了我就去报名！"说完又狼吞虎咽起来。比尔听了哈哈大笑，心想：就凭你这副吃相，还想减肥？没想到杰弗逊又吃下了两份套餐，才抹着嘴离开。

五天后，首饰店公布了唯一一个获得5克黄金的人，竟然是大胖子杰弗逊！比尔百思不得其解。

这时，杰弗逊又来到店里，笑呵呵道："比尔，我能拿下这5克黄金还得多谢你啊！"

见比尔一头雾水，杰弗逊洋洋得意地解释："我是用你的汉堡把肚皮快撑炸了，才去首饰店称体重的，一下就重了3公斤！然后，我只需要等到今天，空着肚皮再去称体重不就轻了吗？所以说，那天你的5份汉堡套餐，可值5克黄金呢！"

比尔听了，恍然大悟，一个劲感叹杰弗逊真是聪明。

杰弗逊听得哈哈大笑道："好了，现在快给我再上两份套餐吧，我都饿了两天了！"

生不逢时

□ 杨信社

多得意了。

可谁知到了四年级，儿子的成绩竟然急转直下，考试经常不及格，急得徐燕吃不香、睡不着，最后和老师一商量，决定还是让儿子转到慢班去。

儿子转班后，成绩马上又"嗖嗖嗖"上去了，徐燕这才松了口气。

谁知又好景不长，没多久，儿子竟然成天愁容满面、唉声叹气起来。徐燕的心一下又提到了嗓子眼。

她问儿子出了啥问题，可儿子只是摇摇头，哀求说："妈妈，求你还是让我留级吧。"说完，也不愿解释原因。

为了弄清到底发生了什么事，徐燕只好出了下策：偷看儿子的日记！

这天，她趁儿子不在，翻出了他的日记。等看到了最后一篇，她差点没气晕过去。只见儿子写道：真是生不逢时啊！为了和小美在一个班，我假装考砸了，和她一起进了慢班。没想到上个礼拜，她又留级了。唉，真是杯具啊！

徐燕的儿子从小就聪明伶俐，上小学后一直被分在年级里的快班。为此，徐燕总是夸耀当初自己的那刀没白挨。

原来，当初怀孕的时候，徐燕的预产期本来是在9月2日，错过了规定的开学日9月1日。这就意味着，以后孩子要是入学，要比同龄的孩子整整晚上一年。再看看闺蜜阿美，头两天已经把女儿小美生出来了。徐燕急得在家里挺着大肚子，直叹气："真是生不逢时啊，就差这么两天，就要眼看着孩子输在起跑线上啊！"

于是她和老公一商量，决定马上托人到医院找关系。终于，她在8月30日那天成功地做了剖腹产手术，生下了个大胖小子。这时候，徐燕才长长地松了口气。

如今儿子那么争气，在快班里也名列前茅。再看看阿美的女儿小美，总是排在倒数第一，徐燕心里别提有

乡下老爹也炒股

□ 曹 钢

强子最近炒股赔了，就约了几个哥们回乡下老家散心。他们刚一进屋，爹娘就把饭菜端上了桌。

卤猪头、熏烤肉、红烧肉……摆了满满的一桌子，只听强子一声招呼，哥儿几个便开始胡吃海喝起来。

几杯酒下肚，强子就长叹一口气，开始痛诉自己炒股的种种不易：

"自从进了股市，整天就像坐过

山车似的，心情跟着大盘跌宕起伏。有时候，明明认定是一只成长股，谁知刚一吃进就眼瞅着成了跌势。有心全部抛掉吧，又心疼割肉，最后只能抱在手里，被死死套牢。"

"可不是？等你真正下决心斩仓，它又连续涨停了！"众人也都深有感触地附和，"炒股真是不容易呀！"

强子爹边抽旱烟边听，这时强子娘端菜进来，说："刚才听强子这么一说呀，倒也和你爹干得差不多哩！"

众人吃了一惊："不是听说大叔是村里的养猪大王吗，怎么也炒起股来了？"只听强子说了声："唉，他们哪懂这个。"说完不耐烦道，"娘，我们正闹心呢，您就别添乱了。"

这时，强子爹磕了磕烟袋，怒道："你们这炒股有啥高深？我懂着嘞！"

强子将信将疑起来："爹，您真的炒起股来了？买的哪只股啊？"

"买啥股？买的都是猪屁股！"强子爹愤愤道，"都知道俺是养猪大王，可说实话，这些年俺真没挣到钱。为啥？价格低的时候不敢多养。好不容易等到价格上去了，拼命提高存栏量，谁知临到出栏了，价格又跌了。连饲料钱也赔进去啦。"

强子娘也在一旁抹了把泪，说："你们说，俺们这心情不也跟坐了那山什么车似的吗？你们炒股赔了还能抛掉，俺们养猪的敢割肉吗？"

（本栏插图：包丰一 顾子易）

548

2013
SEMIMONTHLY
上半月刊 12月·
STORIES

欢迎登录本刊主办的"故事中国网"（www.storychina.cn）

故事会
—STORIES—

2013年12月
上半月刊·红版

社　长、主　编：何承伟

副社长：夏一鸣

常务副主编（兼绿版负责人）：吴伦

副主编（兼红版负责人）：姚自豪

本期责任编辑：李丹

电子邮箱：lidan090@sina.com

红版发稿编辑：

姚自豪　丁娴瑶　吕佳　石莎莎

美术编辑：王怡斐

电脑制作：郭瑾玮

本社办公室电话：021-64375030

上半月刊编辑部电话：021-64335114

下半月刊编辑部电话：021-64336469

（上海市绍兴路74号 邮编：200020）

主管：上海世纪出版集团

主办：上海故事会文化传媒有限公司

出版单位：《故事会》编辑部

发行范围：公开

—————————————

出版、发行总监：张凯

电话：021-64313938

广告业务：上海故事会文化传媒有限公司

广告总监：张淮

广告业务：021-34010383

广告投诉：021-64333738

广告经营许可证

沪工商广字3100320080016号

发行：中国图书进出口上海公司

看着就腻歪

爸爸的体重已超过一百公斤，每次跟女儿散步，女儿都会说："老爸，瞧你这一身肉，走起来颤颤悠悠的，看着就腻歪。"

爸爸受了刺激，去健身房锻炼了两个月。这天，他在女儿面前显摆："看，我身上都有肌肉了。"

女儿看了看，又摸了摸，满意地点点头说："老爸，你确实比以前好多了，已经从'看着就腻歪'进步到'肥而不腻'的阶段了。"

（卢笛花）

（本栏插图：包丰一）

保持身材

某人长得很瘦小。这天，他和一个胖子同事在食堂吃饭，胖子看了他一眼，说："吃得那么少啊，难怪这么瘦。"

瘦子回答说："为了保持身材。"他瞅了瞅胖子的餐盘，接着说："你怎么还吃那么多？"

胖子逗趣地回答："和你一样啊，也为了保持身材。"

（周广清）

特别文身

澡堂里进来一个彪形大汉，在屁股上文了身，全是苍蝇，密密麻麻的看着恶心！搓澡师傅好奇地问："大哥，人家都整个龙呀虎呀关公啥的，你整这些东西干啥？"

大汉语重心长地说："难怪你一辈子干搓澡，没见识太可怕啊！哥们儿我常在牌桌上混，这可是吉祥物啊！一……腚……蝇，一定赢！"

（悠　游）

推 荐

张三家住10楼。这几天，电梯坏了。张三懒得做饭，也懒得下楼，就叫了肯德基外卖。结果连续两天，来的是同一个送货员。

第三天，还是这个送货员上门服务，只见他倚着门框，喘着粗气说："大哥，明天别点肯德基了，麦当劳出新品了，试试吧！"

（飞 扬）

猪八戒

新同事看到大伙都管英俊的小朱叫"猪八戒"，便问原因。

小朱长叹一声，说："唉，自从结婚后，烟戒了，酒戒了，夜宵戒了，彩票戒了，麻将戒了，生日聚会戒了，假日旅游戒了，名牌服装戒了，本人姓朱，当然叫'猪八戒'了啊！"

（禾 苗）

吹牛皮

帮厨师吹牛，一个说："我在一家烤鱼馆上班，天天吃鱼，吃得我一身的鱼味儿！"

另一位师傅笑了笑说："我干活的那家活鱼火锅店，已经给我们吃了好几个月的鱼，有一天下班，我放了个屁，一只猫跟了我好几里路！"

（紫苏清清）

采访高富帅

记者采访高富帅的致富经验。高富帅回答："被逼的。"

记者不解，问："为什么？"高富帅说："老婆生了，不放心幼儿园，于是买地建房办了一家幼儿园。转眼娃要上小学了，又不放心，于是又买地建房办了一所小学。哪知房地产不断涨价升值，一下就发了。"

记者问："打算什么时候再办一所大学？"

高富帅挤出一丝苦笑："嗨，儿子早不上学了……"

（任昌雄）

太太的含义

妻子最近心情不好，这天买菜回来，抱怨说："东西太贵，放心食品太少！"饭后，她拿着遥控器挨个频道换下来，叹气说："节目太俗，广告太多！"

一扭身，妻子看到丈夫在玩电脑，说："吃过饭不去洗碗，太懒，太不会体贴人！"又看到儿子在玩积木，大声说："还不写作业？太爱玩儿，太不懂事了！"

只听儿子说："妈妈，我总算知道为什么要称女主人为'太太'了！"

（秋　树）

爱面子

有个大学生特爱面子。这天，他在地摊上买了个旅行包，拿着包回学校的路上，一个同学见了说："你这包好破啊！"

他说："唉，我妈买的。"

走了一段路，又见一同学说："哟，这包好漂亮！"

他说："买给我妈的。"

（前进地瓜）

不能没有我

甲和乙有过节。有人问甲："乙天天在不同场合找你的茬儿，可你从不回应，为什么？"

甲回答："我跟他可不一样。"

这人问："有啥不一样？"

甲答道："乙天天骂我，说明他的生活不能没有我；而我从不搭理他，说明我的生活可以没有他。"

（苏　蓝）

打麻将

两个同事在聊天，同事甲感叹说："最近我很忙，常要陪我老婆和她的几个姐妹打麻将。"

同事乙："跟她们玩有意思吗？"

同事甲无奈地说："只有利用这个办法，我才能收回一部分薪水呀！"

（金　悦）

困　惑

一个年轻男子历经千辛万苦，来到一座古寺，造访得道高僧。他说："大师，为什么我老妈和我老婆之间总会有那么多战争？我夹在她们中间太痛苦了，如何才能使大家皆大欢喜呢？"

大师双手合十，低声说："阿弥陀佛，老衲当年正是为此出家的。"

（投弹手）

谈过几次恋爱

甲问乙："你谈过几次恋爱？"

乙反问："暗恋算么？"

甲："暗恋只能算半次。"

乙："那我谈过3.5次。"

甲："还不错啊，看不出你还和3个女孩交往过。"

乙："不，我暗恋过7次。"

（尹　轩）

蚊子和萤火虫

有一天，蚊子和萤火虫一起去蝴蝶家偷东西。蚊子一路愉快地哼着"嗡嗡"的小曲，萤火虫说："哪有小偷像你这样，还唱着歌去偷东西，你也太高调了吧！"

蚊子说："兄弟，哪有你高调啊！行窃还要点灯，简直明目张胆啊！"

（凌　风）

住灯里

阿三在北京的胡同里捡到了一盏灯，他擦了一下灯，说道："谁把灯扔这儿啦？"这时灯神出现了，微笑道："我可以满足你一个愿望，你说吧！"

阿三兴奋地喊道："我要一套房子，五环内的。"

灯神脸一黑："你太贪心了，我要是能给你房，自己还住灯里干啥？"

（陈　新）

（本栏欢迎来稿，读者、作者可将有新鲜感、有精彩细节的笑话佳作投寄给我们。来稿一经采用，最高稿费为100元。本期责任编辑电子信箱：lidan090@sina.com）

俗话说:"伴君如伴虎。"坐拥高位者,与其如履薄冰、扶摇直上,不如急流勇退、明哲保身。凡事有节制、好处莫占尽,这是带有东方智慧的处世之道,更是中国官场的隐忍哲学。

好处莫占尽

□ 王春迪

清朝到了慈禧的时候,颐和园里有两个膳房,一个是御膳房,那是给光绪做饭的;还有一个是寿膳房,是给慈禧做饭的。寿膳房里,有一种太监,叫"家法太监"。

顾名思义,这当差的,是来执行家法的。慈禧老佛爷吃饭,每顿都是一百多道菜。菜摆上来,老佛爷随意挑,如果她尝了某道菜点了点头,侍膳的就再舀一次,随后就得把这道菜往下撤,绝不能再舀第三匙。若是舀了第三匙,家法太监就要说话了,喊一声"撤",这个菜起码半个月不能露面,老佛爷就是想吃也不行,这是祖宗家法。为什么?因为舀第三匙的菜,准是老佛爷喜欢吃的,如果下面有人居心不良,想谋害老佛爷,就会在这道菜里下毒。所以,再好的菜也不大会吃第三匙,说白了,就是为了免遭毒害,哪朝哪代宫里头没有暴死的?

据说清朝末年的时候,苏北赣榆老街上,就出过一个家法太监。

这太监名叫王福,王福还真有福,九岁入宫,进门遇上了贵人。清宫里,好些年长的太监身边都会带个刚进门的小太监,一方面教他学规矩;另一方面,也算找个人伺候自己。当时，李莲英还不是大总管，尚未得到重用。李莲英见王福这孩子模样俊俏，眼疾手快，很讨人喜欢，便把他收在身边。后来，李莲英逐渐高升，就把王福特意安排进了寿膳房，成了家法太监。

王福起先还觉得新鲜，听听这称呼，家法太监，多气派，可干了几年，就干腻了，因为这差事是"花被子盖鸡笼，外面好看里头空"。恰在这时候，他师傅李莲英得了宠，成了老佛爷的红人，于是王福找到李莲英，想让他帮自己挪挪地儿。

李莲英问王福："那你想干啥？"

王福支支吾吾地说道："我、我想传膳……"

"传膳太监"是寿膳房里最肥的差事，寿膳房是个大机关，三百多号人，一百多个灶，三人一灶，灶灶有号，哪个菜是哪个人洗的、哪个人配的、哪个人炒的，都记得明明白白，为的是赏罚时有个着落。每次传膳太监一声令下，这一百多道菜便陆续摆在桌上，这些盘盘碟碟的，一眼都看不到边！这时候，哪个菜靠前，就离老佛爷近，就容易被她看上、吃上。老佛爷最喜欢吃，也最讲究吃，吃得高兴，一准儿会犒赏厨子。御厨们要想让自己的菜靠前一点，就得给传膳太监"意思意思"，因为上菜的顺序，就是他安排的。

李莲英听王福这么一说，眉头一皱，啥也没说就走了。

王福心里有数，这年头求人办事哪能光动嘴皮子？于是，王福给他师傅送了些银锭，李莲英收是收了，可他还了王福一个礼：一个和田玉蜘蛛，这比王福送的还贵重！这一下，王福反而不踏实了，他搞不懂李莲英葫芦里卖的是啥药。

不久，寿膳房人员调整，传膳太监这位子另有其人。失落之余，王福猜想，一定是自己打点得不够，不然，凭他李大总管的权力，给自己弄一个传膳太监还不跟玩似的？有好处，不想着徒弟，算个什么师傅？因此，王福心里头对李莲英很

有看法。

一年后，光绪皇帝和老佛爷相继过世，紧接着，李莲英上书请求离宫，由头是"为老佛爷守孝"。

临走时，李莲英来找王福，想让王福和他一起离宫。王福心想，李莲英无儿无女，他这样安排，无非是想找个知根知底的人服侍他。王福当时面无表情，心想，一朝天子一朝臣，老佛爷死了，你失了宠，才想起我，去你姥姥的！想到这里，王福的表情，就像当年自己去求情时李莲英的那个模样，眉头一皱，啥也没说，走了。李莲英望着王福的背影，摇头叹道："阿福啊阿福，见好就该收了……"

数月后，传膳太监病死，王福使出了他察言观色、溜须拍马的功夫，终于如愿以偿，当上了传膳太监。

这时候的朝廷，已经是日薄西山，反而是袁世凯的势力一天比一天强。当时，宣统皇帝还小，隆裕太后又弱，这对孤儿寡母时常得看袁大头的脸色。

这一天，隆裕太后和袁世凯商量事儿，随后便留袁世凯吃饭。那天临近元宵节，上菜时上了一盅汤圆。王福身为传膳太监，他瞄了一眼，也没多想，照例拖着长长的腔调，精神抖擞了喊了一声菜名："太平——元宵！"

不料袁世凯听罢，脸"刷"地黑了，他狠狠地瞪了王福一眼，啥话也没说，啥菜也没吃，放下筷子，匆匆告辞了。

隆裕太后不解，问旁边的近侍，近侍和隆裕太后小声嘀咕了几句，隆裕太后顿时大惊失色。

原来，这元宵，谐音就是"袁消"，"太平元宵"，意思就是一旦消灭了袁世凯，天下就能太平了。袁世凯一向多心，听了这话就不开心了，他甚至还怀疑是不是有人在饭菜里下了毒，于是赶紧走了。

隆裕太后平日里忌恨袁世凯，却也怕他。她一面派人给袁世凯送了不少稀罕物，予以安抚；一面发布禁令，禁止京城百姓把汤圆叫成

"元宵"。一切稳妥之后，她回过头来故意寻了王福一个不是，把他关进了内务府慎刑司，并准备等宣统皇帝过了生日，就把王福给"暴毙"了。

李莲英知道后，托关系来到牢里探望王福。那时的王福，早没了传膳太监的威风，蓬头垢面，没了人样。王福没想到师傅会来，一时间，委屈、羞愧、悔恨……啥样的心情都有，不禁号啕大哭起来。

毕竟是师徒一场，那天，一贯谨言慎行的李莲英和王福说了很多掏心窝子的话。他告诉王福，他伺候老佛爷几十年了，这么多年里，老佛爷杀了多少太监，数都数不过来，他为什么能全身而退？是因为他时时记着一句话："好处莫占尽"。这些年来，巴结他的那些大臣，给他送的金银财宝能堆成一座山，可他每次都只拿一两成，退八九成，为什么？好处莫占尽！其实，他若想让王福当个传膳太监，还不是一句话的事儿？可是，历朝历代，哪个主子不是老虎猛兽？离虎越近，好处捞得越多，危险也就越大。他之所以送给王福一个玉蜘蛛，就想告诉王福：要"知足"。

李莲英瞟了王福一眼，说："你以为我真的像外面说的，是因为失了宠、干不下去才离宫的？"

王福张大嘴巴，一时不解其意，李莲英接着说道："我离宫，是因为听说老佛爷和光绪皇帝死前都叮嘱隆裕皇后，要她重用我，凡事都找我商量。我当时想，若再不收手，就晚了。"

王福沉思片刻，终于恍然大悟，可为时已晚。

王福被杀之后，李莲英很快便封了朝廷赐给他的宅院，住进了白云道观，并将老佛爷所赐宝物陆续上缴朝廷。据说，那些奇珍异宝，足足装了几大箱子……

（题图、插图：安玉民 梁 丽）

@军无忌　他的计划很周密：用新买的手机号给她发了一条短信，约她去郊外罕有人迹的树林。他留了长指甲，指甲缝里藏了毒药。他带了她最爱喝的茶，只要她一来，就用指甲在她的茶水里轻轻一蘸……一只蚊子叮了他的脖子……第二天，他的尸体被发现，死因是脖子处被不明有毒锐器划伤。

@乔布丽丝　传说中金银谷珍宝无数，虽仅有一瘦弱老人看守，寻宝者却都有去无回。阿力心里痒，千辛万苦来到谷前，果见一年迈老人。老人对他说："多年来，我都会告诫入谷之人谷内的秘密—出谷时体重不能超过入谷时的重量，却没一人听我的。"老人深深看了他一眼，开启了谷口大门……

@指尖上的璇律　他瞄到前面女人口袋里有一叠钱，虽已金盆洗手，但面对大好机会，心里总是痒痒的。这时，他听女人对一位大娘说，"妈，这阵子生意不好，这个月没法给你钱了。"大娘说："老头子还有退休金，我俩省着点用就行。"……他哼着小曲跑开了，远远听到大娘惊呼："咦？我口袋怎么多了一笔钱？"

@哈喽冰糖心　老张正要出门，电话响了。老伴一接就乐了，是外地上大学的儿子打来的。老张在门口喊："我那双皮鞋放哪了？"老伴骂他："随便穿哪双不行，还不走？"老张在门口左右转着圈说，"零钱还没找到呢！"老伴会心一笑，说："你先来说两句吧。"老张飞跑过去拿起电话，冲儿子嘟囔着："你妈偏让我说两句。"

@lovepinkbar　到站了，虽然车站离家很近，但我东西太多了，只好喊了一辆人力三轮车。车夫是位大爷，大热天蹬着三轮，背后全是汗。到家门口，

我的故事　我的梦

全国优秀故事征文大赛隆重启动

"安亭·国际汽车城杯——我的故事我的梦"全国优秀故事征文大赛现已进入第二阶段，本刊热诚欢迎广大作者用优秀作品参与本届赛事。

有关事项如下：

1. 参赛稿件须是尚未公开发表的原创"故事"作品，要求情节可读，人物鲜活，语言生动，故事性强，篇幅一般在 3000 字左右。

2. 奖项设置：一等奖：2 名，奖金各 5000 元；二等奖：5 名，奖金各 3000 元；三等奖：10 名，奖金各 2000 元；鼓励奖若干。

3. 可通过电子邮件或邮局投寄方式参赛，本期责任编辑电子邮箱：lidan090@sina.com；本刊地址：上海市绍兴路 74 号《故事会》杂志社，邮编：200020；已和我刊有联系的作者可直接将稿件发给编辑。来稿一律不退，请自留底稿。

4. 第二阶段征稿时间即日起至 2014 年 2 月 28 日止。

5. 征稿活动结束后将邀请有关专家组成评审委员会，在广泛听取读者反馈的基础上进行评比。部分优秀作品将在《故事会》杂志上优先刊发，部分作者将优先参加由《故事会》杂志社举办的笔会。

本来说好五块钱，我在钱包里抽了一张十块的，说："不用找了。"他两次伸手，最终拿下，可我没走几步就被他叫住："我明明看到你钱包有张五块钱，这张十块钱是不是假的啊？"

@ 杨梅 lyx　　强近日晨跑遇一美女，聊天才知两人住楼上楼下。美女抱怨说浴室漏水，强知是自家的事，物业催过他，他懒得修，但强告诉美女是隔壁渗水，他去找人说理。美女暧昧地说请他到家做客。强回家立刻请人修好浴室。当晚，猴急的强去找美女，

一老太太开门说："那姑娘是'包百事'公司来修漏水的！"

@ 关淳幻　　杨老太激动地给儿子打电话："老房子拆迁，我要当钉子户，给你和孙子各弄一套！"儿子连声应和着。转眼五年过去，杨老太家的平房四周高楼林立。"大娘，赔您四套行吗？您签了吧！""必须六套，少一套也不行！"动迁办主任又走了。夜晚，杨老太心痒痒地盘算着六套房子怎么分，却再没醒来。

（本栏插图：佐　夫）

□ 曾叶文

话费充错

之后

陈志鹏和女友阿芳在新城打工。这天下班，阿芳打电话给陈志鹏，说手机没钱了，自己今天要加班，要他代充100元话费。

陈志鹏来到移动公司，工作人员已经下班，只有旁边的自助充值机可以使用。陈志鹏犹豫不决，因为他从没用机器充过话费。正在这时，一个美女过来了，陈志鹏便请她帮忙操作。当拿到充值小票时，陈志鹏哭笑不得，不知是自己刚才说错了还是美女心不在焉，女友手机号码最后一位数"1"变成了"7"，他阴差阳错地给一个叫钟进涛的人交了100元话费。

看着美女离去的背影，陈志鹏是哑巴吃黄连，有苦说不出，他想打电话给钟进涛，把情况说清楚，让他退还100元。不过，这念头刚一起，陈

志鹏就哑然失笑了，肉骨头都进狗嘴了，让他吐出来，可能吗？

陈志鹏脑子好使，他左思右想，灵机一动，给钟进涛发了一条短信："你好，我是来自新城的陈志鹏，朋友多了路好走，为了认识更多的朋友，我给和我女友手机号码尾数不同的9个号码都充了100元话费，就是想结识更多的朋友，希望得到你真诚的回应。如果你愿意交我这个朋友，就请你互动一下，在百忙之中也给我的手机充100元话费，一来一往，有缘有分，今天开始，来日方长。"

发完短信，陈志鹏又觉得自己滑稽可笑，天底下哪有这样交朋友的？时间一分一秒地过去，直到晚上睡觉前，钟进涛那里也没动静。这其实也是意料之中的事，好在钱不多，这事

也就这么过去了。

星期天，陈志鹏在街上溜达，突然，手机"嘀嘀嘀"响了，陈志鹏一看，是一条100元话费到账的短信提示，紧接着又收到一条短信："缘是天意，分要人为，很高兴你在茫茫人海中选择我做你的朋友。由于我最近出了一点意外，在医院住院，所以迟至今日才有时间给你充话费。我也是一个喜欢交朋友的人，为了表示我的诚意，以后每天晚上，我都会给你发一条天气预报，为你第二天的工作和生活提供一点帮助。"

这时，陈志鹏真像是三伏天吃了冰激凌，心里爽极了。自己胡乱编的一条短信，钟进涛就信以为真，100元话费就"完璧归赵"了。

晚上，陈志鹏果然收到一条天气预报："新城，阴转晴，气温20～25℃，南风1～3级，适宜户外活动。"以后每天晚上，陈志鹏都会收到钟进涛发来的天气预报，下雨提醒带伞，降温提醒加衣，对打工在外的陈志鹏来说，确实十分暖心。

这天，陈志鹏收到钟进涛发来的短信，说明天想来拜访他，不见不散。陈志鹏觉得钟进涛很真诚，也想见见他，可他明要要和阿芳回老家结婚，连车票都买好了，只得婉拒了……

两天后，一切都准备停当，陈志鹏和阿芳举行了婚礼。按照家乡习俗，院子里搭起了喜棚，亲朋好友，人来

人往，鞭炮声声，欢声笑语。

正当大家准备吃中饭时，一辆派头十足的宝马车开到了院门前，从车上下来一个中年人，西装革履，提着老板包。管事的看他来头不小，就彬彬有礼地把他迎进了客厅，并通报了陈志鹏和阿芳。

走进客厅，陈志鹏感觉来人有点面生，就问："你是——"

来人笑嘻嘻地说："不欢迎啊？我是你100元话费找来的朋友。"

陈志鹏大吃一惊："你是钟进涛？你怎么找到这里来了？"

"这要感谢你的点拨，你在短信中说你给和女友手机号码尾数不同的9个号码都充了100元话费，这说明你女友的手机号码也在这10个号码当中，我就一一给这些号码打电话，了解对方的情况。功夫不负有心人，其中一个叫阿芳的姑娘说她的男朋友叫陈志鹏，而且最近就要结婚。在她的指点下，我就按图索骥找来了。"

这时，站在一旁的阿芳腼腆地笑了，她转身对陈志鹏说了当时的情形："他问了你的一些情况后，还要我把你的银行卡号告诉他，说要打一些钱给我俩结婚用。我感到有点不对头，还在电话里大骂他是骗子……"

陈志鹏红着脸说："钟兄，对不起，让你大老远跑来，实话对你说吧，那天我并不是充话费找朋友，而是托人给阿芳充话费时，那人按错了号……"

钟进涛哈哈大笑起来："这事我早知道了，因为我和我老婆的手机号是一对鸳鸯号码，我的尾数是7，我老婆的是8，她就没收到你的100元话费，可见你是在扯淡……"

"你知道了？那你还——"陈志鹏很意外，钟进涛意味深长地说："你是我的救命恩人，在你大喜的日子，我能不来吗？"

原来，钟进涛是个地产公司的老总，业余时间喜欢徒步旅游。上次和朋友到一座深山游玩时，因为贪恋美景，不知不觉就和同伴走散了。他拿出手机想给同伴打电话，可事儿就是这么巧，这几天电话打得太多，他的手机刚好欠费停机了！

不得已，钟进涛只能在山上漫无目的地走。就在这时，山里天气骤变，风雨大作，他又冷又饿，精神近于崩溃。真是福无双至，祸不单行，精疲

力竭的他一不留心，被草丛中的蛇咬了一口，眨眼间，腿就肿了起来。钟进涛觉得这次是凶多吉少了，绝望地靠着一棵大树准备打110紧急呼救，但他知道，现在天快黑了，110找到他也许就是尸体了。

就在这生死攸关的时候，钟进涛的手机响了一声，他一看，竟然是一条充值到账的短信，真是天无绝人之路，有人给他充了100元话费！钟进涛高兴极了，马上打同伴的手机。等同伴找到他时，他已经晕了过去，大家赶紧把他送进了医院。

从医院出来后，钟进涛决心报答这个救命恩人。不过，他实在太忙，脱不开身，就先给陈志鹏充了100元话费，还每天给他发天气预报，因为经历了这件事，他觉得天气预报对出门在外的人实在太重要了，那天山里的风雨，好冷……

说完这些，钟进涛从包里拿出一

张银行卡和一台苹果手机，说："这些请你收下，愿我俩的友谊坚如磐石，天长地久。"

陈志鹏很感动，举杯说："银行卡我不能要，咱们是因为充话费结缘，所以这部手机我收下，做个纪念。来，让我们为友谊——干杯！"

（题图、插图：佐　夫）

老同学，对不起

□ 常 山

老邓是个退休职工，平时爱收藏古玩。这天上午，外面突然响起了敲门声。老邓家住四楼，平日上班时间，这幢居民楼非常安静，几乎没有人声，来人会是谁呢？

老邓起身要去开门，谁知因为年龄大了，加上坐得久了，站起来时太用力，猛然间，他一阵头晕目眩，扶着桌子缓了好一阵儿才好些。

其实，外面是个贼，而且是个女的。现在的贼也在"与时俱进"，收集信息是作案前的一个重要环节，他们早就瞄上老邓这个"收藏家"了。那女贼先是敲门，见家中无人应声，以为没人，于是就动手了。

而这时，老邓已经缓过劲来了，他走到门前，从猫眼里看到了门外的情景：一个穿着红短裙的女郎，正在用不知什么东西捣鼓着门锁。一看就明白，这是个贼。老邓心想：自己只要把贼赶走就行，如果让她进来了，反而麻烦，一则是贼或许带着家伙，易生危险；二则么，那可是个女贼，有时会说不清道不明。

于是，老邓当机立断，准备大喝一声，吓退女贼。不料正在这时，那女贼也成功地撬开了锁，"哗啦"一声，门开了……

那女贼惊呆了，尴尬地望着老邓，半晌说不出话来。

老邓威严地喝道："你在干什

么？"

女贼立刻镇定了，应付着："请问这是罗志强的家吗？我找罗志强。"

老邓冷笑一声，大声呵斥："你找什么罗志强？我又不是没看见刚才你在做什么！"正说着，楼下传来脚步声，有人上楼了。女贼不敢耽搁，转身就往楼下走，刚下四楼，她与上楼者相遇了，上楼的正是老邓的老伴郁大妈。

刚才，郁大妈去附近的菜市场买菜，才回来。上楼时，她隐约听见自家门口有人讲话。现在，她瞅瞅穿红短裙的女贼，再抬头望望家门口气鼓鼓的老邓，便问那女贼："喂，姑娘，这是咋回事？你找谁？"

那女贼正恼羞成怒呢，她停下脚步，回头冲着郁大妈恶毒地说："怎么回事？我是做小姐的，你老头在网上认识的我，刚才他给我打电话，叫我上门为他服务。谁知我来了，他才告诉我，你一会儿就回来，要撵我走，这老东西不是耍我吗？"说完，她回头对着楼上的老邓"呸"了一声，一溜烟地下楼跑了。

老邓一听，肺都气炸了，嚷道："你胡说八道，我根本就不认识你！"

这下可好，黄泥巴掉在裤裆里，不是屎也是屎！郁大妈不干了，把菜篮子一摔，往地上一坐，撒泼打滚起来，哭得鼻涕一把泪一把的："你

个死老头子啊，老流氓啊，这么会儿工夫就找女人，你还老牛吃嫩草啊……"

老邓怕邻居听见丢人，忙跑下来，硬把老伴拖回家，再出来把菜篮和菜拾回去，狠狠地把门关上。

郁大妈还是不依不饶，摸电门、找绳子上吊、撞墙、喝灭蚊灵……闹得不可开交。老邓没辙，只好给儿子打电话。

老两口只有一个孩子，已婚，家也住本市。儿子接了电话，很快开车赶来了。儿子刚进门，郁大妈就拉着他的手哭诉，说他老爹是如何如何下流、老不正经的。等她讲累了，老邓冲儿子苦笑了一下，说："儿啊，你妈去菜市场买个菜的工夫，我打电话找小姐来……你信吗？"

儿子劝了爸几句，又安抚了妈一阵，可郁大妈还是没完没了的，儿子想了想，就硬把郁大妈拖走，让她在自己家住几天。

晚上，儿子抽出空来，打电话询问父亲到底怎么回事，老邓便原原本本说了一遍。

次日起来，老邓还是气愤不已，他决定上街转悠转悠，看能不能亲手抓住那女贼。尽管这种几率微乎其微，但他还想一试。

一路转悠，十一点多了，到饭点啦，老邓刚要进饭店，饭店里走出一个人，和他打了个照面。两人

相互凝视着，不约而同地叫道："是你……老同学！"

那人姓宣，是老邓的小学同学，成天玩在一块儿的好朋友。小学五年级时，老宣随父亲去了外省，从此再无消息。虽然几十年没见，但毕竟曾是莫逆之交的玩伴，眼角、眉梢都深深烙在了记忆中，使他们瞬间就记起了对方。

老宣告诉老邓，他退休后闲着没事，来这儿看女儿。女儿家就在附近，他拉着老邓一起去她家吃饭。见老宣提了一大塑料袋熟食，菜也有了，老邓不顾劝阻，去旁边超市买了两瓶好酒，老哥俩说说笑笑地往老宣女儿家走去。

老宣的女儿住三楼，门一开，他女儿在家，可她与老邓一照面，两人全怔住了……怎么？嗨，她竟然就是那个撬老邓家门的女贼！老宣给双方作了介绍，这个叫"燕子"的女贼非常机灵，马上热情地寒暄着，一口一个"叔"，老邓反而不便说破了。

燕子泡上茶，接过熟食，到厨房料理去了。老邓和老宣坐在沙发上抽烟喝茶，老邓说："老宣哪，你这把年纪了，女儿咋这么小？好像不到二十吧？"

老宣说他老婆有病，四十多岁才怀孕，结果女儿生下了，自己却难产走了。后来，女儿学习不中用，

就爱在外面疯。初中一毕业，她说什么也不肯上学了，和一帮小伙伴做买卖。如今他们在本市开了家公司，挺挣钱的。

老邓暗暗叹息，心里嘀咕着，自己这老同学命真苦，他若是晓得女儿是干什么勾当的，还不得气死？

老宣打听老邓的近况，老邓为了教训教训老同学那个不争气的女儿，故意提高了嗓门，好让厨房里的她也能听见："昨天，我家来了个女贼，被我识破，她就污蔑我在招妓。我老伴是个老糊涂，和我闹，被我儿子接他家去了。"说完，他才降下调门。

一会儿，老邓起身去上厕所。卫生间挨着厨房，走到厨房门口时，老邓听见燕子在打手机，他悄悄站住，听了听，这才进了厕所。

二十多分钟后，燕子把菜肴整好，端上了桌。她刚要坐下吃饭，接了个电话，便掰开一个馒头，里面夹了一片火腿，说是有事，向老邓说了声"叔叔再见"，就吃着馒头走了。

老哥俩喝着酒，聊着天，其乐融融。酒过三巡，菜过五味，老邓的手机响了，接完电话后，他低头沉默了半晌，忽然鼻子一酸，眼里湿漉漉的。老宣吓了一跳，忙问怎么回事。老邓说："老哥，我……对不住你啊！你知道吗？我刚才讲的

那个女贼,就是你女儿!"

老宣的手一颤抖,酒杯掉到地上,摔成了碎片。老邓神情有点激动,说:"知道燕子是你女儿,我原本决定放她一马的,谁知她贼性难改,听说我老伴在我儿子家,家中没人,刚才我上厕所,听见她在厨房给一个同伙打电话,叫他去我家盗窃,还说我家里肯定有值钱的宝贝。我没办法,只好在厕所里给我儿子打了电话。我儿子是派出所所长,他带人去我家守株待兔,把那同伙活捉了。之后,他们叫那同伙给燕子打电话,骗她过去……刚才我儿子来电话告诉我,燕子也已经落网了。"

说着,老邓把酒杯重重地往桌上一放,站起身来,心情沉重地扔下了一句话:"老同学,对不起!"

说完,他扭头就往外走。

老邓刚走到一楼,手机响了,他停下来拿出手机接听,越听神色越凝重。就在这时,"噔噔噔",楼上传来急促的脚步声,下楼的正是老宣。老宣边走边系着外衣的扣子,肩上背着个黑色旅行包,他看见老邓,蓦地收住了脚步,尴尬地说道:"老邓,我……去看看我女儿,孩子再怎么样,家长也不能撒手不管啊……"

老邓的双眼像狮子般眯成了一条缝,他把手机揣进兜里,一字一顿地说:"老同学,老朋友,只好再一次对不起你了——你不准走,在这儿等我儿子!"

"你……什么意思?"

"刚才我儿子来电话说,燕子和那同伙全交代了,你根本不是燕子的父亲,你是个老牌窃贼,他们不过是你的徒弟罢了。"

老宣霎时变了脸,他从包里掏出匕首,但他还没弄清怎么回事,匕首已被夺去,胳膊也被反扭到身后,整个身子被压在地上动弹不得。

老邓扭着老宣的手臂,淡淡地说:"老同学,忘了告诉你,退休前,我一直是市少年宫的武术教练,我儿子还是我教的呢……"

(题图、插图:陆小弟)

藏钥匙

□ 翟怀舒

有个乡下农妇，名叫田一心，她这人呀，手大、脚大、脸大，被人起了个绰号叫"田大大"。

别看田大大粗手笨脚、大大咧咧的，可做事粗中有细，细中有心，心中有灵。有桩事，最能反映她的个性：她出门从不带钥匙，总是把钥匙藏在门口。她家门两边是窗台，窗台下是一米高、两米宽的土墙，土墙上摆着一排砖。地方不大，可奇怪的是，别人却很难找到她藏的钥匙。

这天，田大大下地了，村里有

一高一矮俩老头，在她家门前闲聊。这俩老头，自从田大大的儿子服役后，经常到她家串门子。田大大是个热心肠，只要他们来，都拿香烟相敬。此刻，这俩老头烟瘾上来了，身上又没烟，这里离杂货店又远，于是矮老头打起了歪主意，想找田大大藏在家门口的钥匙，开门进屋找支烟抽。

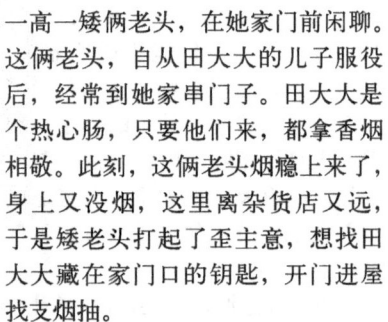

高老头觉得不妥，认为闭门上锁，锁的是小人，不锁君子。现在门锁着，怎能随便找人家的钥匙、进人家的门？这不成"贼"了吗？矮老头觉得这不为过，"君子酒，小人烟"，有几个烟鬼没为吸烟丢人现眼过？

高老头没犟过矮老头，只好睁只眼，闭只眼，有意无意地"掩护"矮老头寻找钥匙、入室拿烟。

就这样，矮老头开始行动了。

他蹑手蹑脚地走到窗台前，窗台上挂着一串红辣椒，矮老头踮起脚尖，他想看看田大大有没有把钥匙塞在破了口的辣椒里。一看没有，矮老头的目光又落到窗台上晒的一双鞋上，想看看鞋垫底下有没有钥匙，挪开一看，啥都没有。矮老头寻思着，估计钥匙十有八九被压在哪一块砖下，于是，他一块一块地把砖挪开，没想到钥匙的影子都没见。矮老头纳闷了，正在这时，田大大回来了。

高老头大声咳嗽了一下，给矮老头报了个信。矮老头连忙缩手，拍拍心口，心里嘀咕着："好险！"尔后，他装着若无其事的样子，和田大大打了招呼。因为神情不怎么自然，被田大大识破了，大概是做贼心虚吧，没几句，矮老头就不打自招了。

田大大憨厚地一笑，说："看你俩鬼鬼祟祟的样子，知道没干好事。不过，烟酒不分家，找支烟抽不算啥。可是，打开天窗说亮话，一人藏东西，十人也难找，何况我不按套路藏。"说完，她转身来到门口，从门上挂着的大铁锁背面，取出了钥匙。

原来，田大大在这把铁质钥匙上，拴了一片一毛硬币那么大的磁铁，锁门后，将钥匙"吸"在大铁锁的背面，藏得这么绝，谁找得到？

高老头叹服得五体投地，自己活到六十多，从没听人说过把钥匙藏在锁背后！

矮老头则不以为然，他不紧不慢地开了口："田大大，凡事要听人劝，你成年累月将钥匙藏在门口，就算我今天没找到，难保明天别人也找不到。再说啦，人上了年纪，记性差，弄得不好，连自己都想不起钥匙藏哪了，你说对不对？我劝你改掉这个不带钥匙的毛病吧！"

田大大摇头，说："钥匙带在身上，叮叮当当的，多累赘，弄得不好还会丢，我觉得还是藏在门口好；再说，我只要把钥匙藏好了，神仙也找不到！"

矮老头一听，认为田大大吹牛，于是信誓旦旦地要和田大大打赌。田大大说打赌就打赌，于是约好第三天晚饭后再来一见高低。为什么约在这个时间？农村里的人晚饭后大都没啥娱乐，有空闲，图个热闹，也好让田大大在众人面前出个丑，矮老头就是这么个心思！

果然，到了那一天，田大大家门前人山人海，大伙全想看看这一回到底谁赢谁输。

田大大早就藏好了钥匙，端了个小凳子，像姜太公钓鱼一般，笃悠悠地坐着。高老头当裁判，说好半个小时内，找不到就算输，矮老头点头答应。紧接着，矮老头就开始找了，一会儿找这儿，一会儿找那儿；一会儿摸这个，一会儿摸那个，没放过任何可疑之处，可是都没找到。时间一分一秒地过去，矮老头急得鼻尖上直冒冷汗……

突然，矮老头发现窗台下的土墙被蜜蜂钻了好几个洞，极有可能钥匙藏在哪个洞里。于是，矮老头让人找来一块大磁铁，来来回回在墙上吸，结果吸到一根铁钉，没见钥匙的影子。矮老头很失望，把那根铁钉随手一扔，对田大大说："我服了，但你能不能当着我的面，把钥匙拿出来？"

田大大说了声"好嘞"，可出人意料的是，她没从别的地方找出钥匙，却从地上捡起刚才被矮老头扔掉的铁钉，走到大门前，用铁钉对着大铁锁的锁眼，顶着一扭，"哗啦"，锁开了……

"哗——"人群一片哗然，这简直是绝了，大家做梦都没想到，田大大的钥匙竟然就是眼前这么一根不起眼的钉子。田大大笑了，说："昨天，这把锁坏了，修锁的人将弹子倒了，于是，我就干脆用这根钉子捣鼓，锁就能开了。"

这一回呀，矮老头算是彻底栽了，可他输得心服口服。

田大大打赌赢了矮老头，自然高兴，可没过多久，她藏钥匙却藏出了大麻烦！

事情的原委是这样的：田大大的儿子小刚军校毕业后，被分配到部队的一个重要保密单位。时间不长，部队准备提拔小刚当保密员。做部队的保密工作，在选人用人上，要求可高着呢！别的不说，还要调查小刚的保密观念强不强，夜里说不说梦话，家里人的品行怎么样等等，总之是慎之又慎。于是，部队给镇上寄来一份调查函。镇上为慎重起见，派民政助理到田大大村里走访，开了个座谈会。

乡下人见到干部，不论职位高低，一律称"领导"。座谈时，高老头、

矮老头都参加了，他们出于公心，很负责地说了田大大一百句好话，无意中，矮老头说田大大有时大大咧咧的。领导让他举个例子，于是，矮老头把田大大出门不带钥匙的习惯，来了个竹筒里倒豆子——稀里哗啦，倒了个干净。

领导觉得矮老头反映的情况有鼻子有眼，于是随口说道："可作参考。"

不料隔墙有耳，这会儿，田大大正在隔壁"回避"呢，矮老头说的话，被她听到了。她找到领导，猴急地说："我出门不带钥匙，这是真的，但如果认为我是个马大哈，影响我儿子前途的话，那就烦请领导在我家门前找找我藏的钥匙，能找到，说明我马大哈，找不到，千万不能因为我，影响我儿子的前途！"

领导笑笑，说："你尽管放心，不会因为你不带钥匙，就来个推理，说你儿子不带钥匙。不过，为了给反映问题的人一个交代，给你一个安慰，我愿意在你家门口找找你藏的钥匙，长长见识，好不好？"话是这么说，可他心里却在嘀咕着：门前就这么大个地方，全拆了，用筛子筛，能找不到？

既然领导这么说了，为了儿子，田大大一口答应。于是，找钥匙的"游戏"又开始了。高老头、矮老头都在场，先是回避，让田大大关门、藏钥匙，然后，一群人走了出来，领导开始找钥匙。

怪事来了，田家门口就屁股大小这么一块地方，找来找去，就是不见钥匙。最后，就像上回那样，领导的目光还是落在窗台下的土墙上，这里最为可疑，尤其是那些被蜜蜂钻的洞。领导摸了好几个洞，果然，在一个洞里找出了一根铁钉。矮老头"扑哧"笑了，这回该田大大栽了，上次这样，这一回还是这样，这也太没含金量了！矮老头走到领导身边，在他耳旁小声嘀咕了几句，领导一笑，拿着这根铁钉，走到门前，拿起大铁锁，用铁钉顶着锁眼子，一扭，奇怪，锁没开；再使劲一扭，还是没开……

就在这时，田大大笑吟吟地走上前来，对领导说："把铁钉给我。"她接过铁钉，扔得远远的，然后拿起大铁锁，一手抓住锁柄，用力一拽，锁就开了，嗨，压根儿就没锁呀！

田大大说，前一阵子，这锁就彻底坏了，于是，她就干脆不锁了，只是做做样子。不设防，易被盗，可田大大家里从未被人偷过一根草。她说她不把自家锁起来，不担心大家知道她把钥匙藏在门口，乡里乡亲的，她把大家当家里人，家里人多，眼睛就多，比锁还牢……

（**题图、插图**：刘为民）

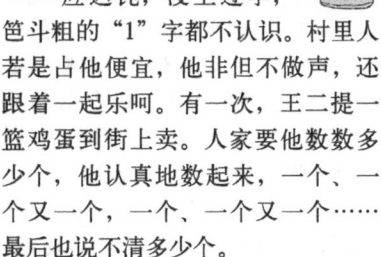

请你吃冰棒

□ 卞光绪

王二人高马大，就是反应迟钝，没上过学，笆斗粗的"1"字都不认识。村里人若是占他便宜，他非但不做声，还跟着一起乐呵。有一次，王二提一篮鸡蛋到街上卖。人家要他数数多少个，他认真地数起来，一个、一个又一个，一个、一个又一个……最后也说不清多少个。

眼望着别人打工挣钱，结婚生娃，王二只能在家与老母相依为命，遇上漂亮姑娘，也会不由自主地流哈喇子。他娘也想给他找个媳妇，可儿子没活干，谁愿意嫁呢？

这天，王二娘听说有工地在招人，就找到工头，求他收王二做小工。工头叫张刚，听了直摇头："工地不是难民营，不仅需要力气，还要机灵。他那呆样，如果出差错，谁担得起？"王二娘连忙表态："不管有什么差错，都不怪你。"老太太一把鼻涕一把泪，好说歹说，张刚终于点了头，盘算着先糊弄一下，干一段时间就打发走人，没准还能赖掉工钱。

大暑天，工地热得很，卖冰棒的天天过来。第一天试工，张刚叫大伙儿休息一下，吃根冰棒。张刚分了一圈，唯独没有王二的。王二低头跑过去："张刚，我的冰棒？"张刚手捏两根冰棒，左一口、右一口地舔着，说："你对冰棒说，看看它能不能答应，不答应就不是你的。"

王二答不上来，气得脸红脖子粗，张刚已吃了一半，咂吧着嘴说："王二，你娘说你力气大，我有点不信，如果你把我撂倒，我再给你买一根。"还没等张刚准备好，王二二话没说，上去一个熊抱，把张刚抢了个四脚朝天。工友们乐得哈哈大笑，张刚脸气得血红，有言在先又不好当众发作，只好甩给王二一根半截冰棒，王二接过来，吃得衣襟湿了一大片。

天热得没完没了，第二天试工，张刚又请工人们吃冰棒，自然又没王二的。王二虎着脸上前，问："你还想被撂倒吗？"张刚退了一步，其他工友一下子围过来，张刚忙说："王二，今天再赌一次，好不好？"

王二头也不回地扑向张刚，叫道："还是一根冰棒。"

"你别激动，听我说完再玩。这一次不是撂倒我，而是她！"张刚拉住他说，指了指不远处的田寡妇，"你替她干了不少活，大伙都看到了。现在你敢上前撂倒她，再亲一口，就算你赢。"

田寡妇三十来岁，白里透红的脸，就像熟透的苹果，只是少言寡语，没人敢招惹她。这会儿，田寡妇正背对着他们，站在树下洗菜，碎花短衫把丰腴的身子包裹得曲线尽显。王二望一眼，还是不敢去，其他工友都嘲笑起来："王二胆小鬼，不是个男人。"

王二求张刚："换个条件，我保证行。"张刚"嗤"地笑了一声："你敢做的话，不只今天，从明天正式上工，直到工程结束，我天天请你吃冰棒；不敢的话，你天天请我吃。"

王二咽了咽口水，自言自语道："不就是抱一下，又死不了人。"大伙都吼起来："王二，去啊，去啊！"

王二悄悄走过去，一步一挪地靠近了田寡妇。大伙都静下来，看王二哆哆嗦嗦地伸出双臂，向田寡妇的腰靠过去。突然，田寡妇端着盆子转过身来，杏目圆瞪。王二吓得两腿一软，"扑通"一声跪下了："我、我、我不想来的，都是他们逼我的。"

田寡妇一扬手，把盆里的水泼得老远，说："就你那熊样，借你个胆都不敢！"

王二见田寡妇走远了，才颤巍巍地爬起来，拿锨的力气都没有了。工友们早已笑成一团，张刚说："你输了哦，明儿开始请我吃冰棒吧！"王二不说话，埋头干活。

回到家里，王二默默地吃饭。他娘问："这两天试工，活做得好吗？"他点点头。他娘又问他累不累，他只是摇摇头。他娘敲敲他的头："说句话，慢点吃，没人跟你抢。"

王二抹抹嘴巴说："娘，张刚请我吃冰棒了。"他娘瞪大眼睛问："这

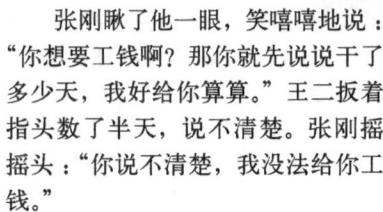

是真的吗，你别总是吃别人的，也要请请别人。"王二点点头："可我没钱，怎么办？"他娘一听也犯愁了。

这时，门外传来母鸡的咯咯声，王二高兴地拍着手："娘，有办法了，我拿鸡蛋换。"他娘见儿子开窍了，别提多高兴了。

正式上工第一天，王二到了工地，藏好鸡蛋就去干活。不一会儿，卖冰棒的来了，王二老远就叫："张刚，请你吃冰棒。"张刚故意站着不动，说："昨天你输了，要请到工期结束，哪来的钱呢？"王二笑眯眯的："我有办法。"张刚当然不信，王二飞快地跑过去，从土里刨出一只鸡蛋："怎么样，你放心好了，这鸡蛋，我家多着哩！"

有了王二的进贡，张刚当仁不让地享受起来，也从未再请别的工友吃过冰棒。话说回来，王二娘见儿子总是拿鸡蛋，连忙叫住他："傻儿子，请一两次就行了，你怎么能天天拿鸡蛋呢？"王二委屈地说："我答应人家，要请到工程结束，可不能变卦。"

他娘拿起棍子佯装揍他："人家捉弄你，你都不知道。"王二拿不到鸡蛋，就横下一条心不去上工。他娘拧不过他，只好让他继续带鸡蛋。

张刚冰棒没少吃，心眼却没长好。工期结束，人家都欢天喜地领工钱，王二也去了，张刚不理他。

王二低声说："张刚，我的工钱？"

张刚瞅了他一眼，笑嘻嘻地说："你想要工钱啊？那你就先说说干了多少天，我好给你算算。"王二扳着指头数了半天，说不清楚。张刚摇摇头："你说不清楚，我没法给你工钱。"

有人在一边打趣："王二，是不是一天、一天又一天啊？"大伙儿都哈哈笑起来。田寡妇挤进来，拍着桌子说："我知道他总共做了多少天。"

张刚抓住她的手，不停地捏着：

"你知道，我也知道。只是你对王二这么好，怎么不让他抱啊？如果你让他抱，你说多少天，我都认账了；或者让我抱了，我也会认账。"田寡妇甩开手，骂了一句："流氓！"然后挤出了人群。

张刚叫王二追回田寡妇，王二一动不动地盯住张刚："那啥，我当然知道做几天工，不就是请你吃几次冰棒嘛！"张刚故意张开嘴摸摸牙齿，又滑到肚皮上："在哪呢？你真想要回去，撒泡尿给你差不多。"其他人都跟着笑起来。

王二一把抓住张刚："我要是找出冰棒上的一点东西，你就给我工钱是不是？"张刚拍着胸脯哈哈一笑："有本事找啊，你找出来，我保证兑现，还给你加倍。"其他工友都叫起来："王二，拿个粪勺，去茅坑里舀吧。"

王二不理他们，跑回工地抱来一只竹筒。张刚笑起来了："拿竹筒碰头，我或许可怜一下，给点小钱。"王二使劲地摇摇，里面传来哗哗的声音，大伙笑得更厉害了。

王二气鼓鼓地说："你、你们看好了！"他使劲地摔两下，竹筒还是没打开。他急了，把竹筒狠狠砸在自己头上，只听"砰"的一声，竹筒裂开了，一根根小木棍沾着额头的血落下来。

大伙都愣住了。原来，王二虽然用鸡蛋换冰棒请张刚，自己却舍不得多买一根，每次眼睁睁地看张刚吃完，都会悄悄把他扔掉的冰棒棍捡起来，想着田寡妇喜欢小鸟，这种木棍又好看又结实，以后能用来搭个笼子送给她，向她赔罪。于是王二找了一段两头有结疤的竹筒，钻了一个洞，把冰棍棒塞进去，没想到今天竟然派上了大用场。

王二得意地说："你们都看到了，我、我没有骗你们，知道我干了多少天活了吧？"

张刚脸色铁青，默默地递上一叠钱。王二顾不上额头的血迹，抓起来一路大叫："娘，我挣钱了，我挣钱了！"田寡妇从树后走出来，激动得直抹泪，跟在王二后面直吆喝："王二兄弟，等等我，一起看咱大娘去！"

（题图、插图：谢　颖）

2013年11月(下)动感地带答案

神探夏洛克答案： A.歹徒在渡河的时候不仅会弄湿衣服，也会弄湿头发。耶尔的长发不可能在短时间内变干，而光头林格只要擦一擦就可以了。

疯狂QA答案： 筷子。

思维风暴答案： 把图倒过来看，高楼的楼顶是以字母UVWXY为顺序排列的，所以左二的大厦未完工。

给你零分都高

□ 韩春玲

戏剧学院的表演系有个学生，叫廖平。提起廖平，正是人如其名，相貌平平，家境平平，文采平平，什么都是平平淡淡的，真不知道他是怎么考上戏剧学院表演系的。

这天上课时，孙教授出了一道题请同学们回答："怎样劝一个要轻生的人放弃自杀？"

题目一出，廖平随即举了手。孙教授看见了，他避开廖平，选了一个女生作答。女生站起来，说："可以把自杀后的惨状描绘得无比恐怖，吓得他不敢死。"

孙教授听后，觉得有些勉强，便挑了另一个同学回答，那同学说："列举生活境况更惨的人，让他觉得自己的境遇还不至于太差。"

孙教授对这个回答也不是很满意，他看着教室里满满当当的学生，不死心地问："还有吗？"

这时，廖平又举起了手，孙教授有些迟疑，但看过来看过去，确实没人举手了，就只好让他回答。

廖平一站起来，教室里立马静了下来，大家全支起了耳朵，只听得廖平振振有词地说："我就告诉他，你何苦这样呢？没有过不去的火焰山，一定要坚持住，说不定过了这个坎，前面就是一马平川——"

"停！停！停——"孙教授连忙打手势，"你不要说了！我告诉你，你这种答案，我给你零分都高！"

同学们听后"哈哈"大笑，廖平有点不服气地坐下，他觉得自己的答案没什么不好，虽说"正"得没法再"正"，但中规中矩也没错呀，

真遇上事,说不定最实用。

十年后的一天,廖平去"麻雀山"郊游,刚登上山顶,就看见前面一棵歪脖子树下,有个人要上吊自杀。他喘着粗气跑过去一看,我的妈呀,这要自杀的人居然是孙教授!廖平一下子慌了,他一步冲过去,攥着孙教授的手,一个劲儿喊道:"孙教授——"

廖平想起了十年前的那道考题,料想孙教授不是一般的劝说能够打动的,于是心里更加慌乱,可他无法"急中生智",只好慌不择言地说:"孙教授,您这是何苦呢?没有过不去的火焰山,您一定要坚持住,说不定过了这个坎,前面就是一马平川——"

说到这儿,廖平停下来看了看孙教授,见孙教授并没有"停"的意思,就继续说道:"孙教授,人这一辈子,谁能没个灾没个难啥的?有灾有难了,我们就要想想,这些灾啊难的,不是我们所能左右的……"说实在的,这些开导的话真的是平淡无奇、寡淡无味,可奇怪的是,孙教授听了,迟疑了一会儿,竟从石头上跳了下来,说:"廖平,谢谢你,我不犯傻了。"

廖平不敢相信,他看着孙教授,这才发现孙教授眼圈红红的,于是问道:"真的?"

孙教授苦笑了一下,点了点头,

说:"廖平,你能这样说,我真的很感激。现在,我打两个电话你听听,你就明白了。"说着,孙教授掏出手机,拨了一个号,打开扬声器。

电话通了,孙教授说:"大哥,我没有骗你,我真在麻雀山,我真要自杀,你就不能和我说几句话吗?"

孙教授的大哥在电话里说:"你还有完没完?我忙得要死,你还有心思搞恶作剧!我告诉你,你再胡来,我就报警了!"说完,"嘀"的一声,对方把手机挂了。

孙教授深深地叹了口气,然后

对廖平说："这可是我亲哥哥哪，刚才我一共给他打了三次电话，告诉他我要自杀。我不知道他是真糊涂，还是装糊涂，愣说我搞恶作剧。其实，我知道，他恨不得我死呢，我死了，父亲留下的那栋房子就是他的了。"

廖平听了，一时不知怎么安慰，想了好半天，终于想出了一句还算可以的话——"孙教授，您连生死都不在乎了，还在乎那栋房子吗？"

孙教授看了看廖平，没说什么，而是顺着刚才的思路，又说起了另一个话题："半年前，我开车出了车祸，坐在副驾驶座上的女儿去世了。现在，除了哥哥，我唯一的亲人就是老婆了，现在我给我老婆打个电话，你再听听——"

孙教授拨了号码，打开扬声器，"嘀"了三声，对方挂断了。孙教授再次拨打号码，再次打开扬声器，只"嘀"了一声，对方又挂断了。

孙教授第三次拨打，这次通了，电话里立刻响起一个女人拔高了嗓门的声音，自然，那是孙教授的老婆——"你那点把戏我早就腻烦了，想拿自杀吓唬我是不？打了两次电话，现在都过去半个小时了，你倒是上吊呀！老孙，我知道你是戏剧学院教演戏的，你甭跟我演戏了。我告诉你，就算你真的吊死了，你能把女儿还给我吗？你见鬼去吧！"

电话挂断了，山上很静，静得

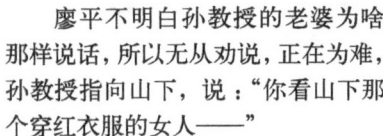

连两人的呼吸都像炸雷似的。

廖平不明白孙教授的老婆为啥那样说话，所以无从劝说，正在为难，孙教授指向山下，说："你看山下那个穿红衣服的女人——"

廖平顺着孙教授指的方向，见山下一个亭子里，一个穿红衣服的女人，正依偎在一个穿黑色西服的男人肩膀上，似乎很亲昵。

孙教授说："那个女人就是我老婆，我一路跟踪他们到这里，然后就来到山上……"

廖平这才明白过来：孙教授一路跟踪出轨的老婆来到这里，看到这一幕，心结难解，才想寻短见。

这时，孙教授长长地叹了口气，说："其实，把绳子系到树杈上的那一刻，我很矛盾，就想给亲人打个电话，可是他们连一个零分的答案都没给我；而你，这个给零分都高的答案，对于现在的我来说，就是一百分，平淡才是真呀！廖平，现在冷静下来想想，我为这个理由自杀，值吗？可刚才，我却怎么也解不开这个结……"

听到这儿，廖平解开绳结，把抽下来的绳子狠狠扔下山去，说："孙教授，我说句话您别生气，您这个自杀的原因，给您零分都高。"

两人相视一眼，哈哈大笑……

（题图、插图：陆小弟）

马走乾陵

□ 张 亮

唐玄宗时期，陕西乾县有两个盗马贼，一个名叫王五，年纪轻，性子倔；另一个叫李三，年纪大点，入行也久一些。一天深夜，他们刚干完了一单"活"儿，骑着两匹盗来的马，急急忙忙往回赶。赶着赶着，怪事来了，两匹马怎么着也不肯往前走了。李三心里直犯嘀咕，仔细一瞧，发觉走错路了，竟然来到了通往乾陵的大道上，而且离乾陵只有半里地了！

李三顿时大惊失色，对王五说："兄弟，我们赶错道了，前面是安葬武则天和唐高宗的乾陵，很多盗马同行曾说过，天下的马都惧怕武则天，不敢从乾陵旁边过往，看来这话是真的，我们快快改道吧！"

王五不信，瞪着一双牛眼问道："马为什么会惧怕武则天？"

李三说，曾经有这么一档子往事——

那年，太宗皇帝得到了一匹马，叫"狮子骢"。此马高大雄伟，行走如风，是匹宝马，不过性子狂野暴躁，难以驯服，太宗心里很是郁闷。当时，武则天还只是个"才人"，她进言说："治此类烈马，须用三样物件，一是铁鞭，二是铁挝，三是匕首。用铁鞭击之不服，用铁挝挝其头，再不服，用匕首断其喉！"

太宗皇帝一听，十分惊异，他想不到如此一个小小女子，竟会说出这么一番惊世骇俗的话来，于是就依照她所说，先是用铁鞭击打，那马不服；接着用挝，终于将那马降服了。

32

李三说："这匹狮子骢，传说是马中之王，连它都被武则天降服了，从此，天下的马都惧怕武则天了。"王五听了，挠了挠头皮，说："就算如此，但武则天已死了几十年，难道马还怕她这个死人？"

李三说："这武则天，生性冷血残忍，一生轰轰烈烈。她虽然躯体死去，但其灵不灭，天威犹存，我再给你讲个故事。"

武则天死后，葬入乾陵。那年，乾县有些不太平，时常有强盗出没。一天，一个强盗骑着马，离乾陵半里地时，马不肯再往前行了。强盗不明就里，下马用鞭抽它。马又蹦又跳，就是不肯走。正折腾间，忽见一对年轻男女迎面走来，强盗见那女人长得美貌无比，就动了淫心。待他们行至面前，强盗突然拔出短刀，捅进男人的胸膛，踢下山崖，转而去抱那女人。女人吓懵了，已无意识反抗，强盗一边抱住女人按倒在地，一边将马缰绳拴在自己的小腿上，生怕马跑掉。就在强盗将要得手的时候，突然间，乾陵上空升腾起一团巨大的云雾，黑沉沉的，似佛似魔，转眼间又化作一阵凄厉的怪风席卷过来。那马见了，立刻惊叫起来，拖起强盗就往山崖下面跑，最后，人和马双双跌下山崖，摔了个粉身碎骨。

说到这里，李三说："我们还是绕道走吧！"王五脾气倔，说："那都是瞎编的，老子不信；再说，若再绕道走，不知要多走多少路，老子今天非赶马往乾陵过去不可！"

李三再三劝阻，王五不听，硬要把马往乾陵的道上赶。马还是又踢又蹿，不肯向前。王五火起，挥鞭猛抽，鞭鞭落在马身上，一条条血痕，历历可见。那马的性子更烈了，王五艰难地赶着，累得满头大汗，怒骂道："哼，武则天，老子可不怕你，过几天非撬你的坟、砸你的碑不可！"

话音未落，一股杀气从乾陵之上冲天而起，那马受惊，猛间扬起前蹄踢在王五的太阳穴上。王五哼都没哼一声，倒在地上死去，脱缰的马顺着原路疾驰而去……

李三吓坏了，丢下王五的尸体往家里逃，逃来逃去直至天明，忽然发现自己竟又回到了王五死的地方，嗨，遇上"鬼打墙"了！再一看，王五的尸体还在原地，流了一摊血。李三正惊慌间，远远看见几个樵夫向他走来。李三害怕被发现，见旁边有一棵树，此树又名"空梧"，质薄中空，是一种空心树。树干被雷拦腰劈断，有一人多高，约有马身粗，于是他赶紧爬进树干藏了起来。

不一会儿，几个樵夫走到这里，一眼看见王五的尸体，于是就派人去县衙报案。县衙派来一些公差查案，到了午时，案子无一线索。一个樵夫

看了半天热闹，渐渐地没了兴致，在一块石头上磨起了砍柴刀。刀磨好后，他想试试刀锋如何，看见被雷劈过的树干，便抢起砍柴刀，横着向树干一刀砍去。就在这时，奇怪的事情发生了：短小的砍柴刀似乎受了千斤神力，"咔嚓"一声，竟然齐整整地将马身粗的树干拦腰砍断，上半截树干重重地滚落一旁，旋即落下一顶帽子、一把人发，与此同时，下半截树干里传出一声惨叫："啊——"

几个人闻声跑去一看，发现一个人蹲在树干里，正吓得面色苍白，浑身哆嗦，被刀削掉了帽子、头发，但未伤及皮肉。整个场面令众人吃惊不小，劈树的樵夫嚷嚷道："我今天是咋了？竟然能把这么粗的树干一刀砍断，真是奇了怪啦！"樵夫一边说，一边再抢起砍柴刀用力砍向那棵"空

梧"，却只砍进二指宽的深度，接着又连砍几次，都是如此。

所有的人都对此惊疑不解。公差们虽然也摸不清门道，却明白李三与这死者定有牵扯，就将他用绳索绑了起来，准备押回县衙，关进监牢待审。李三被绑得直叫唤，却发不出人声，竟如马在呻吟一般。

这天半夜，李三躺下不久，忽然来了一个狱吏，打开他的牢门，随后进来一位身着龙袍、头戴皇冠的女人，她一脸怒色，责问道："你盗马也就罢了，为何要杀人？"

李三一听，吓得魂飞魄散，是呀，他和王五，干了这么多年盗马的勾当，从来没有杀过人。昨天深夜，他们去李庄盗马，没想到惊醒了看管马舍的一个老者。老者起床查看，发现了躲在暗处的王五，于是惊叫起来，王五和李三怕难以脱身，竟将老汉杀了……

正在这时，那盛装的女人往李三面前掷下三样物件，一是铁鞭，二是铁挝，三是匕首。李三见状，大惊失色，一声大叫，原是南柯一梦。李三坐起身，大汗淋漓，气喘如牛。

第二天，狱吏发现李三死了，他死时的样子十分怪异，两手、两脚全支着地，蜷缩着，不像人样……

（题图、插图：谢　颖）

34

作品改编自美国推理小说家杰克·福翠尔的同名小说。

幽灵汽车

鸣声。很快，两只巨大的车灯毫不迟疑地向他扑来，贝克立刻意识到这车不仅是超速而已，简直是向执法人员公然挑战！他站起身来，提起油灯，走到路肩，一边上下摇动油灯，一边大叫："停车——停车！"

那车似乎看到他的灯了，但并未降低车速，继续呼啸着向前冲去。眼看就要转弯了，贝克急忙回头看车牌，可车子扬起的灰尘太大了，加上车身剧烈的摆动，他根本无法顺利读出号码。不过，他却看到在昏暗的车里坐着四个人，不过无法辨出是男是女。

"想逃？没门！"贝克嘟囔了一声，吹着口哨，拎着油灯，慢悠悠地返回警哨，给鲍曼打了个提醒电话。贝克的自信不无道理，"陷阱"左侧的石墙高达八英尺，是费尔普

离奇消失

亚伯勒郡有一条出名的"S"形单向公路，路面狭窄，两侧耸立着高大的石墙，只能容一辆车子通行；地形蜿蜒曲折，无法从路的这一端看到另一端，对酷爱开快车的人有特殊的诱惑，因此常被人们称作"陷阱"。贝克和鲍曼是监管"陷阱"的警员，分别驻守在路段两端。

这天临近午夜，贝克正坐在凳子上，无聊地望着大路。突然，有样东西使他跳了起来，那是一辆迎面而来的汽车，正发出有规律的袭

斯庄园的东墙；右侧石墙高九英尺，那是罗杰斯庄园的西墙。"陷阱"就在两座高墙之间，没有岔路，没有停车处，仅有的出入口就是由警员看守住的南北两端。这辆疯狂汽车即便逃过了他这关，也逃不了另一端的关卡。

没想到，半小时后，鲍曼打来电话，纳闷地说："老兄，没有任何车子通过这里啊！"贝克一惊："不可能啊！"

争执不下，两位警员决定将整条路段仔细搜查一遍。他们分别从两端出发，直到中间碰面时，两人都是一脸茫然。

"你不是在和我开玩笑吧？"鲍曼不快地问，"你真的见到一辆车？"

"我当然见到了，"贝克的声音表明他的不快，"不信，明晚我们换岗，看看它还来不来？"

两人对视了好一阵，点点头，拎起油灯，慢慢沿路返回各自的警戒点。这一晚，他们都没睡好。

第二天午夜，鲍曼警员坐在贝克的木凳上守候。果然，贝克没有说错，那辆幽灵般的汽车真的又来了！巨大的、明亮的车灯，发出轰轰声响的引擎，冲过他身边时的速度之快，几乎把他给吓坏了。鲍曼立刻打电话给贝克，贝克在另一端等了半个小时，依然什么汽车都没看到。

暗夜追踪

鲍曼终于相信，连续几天晚上，一辆幽灵般的汽车冲过这条人称"陷阱"的路，然后神秘地消失了。他和贝克决心要侦破这个案子，两人把注意力放在两侧的石墙上，但反复搜寻之后，他们发现两侧石墙上，仅有的一段缺口是一个不到十六英寸宽的窄口，根本不可能容得下一辆汽车驶过。

公路旁没有灌木林，因此，无论是白天还是黑夜，幽灵汽车都无处躲藏，他们也没在路上找到任何坑洞足以让汽车驶入地底。

"要想找出那辆汽车跑到什么地方去，只有一个办法，"贝克说，"就是在这段路中间转弯的地方多设几个警哨，不管汽车是上天、入地或是凭空消失，在那些位置都可以看到。"

鲍曼叫道："那岂不是打草惊蛇？对了，你认不认识长途自行车赛选手？"

"认识倒是认识，"贝克脑子转得很快，接着说，"你是说，如果我们能找到一个骑车骑得飞快，而且能持续骑一段长距离的人——"

鲍曼说："没错，我想咱们应该能解开这个幽灵汽车之谜。"

两天后，他们找来了吉米先生，他是一位长途自行车赛选手，保持

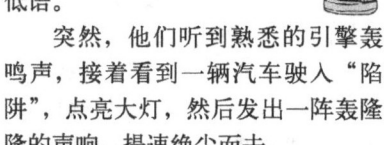

着多项世界纪录，无疑是个大师级的人物。

贝克问："你能跟着汽车骑一长段距离，大约三四十英里吗？"吉米回答："任何没有翅膀的东西我都能跟得住，我的车速快得连我自己都不敢相信。"

鲍曼说："我们的要求是——你骑着自行车，悄悄跟在一辆汽车后面，不准开灯，然后看它跑到什么地方去了，绝对不能让车上的人知道你在跟踪。"

"没问题！"双方就这样达成一致了。

夜深了，四周一片漆黑，细长的公路在黑漆漆的夜空下，向前蜿蜒而去。石墙的阴影覆盖在公路两

旁，阴影中，有一些人正在低语。

突然，他们听到熟悉的引擎轰鸣声，接着看到一辆汽车驶入"陷阱"，点亮大灯，然后发出一阵轰隆隆的声响，提速绝尘而去。

汽车冲过时，石墙边一道黑色的身影掀开一堆枯草，开始轻巧地移动。那是吉米，他正骑着自行车，静悄悄地跟在汽车后面，而且车速越来越快。接下来是一场漫长的追逐赛，一英里又一英里，汽车继续前行，吉米顽强地紧跟在汽车后面，不时被扬起的灰尘刺激得口干舌燥……

完美计划

第二天傍晚，贝克和鲍曼出现在国家银行总裁的办公室。总裁叫斯坦伍德，是个上了年纪的老人，他正透过厚厚的镜片，上下打量着面前的两个年轻人。

"斯坦伍德先生，我们是来告诉你，"贝克说，"你银行中的一个保险箱失窃了，里面装的很可能是美国公债。"

"什么？"斯坦伍德先生叫起来，他的脸色变得苍白，"失窃？"

"你的出纳员马什，今晚将会把那些公债从金库中取出，"鲍曼说，"他和另外三个人会将保险箱带走，拿到一个地方。"

斯坦伍德先生难以置信地瞪着

他们："带到哪里？"

鲍曼没有直接回答他的问题："我们还知道，过去的一周里，马什每天午夜都会将这些公债从金库取走，第二天天亮前再分文不少地送回来。他们今晚仍然会来取公债，因此我建议，在午夜之前，不要采取任何行动。"

果然，当天午夜过后，马什和他的同伴被带到斯坦伍德先生面前。

马什被捕时，手上正提着那箱公债。他坦白认罪了：他在玩一种迅速致富的把戏，用投机的方式收集大量资金。在过去的几天里，有四五个可能参与投资的人每天晚上都在马什的别墅聚会。为了要取信于这些投资人，马什需要显示出他已经拥有上百万的资金做成本。因此，他每天晚上就将这些公债借出去展示。

所谓的幽灵汽车，就是马什在银行和别墅间运送公债的工具。贝克头一次发现这辆汽车时，他们正载着公债要赶到马什的别墅去，而从银行到马什家最直接的途径就是通过"陷阱"。如果汽车走到"陷阱"的一半，再穿过罗杰斯庄园到另一条路，至少可节省二十英里的路程。

"可是汽车怎能穿过罗杰斯庄园的石墙呢？"斯坦伍德问，"那里没有路。"

"石墙的中段有一个窄小、供人出入的小门，穿过那里就可以横穿庄园到达另一条路上。"鲍曼解释说，"幽灵汽车其实并不是汽车，而是由两辆摩托车排在一起，装上座位以及驾驶装备组合而成的。因为两车的引擎本来就是分开的，因此很容易将轻便的座位拆开，然后分别通过窄门，在石墙的另一边组装好，再重新驾驶。那座庄园整个夏季都无人看守，是绝好的庇护所。"

"噢！"斯坦伍德松了一口气，"我懂了，由于有规定，摩托车是不能上'陷阱'的，马什为了节约时间，顺利取道，故意在暗夜里开大车灯，超速驾驶，就是怕被你们认出伪装啊！"

贝克接过话茬："没错！若不是严重超速，说不定就蒙混过关了。还要感谢我们的自行车天才吉米，是他亲眼目睹了幽灵汽车变身的过程和行驶路径，才揭开了谜底。"

斯坦伍德先生赞许地点点头，说："你们还真是了不起的年轻人！"

（推荐者：子 夜）

（题图、插图：佐 夫）

红版编辑部各编辑邮箱：

姚自豪：yaobianji1950@126.com；

吕 佳：lujia411@126.com；

石莎莎：ssasha@163.com；

丁娴瑶：dingxianyao@126.com；

李 丹：lidan090@sina.com。

一只计数器

□ 陈 婧

故事发生在这个世纪初，龚立伟在一个偏远乡镇挂职副乡长的时候。那是在旧历年底，按照惯例，乡领导要到村屯走访、慰问贫困群众。说白了，就是到帮扶对象家，送些大米、白面、豆油，放下一二百块钱，再说上几句拜年、祝福、鼓励的话，很简单。因为已经搞了几个年头了，过程和做法都已程式化，所以领导同意龚立伟单独去慰问。

龚立伟帮扶的对象是个四口之家，年迈的阿婆、岁数不大的夫妻俩和一个五六岁模样、眼里盛满恐惧的小姑娘。阿婆从不言语，夫妻俩老

实木讷，除了不停地说"谢谢领导"，就只剩下了笑，因而一切都变得更为简单。

离开的时候，夫妻俩送了出来，直到龚立伟要上车，男人才鼓足勇气开了口："领导，俺、俺想要件东西。"这可真是天大的意外，龚立伟一愣，还没等说话，女人抢过话头："领导，他没说明白，俺们不是想再要啥，俺们的意思是领导送来的那些东西，包括那些钱，俺们都不要了，能不能求领导帮俺们换件东西，换个能计数的东西。"

原来，夫妻俩准备年后离家外

出打工，孩子只能留在家里，由年迈耳背的老母亲照看。可是孩子却不同意，一心想跟着父母。他们再三劝说，男人甚至还动手打了孩子两巴掌，才让她安静下来，可孩子很快就问他们啥时候能回来，是不是像隔壁小月的爸妈一样，一走三年没回来一趟。

男人告诉她很快，等她数到十万个数，爸爸妈妈就回来了。小姑娘眼睛一亮，说她一定天天都数，还求父母帮她找个能计数的东西，就在这时，龚立伟他们到了。夫妻俩知道龚立伟是从大城市来的、念过大书的人，人又和气，所以就壮着胆子提出了这个要求。

龚立伟笑了笑："很简单，一只计数器就成了。我很快给你们送来。"

女人咬咬嘴唇："领导，那啥，俺、俺们想要个坏的就成。"

龚立伟一愣："为什么？好的也不值几个钱，我送你们。"

女人的脸涨红了，说："领导，俺们不是那意思。说实话，俺们也不知道啥时候能回来，能不能挣到钱不说，要去的地方又太远，来回一大笔费用，扔在路上不划算。可孩子可怜，她爸就编了那个十万个数的谎，因为她现在连十个数都数不全。谁知道她当真了，俺们怕她有一天真数到闹腾，所

以就想弄个坏的，让她永远也数不到十万，不知道领导能不能帮俺们？"

看着夫妻俩那期盼而又痛苦无奈的表情，龚立伟鼻子一酸："放心吧，三天之内，我一定亲自送来！"

两天后，龚立伟把一只崭新的电子计数器和一大包电池送到了小姑娘的手中，并手把手地教她，只要用手轻轻按一下计数器上的按钮，显示屏上就会出现"0"，再按下去，就会"1、2、3"地显示，并且有自动存储功能，即使头一天关机了，第二天打开来仍会自动显示前一天累计的数字，再按，数字会自动累加。

孩子很聪明，很快就学会了，兴奋得又叫又跳。看着孩子欢快的身影，龚立伟心里五味杂陈，想到自己在计数器上做的手脚，不知道是该高兴还是该悲伤。

过了春节，乡里的事情多了起来，龚立伟渐渐地就把这件事给忘

了。第二年年底，正好赶上他外出，慰问的事儿由别人代办，所以直到第三年年底，龚立伟才再次来到那个小村，见到了那个阿婆和小姑娘。

"你骗俺！"小姑娘用满是愤恨的话迎接了龚立伟，"你给俺的计数器是假的，只能计到49999，再加一个就又成'0'了，还得从头开始，永远都到不了十万！"

龚立伟一愣，虽然知道这一幕迟早要发生，但他还是觉得有些手足无措，他尴尬地解释说："这是电子产品，高科技，不会错的，肯定是你太想爸爸妈妈，记错了！"

小姑娘把计数器拍到龚立伟面前，上面赫然显示着49999，随后，她又打开角落里的一只大箱子："这是50001个，你看好了，1、2、3……"

龚立伟走过去，是满满一箱野菜根一样的东西，不由问道："这是什么呀？"

"是婆婆丁根，村里有个老话，说婆婆丁根泡水喝能治咳嗽。孩她妈气管不太好，她就总去挖，说既能计数，等她妈回来了又能治病。"阿婆回了一句，扭头看着窗外昏沉沉的天，摇摇头，"娃呀！"

龚立伟拦住小姑娘，连连说："不用数了，叔叔相信你。你爸爸妈妈今年会回来的，要是他们不回来，叔叔送你去见他们！"

小姑娘一扭头，狠狠地看着龚立伟，满脸都是泪水："你是个大骗子，出去！"

阿婆急忙阻拦，其他人也过来劝阻，可小姑娘像疯了一样，拼命把龚立伟推出门，又使足了力气，把他带去的米、面、油统统扔了出来，包括那二百块钱。龚立伟使劲儿敲着门："孩子，你听叔叔说，咱们现在就走，叔叔带你去找你爸妈！"

"三年前用数骗俺，现在想用啥骗俺？你以为俺还会相信你们这些大人吗？"说着，门一开，一个黑影"嗖"的一下射了出来，正是那只计数器，狠狠地撞在墙上，砸了个七零八落。

龚立伟慢慢弯下腰，一点点捡起残片。可是身后，那扇门却永远地关死了，他再也没有叫开。

第二天，龚立伟离开了乡镇……

现在，龚立伟已经是一个大公司的老总，有三千多员工，都是农民工。龚立伟为他们每个人都做了安排，让夫妻住在一块儿，孩子也和他们生活在一起。那个小姑娘，已经成了龚立伟的助手，每天和他一起打拼，为事业、为农民工，也为所有人更好的生活。因为龚立伟深深明白了一个道理：对于每个人，特别是普通老百姓来说，日子就是实实在在的每一天，再庞大、再美好的数字，也不能代替生活。

（题图、插图：潘胜奎）

本期主题：馋鬼故事

古有馋鬼，今有吃货。所谓幸福，在他们眼里，不过是一块甜香适口的热烧饼，一碗浸足了浓油赤酱的红烧肉，一盆鲜掉眉毛的鱼汤……本期经典传递，带你搜罗民间流传的吃货故事。

馋嘴媳妇

新媳妇人漂亮，嘴甜，做事也利落，就是有一样毛病，嘴馋。过门三天就挨丈夫的打。为什么？因为馋得太离谱！

那天一早，她推门一看，叫道："快看呀，外面飘白面了！"一会儿又喊："多白的糖呀！"丈夫躺在炕上，问："雪下得厚吗？"她说："不厚，就像鸡蛋饼一样薄。"又过了一会儿，媳妇说："现在像发面饼一样厚！"再过一会儿，又说："现在像豆腐一样厚。"

丈夫早听说媳妇馋，这下真是见识了，真是"裁缝丢了剪子，光剩尺（吃）了"！他气得跳下炕，"叭，叭"给了媳妇两耳光，骂道："你就离不开吃，我叫你馋！"打得媳妇哭丧着脸说："俺才过门几天，你就打俺。手像贴饼子似的，脸肿得像包子！"

一次煮狗肉，媳妇一趟趟跑到灶间看，见煮得差不多了，便从锅中捞出一块想吃。肉很烫，她就先捞到碗里，又怕人看见，便想躲进厕所去吃。刚推开门，没想到厕所有人。原来婆婆也嘴馋，正端着一碗肉，在拼命地吞咽。媳妇见状，反而镇定了，笑着说："娘，你够不够？俺给你盛来了！"

热腾腾的狗肉终于上了桌，趁别人不注意，媳妇急吼吼地吞了口肉，不料肉还是太烫，痛得她满地打滚。婆婆见了，急得不知怎么办才好，嘴里念着："求天老爷大慈大悲，保佑儿媳快好了吧！我给你们杀牛，我给你们杀羊了！"儿媳痛得无法，只得实话实说："娘，你不用许猪，也不用许羊，一块热肉，烫俺心上！"

还是酒糟饼

崔大化家境贫寒，没钱买酒，但酒瘾却不小。于是老婆就想了个办法，每天给他吃两个酒糟做的饼子，满足他喜欢的那种辣辣的滋味和晕乎乎的感觉。

一天出门，崔大化在路上碰到朋友，朋友问他："脸红扑扑的，一大早就喝酒了？"

崔大化摇摇头说："不瞒老兄，只是吃了两个酒糟做的饼子。"

回到家里，崔大化和老婆说起这件事，老婆说他："你真傻，怎么能这么回答呢？以后你就说是喝酒了，别提'酒糟'两个字。"

过了几天，崔大化在路上又碰到那位朋友，朋友问他有没有喝酒，他就照老婆教的说了。

朋友不相信，追问了一句："那你这酒是烫了喝呢，还是就喝冷酒？"

崔大化老老实实地回答说："是煎了喝的。"

他朋友一听就笑了："原来还是酒糟饼啊！"

回家后，崔大化又和老婆说了这件事，老婆用手点着他的鼻子责备道："酒怎么能煎着喝呢？应该说是烫了喝的。你这脑子怎么就转不过弯来呢？以后开口前，可要好好想想。"

崔大化点点头。

几天后，崔大化和那位朋友又相遇了，这回崔大化主动说："这酒我是烫了喝的。"

朋友问："烫了多少？"

崔大化说："两个。"

朋友听了大笑不止："还是酒糟饼啊！"

鲜死了

有个盲人会拉二胡，常被地主请去表演。盲人馋得很，可是地主抠门得很，每次只给盲人吃冬瓜，盲人不敢直说，就对地主说："老爷，看来你很喜欢吃冬瓜。"

地主说："是啊，我很喜欢。它不仅味美，而且有明目的功效。"

一天，地主大摆筵席，又请盲人来演奏。开席后，只见盲人拿着二胡倚在窗前，像在凭窗远眺。过了好一会儿，地主忍不住在后边咳嗽了一声，盲人这才回过神来，抱歉道："对不起，我正在看城里演戏呢，失礼了！"接着，他又感叹道："那戏演得好啊！"

地主很惊讶，说："你在看戏？你不是看不见吗？"

盲人说："自从吃了你家的冬瓜，我的视力提高了很多。"听了这话，客人们哄笑起来，地主脸一红，曲

也不听了，给了盲人几个赏钱就匆匆催他离开。

盲人得了赏钱，买了条鱼，邀了几个盲朋友一起开开荤。无奈钱太少，买的鱼便小得可怜。考虑到鱼小人多，他们用大锅熬汤，想尝尝鱼汤的鲜味。盲人们都没吃过鱼，既不知味道，更不知怎么做，他们把小鱼直接扔进锅里。小鱼刚下锅，受了刺激，猛地一蹦，竟蹦到了地上，可盲人们都不知道。

汤烧开了，大家围在锅前，一边尝汤，一边啧啧赞叹："好鲜啊！好鲜啊！"谁知那小鱼还在地上蹦来蹦去，结果蹦到一个盲人脚上。他伸手一摸，惊呼道："鱼没在锅里！"众盲人一听，叹道："阿弥陀佛！幸亏鱼没烧汤，若烧了汤，我们还不都要鲜死了！"

吃烧饼

王五上县城卖完菜已过晌午，肚子饿得咕咕叫。想到老婆回娘家了，家里没人做饭，于是他狠狠心在街边买了三个肉馅烧饼，自己三口两口吃下一个，另两个往怀里一揣，准备带回去给老娘、闺女吃。

不一会儿问题来了：王五的肚子比刚才不吃烧饼更难受，留给老娘和闺女的那两个烧饼老在他眼前晃。

王五忍不住想：要不我就再吃一个？可是吃谁的呢？自己平时没什么东西孝敬过老娘，给老娘的这个绝对不能吃，那么就吃留给闺女的那个吧，就当她提前孝敬我！于是，王五就又吃了一个。

吃完了，王五抹抹嘴，现在没什么想头了，那就赶紧赶路吧，老娘这个说啥也不能动了。

王五心里是这么想，可一路走着，一路心里怪痒痒的。走到下坡的地方，王五再也走不动了，一屁股坐在地上，把最后一个烧饼从怀里掏出来，对自己说："听天由命吧，我把烧饼从坡上滚下去，如果它站得住，就该老娘吃，如果站不住，那我就把它吃了。"

他朝家的方向一抱拳："娘啊，不是儿子不孝，是天意啊！"随后，他把手一松，那烧饼就"扑扑扑"地朝坡下滚去。

没想到，那烧饼在坡上滚了一段路之后，还真就直挺挺地站在那儿了！这是个土坡呀，前两天下雨时，坡面被车轱辘轧出一道道车辙，烧饼正好滚在车辙道上，被挤住了，所以就站得笔直。

王五顿时火冒三丈，跳起来冲下去，抓起烧饼张嘴就咬："老天爷啊，求求你，不要管我们家的私事了吧！"

馋雕与贪心鬼

一天，一只馋雕在屠牛场发现了一挂牛肠肚，刚想去叼，不料肠肚却被一个贪心鬼拾了起来。馋雕气极了，飞过去一把夺了过来。

贪心鬼忙说："雕兄呀雕兄，你且慢吃，那肠肚里有牛黄，给我换成银钱的话，我可以保证天天给你买鲜肉吃，比你吃这一顿强。"

馋雕同意了，没多久，卖牛黄得来的钱花光了，贪心鬼对馋雕说："雕兄的眼尖，如果再能发现什么宝贝，我去换钱，咱们还能吃肉饮酒，你说呢？"

馋雕拍着翅膀，高兴得叫起来："兄弟，经你这一说，我想起来了。南海滩上有不少珍珠和宝石。"贪心鬼高兴极了，忙说："那快带我去！有了珠宝，就有吃不完的肉呀！"

"你不要高兴得太早了，要知道那里的太阳十分毒热，有好些人都是为了寻宝，被晒死在那里。不过，我们可以夜里去，一早就返回来。"

说做就做，这天夜里，馋雕拽着贪心鬼飞到了南海滩。果然是到处闪闪发光，小的是珍珠，大的是宝石，贪心鬼捡到东方亮的时候，馋雕说："该往回走了。"

贪心鬼说："慌什么，来一趟不容易，再让我捡一些。"

过了一会儿，太阳已升起一竿了，可贪心鬼一定要装满裤腿。没多久，太阳已经到三竿高，热劲已经难忍，馋雕急忙飞升高空，回头一看，贪心鬼还在装呀装。馋雕想飞回去救贪心鬼，可还没等它再飞近，贪心鬼已经仰面朝天，张着大口，热死了。

"完了、完了，怎么办？"馋雕围着贪心鬼团团转，想到反正他死了，听说人肉最香，干脆来一口尝尝鲜。一口、两口、三口，馋雕越吃越香，忽然觉得后背火烫，急忙起飞，刚飞了三丈，毛羽便纷纷脱落，一下子也跌落到海滩上，死了。

（本栏插图：陆小弟）

阿P的
恐吓计划

□ 童树梅

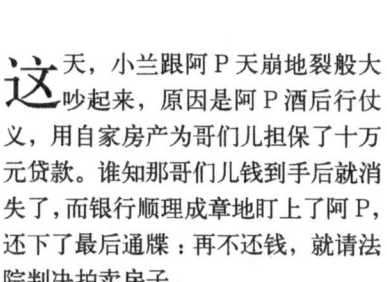

这天，小兰跟阿P天崩地裂般大吵起来，原因是阿P酒后行仗义，用自家房产为哥们儿担保了十万元贷款。谁知那哥们儿钱到手后就消失了，而银行顺理成章地盯上了阿P，还下了最后通牒：再不还钱，就请法院判决拍卖房子。

小兰越想越窝火，越吵越上火，最终连陈年八代的事都给抖了出来："你个死阿P，当初我可是水灵灵的一朵鲜花哟，让你死皮赖脸地掐了。掐就掐了，本指望能过上好日子的，可你哩，一天到晚就晓得吹牛皮。别人家是开汽车，我甭说汽车，连辆电瓶车都成老古董了，说不定哪天就趴

了窝，现在快连这个小房子都没得住了，我嫁给你可算是倒了八辈子大霉了！死阿P，我我我……我不过了！"

小兰一边哭骂着，一边骑上了那辆咯吱作响的电瓶车上班去了。望着老婆远去的背影，阿P的脸皮再厚，此刻也阵阵发烫起来：这事确实是自己不对，不过，小兰也太伤他自尊了，什么"倒了八辈子大霉"，要知道，这可是小兰第一次说这样的狠话哩！更重要的是，女人心眼小，如果她真的一时想不开，真"不过了"，那就惨了……

不行，必须想个办法镇住她……阿P像个老谋深算的阴谋家，背着

手蹀来蹀去，煞有介事地沉思起来。忽然间，他灵光一闪，找来纸笔，写了一句话：我走了，你要好好保重自己，对不起！

阿P这么写是有深刻用意的：这句话看上去既像又不像遗书，足可以吓得小兰半死了，万一小兰不找自己，自己还可以主动回来，只说是出去散心了。这叫进可攻、退可守，整个计划的名字就叫"恐吓计划"，太有才了！

阿P准备到一处风景名胜点玩上两天。在人流如织的火车站，阿P掏出钱包打票，谁知售票员接过钱却不给票，而是纤指一伸，说："身份证！"

阿P一愣，随即想起如今买火车票都实名制了，于是再次打开钱包拿身份证，可是没有，再翻夹层，还是没有。阿P想起来了，自从出了上当受骗的事儿后，小兰就把他的身份证没收了，说是怕阿P再次冲动上当。

这下怎么办？这年头，没有身份证可是寸步难行啊！看样子，精妙无比、以退为进的计划要流产了。

阿P耷拉着头，没精打采地走着，这光景，活生生憋屈死个人啊！此时，头顶上骄阳似火，晒得阿P浑身直冒汗，前面正好有个桥洞，他想下去避避暑也好，再好好构思下一步行动……

阿P刚走到桥洞下，没注意迎面撞上一个人，那人一下子摔倒在地，"啊——"的一声，夸张地大叫起来。阿P一听都快要哭了，真是人倒霉喝凉水都塞牙，这下怕是又要破财了，而且还是破大财，因为十有八九撞上了个碰瓷的——只不过互撞一下，哪有叫得这么夸张的？

倒地的人头发衣服脏得不得了，浑身上下散发出一股臭味，大概好多天没洗过澡了，像个流浪汉。阿P强忍着臭味惊慌地问："你伤得重不重？要不要去医院？"

流浪汉一翻身坐了起来，一点受伤的样子也没有，阿P稍稍放了心，然后流浪汉说道："我不去医院。"

这人一开口，阿P听出他是外地口音，还没等他问，流浪汉又说话了："你给我钱就行了。"

阿P一听哭笑不得，闹了半天还真是个碰瓷的！奶奶的，小兰欺负我，你也想趁火打劫啊，没门！

阿P叫道："要治病，到医院；要赔偿，找警察；想敲诈，一文没有！"

流浪汉一看阿P的态度如此坚决，明显慌了，央求说："大哥，要不，钱我也不要了，你请我喝顿酒行吗？"

流浪汉一说到个"酒"字，立即下意识地舔了舔嘴唇，口水都下来

了。不用说，这家伙的酒瘾上来了。

阿P一见他这模样，肚中的酒虫更是蠢蠢欲动，他的酒瘾也被勾上来了，再加上郁闷，压抑已久的豪情一下子奔涌上来，大声说："同是天涯沦落人，一醉正好解千愁，你等我一会儿！"

没多久，阿P拎着两瓶好酒、一包熟菜回到桥洞。此刻那家伙正眼巴巴地望着哩，一见阿P回来，兴奋地说："我还以为老兄骗我哩……妈啊，好长时间不喝酒了，做梦都想喝，让我先来一口！"说着打开瓶盖，"咕咚"就是一口，好家伙，这一大口竟下去了二两多。

阿P一看大喜，今天算是棋逢对手，将遇良材了，来，喝！

于是在凉风习习的桥洞下，两个素不相识的酒鬼推杯换盏，大口吃喝起来。流浪汉好像一辈子没吃过肉喝过酒似的，左右开弓牛饮狼吞，大呼小叫畅快淋漓。眨眼间，流浪汉面前那瓶酒下去了大半瓶，然后脸也红了嘴也歪了，说话舌头也大了。

原来，这家伙贪酒，可酒量并不算大。只见他摇晃着脑袋说："哥们儿，你甭看我现在这落魄样，告诉你——以前我可是个有身份的人，天天有饭局请我……"

阿P的那瓶酒也下去了大半瓶，可一点事也没有，他酒量大着哩，流浪汉大着舌头又说："哥你不信是不是？好，我让你看看我的身份证，看身份证上的我多风光，大背头、西装领带……"流浪汉真的掏出空瘪瘪的钱包，又从钱包里抽出一张身份证递过来，谁知阿P还没接着，流浪汉一头倒了下去。

阿P大惊，这家伙怎么了？不会醉死了吧？就在这时，"呼呼"声响起来，嘿，原来流浪汉醉了，睡着了。

阿P放下心来，满怀愁绪地又喝，眼光无意中一扫掉在地上的身份证，忽然心一跳：何不拿着这张身份证去买火车票？说实话，粗看一下，我跟这流浪汉还真有点像。至于他，不就

是个流浪汉嘛，丢了身份证也没有大碍，顶多自己回来后再还给他好了。

主意拿定，阿P一下子兴奋起来：瞧我这脑瓜子，就是灵！

阿P当即拿了流浪汉的身份证，再次来到火车站，很快就轮到他了。阿P兴冲冲地递进身份证和钞票，售票员接过来就打印起票来。阿P正眼巴巴地望着，忽然间，售票员抬头一笑，客气地说："机器有点故障，先生请稍等一下。"说完，起身走了。

过了两分钟，阿P正急，肩膀被人拍了两下，回头一看，却是两名警察，警察说："请你过来一下。"

阿P大惊，正要动，两名警察忽然伸出手，一左一右抓住他，猛一用劲，阿P两只手腕顿时就像夹了老虎钳一样。

派出所里，经过一番调查之后，警察一脸歉意地说："对不起，我们认错人了，都怪这张身份证，现在请你告诉我们，这张身份证是哪来的？告诉你，这家伙是个通缉犯，他把公款赌输了好几千万，我们悬赏十万块，好久都没有线索。"

阿P一听，直蹦起来："我带你们去，他到现在肯定还没醒哩，警察同志，我早就看出那家伙不是个好鸟了，所以特意把他灌得大醉，喊，他还跟我比酒……"

当阿P领着警察顺利抓回流浪汉、挺起胸膛走进派出所的时候，

"呼"的一声，迎面扑过一个人来。阿P一惊，以为又是碰瓷的，谁知那人"哇"的一声大哭起来："阿P，你可吓死我了，要不是警察通知我领人，我还以为你……阿P，以后我再也不骂你了，那十万块钱我也不跟你啰唆了，我也不胡思乱想了，你跟我回家好不好？咱以后无论穷日子富日子，都好好过，好不好？"

原来是小兰，她肯定看到了那封"遗书"！瞧她眼泪汪汪、一副劫后余生的样子，显然吓得不轻，哈，目的达到了。

可阿P却背起手来，眼睛望着天说："什么啊，我只是出去散散心，顺便逮住个通缉犯而已。至于十万块钱嘛，小菜一碟，瞧，这是什么？"

阿P悄悄把小兰拉过来，从兜里掏出一张纸来，小兰接过来打开一看，是悬赏公告。

阿P一脸不屑地说："小兰同志，你看我阿P做过亏本生意吗？甭看我被人骗了，可我有的是方法捞回来，瞧，这悬赏公告里的通缉犯，就是我抓到的！赏金不多不少，恰好十万块，等这笔钱领到手，咱们还了银行的债，再买上一辆新电瓶车，下回再抓上几个通缉犯，咱买汽车去！"

瞧，他又吹上了。

（题图、插图：顾子易）

败家子
"倪九缸"

□ 程建金

明朝中叶，婺州府东门外有个财主，姓倪名宗舜，是当地首富，家有良田千顷，金银万两。

倪老爷虽然富甲一方，妻妾成群，可就是膝下没个一男半女。请神拜佛访名医，喝汤吃药补肾阳，眼看黄土将没到脖子啦，万贯家财依然后继无人，倪老爷急得寝食不安。

不知道是倪老爷的诚心感动了上苍，还是吃了这么多年的补药终于发挥了作用，在倪老爷六十六岁的那年春天，第九房小妾的肚皮终于鼓了起来。

十个月后，孩子呱呱落地。侍女们争先恐后地跑到书房向倪老爷报喜："恭喜老爷，生了个少爷。"

倪老爷大喜，立即吩咐给下人们分赏钱。一个侍女拿到了赏钱，犹豫了一阵之后，又小声地对倪老爷禀告："少爷一落地，就……就往汤盆中撒了一泡尿。"倪老爷心中"咯噔"了一下："尿扫汤？"

"尿扫汤"是当地的一种说法，说是如果孩子出生之后，在接生的汤盆里撒尿，这小子将来肯定是个"败家子"。

倪老爷好不容易老来得子，高兴都来不及，哪在乎这虚无缥缈的未来之事？他高声嚷道："我有'银九缸'，何惧'尿扫汤'！"意思是他家祖上在院子里埋着九缸银元宝，即使孩子以后真的败家，他也不怕。

这个"尿扫汤"的孩子，后来取名倪典二，外面的人给他起了个外号，叫"倪九缸"。

倪九缸非常爱哭。这天，他正扯着嗓子"哇哇"大哭，他娘塞给他一个银元宝，抱着他坐在鱼池旁哄。不料，倪九缸一扬手，就把元宝丢进鱼池中，看到水花溅起，他突然"哈哈"笑起来。

看到儿子高兴，倪老爷立刻吩咐把院子里埋着的九缸银元宝全部挖出来，任凭儿子往鱼池里扔。倪老爷心里想：扔得再多，还不都在自家鱼池里吗？到时候只要把鱼池的水排干了，不就全都回来了吗？

几年后，元宝全部扔完了，倪老爷吩咐家人用水车排干了鱼池中的水，怪事来了，池中的元宝不翼而飞了！大家都很纳闷，鱼池在院中，日夜都有人看着，这扔进去的元宝怎么说没就没了呢？

据说，倪家的元宝不是飞走的，而是变成了小乌龟爬走的，有人曾经亲眼看到元宝从倪家爬出去。那是一天晚上，一个农民正在给稻田放水，忽然听到从倪家大院到溪边的田塍上有"窸窸窣窣"的声响。他拿灯一照，看到一群乌龟正急急地向溪边爬去。途中，龟群遇到了一个田塍的缺口，有几只小乌龟伸头探脑地爬不过去。这个农民见了，就从附近找了一块青砖搭在缺

口上，让小乌龟顺利地通过了。农民举着灯，呆呆地看着这群乌龟越爬越远，最后仅留下一只，那乌龟的腿瘸了，爬不过去。农民就把这只乌龟捡回家，放到一只贮水的缸里。第二天一看，缸里的乌龟不见了，看到的竟是一锭价值五十两的银元宝。银元宝上还有两行小字："修桥铺路，赠银五十两"，意思是那农民用青砖搭在田塍的缺口上，让乌龟队伍顺利过了"桥"，所以赠银答谢，元宝上赫然还有倪宅的标记。

为什么元宝会变成乌龟？坊间传说：这是因为倪九缸往鱼池中扔元宝，惹怒了财神爷，财神爷就把元宝都变成了乌龟，以此惩戒。

倪家的九缸元宝就这样没了，不过，幸好千顷良田还在，所以倪九缸的日子依然过得逍遥自在。

倪九缸长大后，父母先后去世，他成了当家人。他既不管财，也不理事，整天热衷于吃喝玩乐，家里渐渐开始入不敷出。好在家底还在，吃穿用度倒也不成问题。

有一天晚上，有个新来的佣人替倪九缸洗脚，擦脚的时候，发现他脚底下有一点黑，以为是污垢，要给他重洗。倪九缸说："不要擦了，这是颗黑痣，我是靠这颗黑痣才富贵的。"这个佣人呆了一下，给主人擦干净脚后，急忙回到自己房间，

脱掉鞋袜查看。原来，这个佣人的脚底上竟然有七颗黑痣！

于是，这佣人就想：我的主人一颗黑痣都如此富贵，我脚底有七颗黑痣，还给他做佣人？

不久，这个佣人就逃跑了，一直逃到了北京城。后来，他经人介绍，净身到皇宫当了太监，做了御前的公公，这也正应着了"七星伴月"的说法。

几年之后，倪九缸到北京城里游玩，恰巧在大街上遇见了这个逃跑的佣人。见面之后，倪九缸没有责怪他，反而多了一层"他乡遇故知"的味道，两人一起下酒馆、一起游玩。很快，北京城好玩的地方都玩遍了。

这天，倪九缸说："都说皇宫气派奢华，能不能带我去开开眼界？"禁不住倪九缸的软磨硬泡，这个太监终于想办法把他领进了紫禁城。

进了皇城之后，倪九缸东走西逛，觉得这也新鲜，那也好看。一会儿，走到一处巍峨的大殿前，倪九缸看到大殿前梁下倒挂着一口铜钟，紫红锃亮，精致无比，觉得很好看。这时，一只蚊子从眼前飞过，倪九缸下意识地用纸扇一拍，不承想用力过头，竟然拍到了挂着的钟上，铜钟发出了一声脆响："当——"

钟声未绝，朝堂内就传来一声喝问："谁有本章，快快奏来！"领倪九缸进来的太监慌得魂飞魄散，急忙当殿跪下代奏："启禀皇上，婺州府倪典二自求助粮十万石。"当时皇帝正为筹集军粮着急，听到有人自愿捐助粮食十万石，顿时大喜，立刻召见了倪九缸，并要求他火速把粮食运往京城。

那太监也是情急之中、无奈之下才说了"捐粮"的谎话，要不这样说，倪九缸的脑袋早就"咔嚓"了。到了这个时候，倪九缸只好打落门牙往肚子里咽，满口应承，并连夜从京城赶回家筹备粮食。筹齐十万石粮食后，立刻派人往京城运送。

不料第一批粮食运到半道，遇到了太湖劫匪，被劫了。倪九缸只好再筹了十万石粮食，派了另外一支运粮队往京城送。半个月之后，送粮的赶回来报告说，十万石粮食又让太湖匪徒劫了。

这一下倪九缸可急了，因为家里的粮食已经不多了，可是皇命难违呀，他把自己家的所有粮仓全部扫空，再东凑西借，才又凑足了十万石粮食。

第三批粮食筹好之后，倪九缸决定亲自押运上路。

运粮队赶到太湖边上时，倪九缸吩咐大伙儿先在客栈歇息，独自一人上了街，想打探一下太湖匪徒的动静。

倪九缸到了街上，找了个临湖

的小酒店，点了几个菜，正喝着小酒，忽然看见一个满脸络腮胡子的人走进店来。这人的胡子长得非常茂密，把半边脸和整个嘴巴都遮得严严实实。倪九缸一见就乐了："这么密的胡子，不知怎么吃饭？"

想到这里，倪九缸豪爽、爱逗乐的性子上来了，他主动走上前去，把"络腮胡子"请到桌前，非要请这位胡子兄弟吃饭不可。

络腮胡子也不客气，坐下之后，随手从袋里取出了一副金钩，把嘴边的胡子往两边一拨，用金钩一挂，"呼噜噜"，就把桌前的一碗蟹肉羹吃了个精光，而且胡子上竟然连一点米糊也没粘上。倪九缸见了，惊奇不已，他拿出银子，吩咐店家上

最好的酒菜，与络腮胡子一起对饮起来。几杯酒落肚之后，两人越聊越投机，聊天中，倪九缸就把自己为什么会到太湖来，以及前两次运粮被劫的经过全都告诉了络腮胡子。

络腮胡子喝罢酒，拍拍倪九缸的肩膀，说："这次运粮，如果再遇太湖匪，你只要对着贼船连喊三声——'金钩胡是我大哥'，保你平安无事。"

第二天，倪九缸亲自押运十万石粮食拔锚开路。没多久，忽听得一声炮响，四面湖匪的船只又呼啸而来，吓得运粮工个个面如土色。倪九缸想起昨天络腮胡子的话，立刻叫船工们一起高喊："金钩胡是我大哥——"

说来奇怪，喊了三声之后，这些湖匪果然调转船头，如潮水一般退去了。

原来，倪九缸昨天碰到的络腮胡子，就是太湖贼王"金钩胡"，他看到倪九缸是个豪爽之人，便决定放他一马。

就这样，倪九缸畅通无阻地把粮食运到了京城，但这次捐粮之后，倪九缸的家底被彻底掏空，家道很快就败落下去了，当年他父亲说的"我有'银九缸'，何惧'尿扫汤'"，终究成了一句笑谈……

（题图、插图：刘为民）

上帝给你关上了一道门，同时也为你打开了一扇窗。只不过，这扇窗，真的就通往光明和成功吗？

□ 老 三

作家乐园

自杀奇遇

阮胜佑三十多岁，是个一篇作品也没发表过的文学发烧友。他毕生的心愿，就是成为一名作家，粉丝万万千，四海美名扬。无奈的是，他在写作上太缺乏才华了……

这天深夜，阮胜佑心灰意冷。人哪，是会钻牛角尖的，他越想越憋屈，竟然起了轻生的念头，便带了根绳子，往森林公园走去。钻进密林深处后，阮胜佑刚要把绳子挂上树杈，忽然，透过树丛，他隐约看见前方有点点灯光，似乎还能听到欢声笑语。咦？林子里什么时候多了这么一个热闹的地方？好奇心吸引着阮胜佑朝里走去。

走近后，阮胜佑瞧清楚了，那是隐匿在密林深处的一幢建筑，有一个足球场那么大，阔气的落地窗内灯火通明，像是在办盛大的宴会：几百人围着一个椭圆形的大餐桌吃着、喝着，笑着、唱着，好生热闹，而且奇了怪了，他们大多是洋人，有些瞧着还挺眼熟。

阮胜佑走到大门前抬头一瞧，见厚重的古铜色大门上有一块匾额，上面书写着四个大字："作家乐园"。

作家乐园？阮胜佑更好奇了，他镇定了一下自己的情绪，"吱呀"一声推开了大门……

没想到，刹那间，大堂中变得鸦雀无声，所有人的目光都聚集在阮胜佑身上。此时此刻，阮胜佑既尴尬，又害怕，手足无措地站在那里，面红耳赤，紧张地盘算着：是不是应该脚底抹油——赶紧溜？

众人纷纷围拢了过来，七嘴八舌地议论着："这年轻人是谁？""一看就知道是个落魄的人！""瞧他吓成了那样，真可怜！"

阮胜佑深呼吸了几下，让自己镇静下来，他抬起来打量四周，这一打量不打紧，他差一点儿没昏过去，因为眼前的这些人，有好多他都"认识"：要么是见过他们的照片，要么是瞻仰过他们的画像，他不敢相信自己的眼睛，结结巴巴地问道："请问……你们是……"

一位一头浓重卷发、人高马大的白人胖子跨前一步，伸出一只温暖多肉的大手，和蔼地说："自我介绍一下吧，我是大仲马。"然后，他指点着其他人，一一介绍："这是巴尔扎克、莎士比亚、契诃夫、莫泊桑、歌德、列夫·托尔斯泰……"

阮胜佑下死劲掐了自己大腿一把，疼得怪叫了一声，这才确定自己不是在做梦。

通过大仲马的介绍，阮胜佑才知道，原来，大文豪们死后，因为"福报"太大，会被送到这个作家乐园来，每天吃喝玩乐，尽享奢华。

时来运转

这时候，大仲马将阮胜佑请到餐桌旁，拿起盘子里的最后一只烤鸡腿……说来奇怪，盘子刚一空，桌面就"哗"地裂开一个黑洞，一根传输带将空盘子带了下去，与此同时，一个盛满炸鸡腿的新盘子传送了上来。一旁的歌德把手中的空酒瓶往桌上一放，空酒瓶也立即传送下去，同时一瓶尚未开启的酒传送了上来。

大仲马笑着说："这下你清楚了吧？一切都是自动的……我们是不是很享福？"

"应该的，应该的，你们为人类作出的贡献太大了，"阮胜佑点头哈腰地说着，然后他号啕大哭起来，一边哭一边说，"我要是能有你们一丁点的天分也好啊！我写了二十年了，一篇作品没发表过，编辑们都劝我趁早转行，别浪费生命了，可我就是不死心呀！"他越哭越伤心，干脆一屁股坐到了地上，哭得稀里哗啦、感天动地。

作家们的心都给哭软了，他们走到一旁，交头接耳地商量了一阵，然后，每个人都回到餐桌旁，从餐桌下的抽屉、柜子里，拿出一摞摞的手稿，找了几只箱子，把手稿塞进去。这时，大仲马走到阮胜佑身旁，说："别哭了，我们来帮你！"

阮胜佑抬起一双泪眼，扫视着那几只箱子。

一旁的莎士比亚站了起来，慈祥地说："小老弟，你晓得，作家的爱好就是写作，所以，我们不吃不喝的时候，就都趴在餐桌上写东西。不过，现在写了也是白写，因为没地方发表，还不如这样，你把这些稿子带回去，当成是你的作品来发表吧。这些作品共有上亿字，够你用了吧？"

阮胜佑一听，乐得鼻涕泡都冒出来了，可他还是装模作样地客套着："这、这……合适吗？我怎么敢掠诸位大师之美？再说，我也不懂外语呀，哪能看懂你们写的大作？"马克·吐温微微一笑，淡定地说："小子，放心吧，我们在这里，用的都是带翻译功能的高级感应稿纸，已经自动给你翻译成汉语了。"

阮胜佑再一次泪流满面，他恨不得跪下感谢这些大文豪们，不过，他又担心夜长梦多，赶紧手提肩扛，带着那几只箱子，说了声"狗得白"，转身顶开大门，撒丫子就跑……

等跑出几百米，阮胜佑再回头一瞧，怪了，作家乐园怎么不见了？只有黑咕隆咚的密林，可他顾不上那么多，只想赶快回家好好研读这些作品。

几个月后，一个名叫"阮胜佑"的新作家，如夜空里突然飘升的一颗新星，引起了文坛的瞩目。这小子，以迅雷不及掩耳之势，用各种体裁的优秀作品，对网络、报刊、出版社进行"狂轰滥炸"，那势头，压都压不了，

拉都拉不回。一年后，他的作品开始畅销，并陆续翻译成几十种文字在全球发行。这些作品不仅题材广泛，质量上乘，最令人恐怖的是他那排山倒海的创造力，几乎每天都有上万字的作品出炉，人们不得不叹服：他身上有一种超自然的力量。

阮胜佑只用了短短五年时间，就蹿升为全球著名文豪。成名后的他，多次深夜去那个森林公园探访，期盼着能再次邂逅作家乐园里的那些大文豪，却都无功而返。

命归何处

就这样，风风光光三十年后，一天，阮胜佑因突发脑溢血，不幸与世长辞。世界各国都为他举办了庄重的悼念活动，极尽哀荣之盛事。

但是，这些死后的风光，阮胜佑都看不到了，他的灵魂被一个黑影用锁链锁着，往前疾行。阮胜佑心中正在纳闷：这是送我去作家乐园的路吗？这时，他似乎到了一个地下室的入口，"哐当"一声，被踹了下去。

阮胜佑重重地摔倒在地，疼得半天才爬起来。这地下室很大，是个大厨房，里面烟雾缭绕，香气扑鼻，几十名穿白大褂的厨师正在紧张地忙碌着，煎、炒、炸、焖、熘、炖、蒸、涮……忙得不亦乐乎。

这时，一个黑胖子走过来，扔下一件白大褂和两大捆菜，吩咐道："抓

紧把这些菜择了洗干净，麻利点！"

阮胜佑抗议道："我是大作家，不是应该去作家乐园享福吗？"

黑胖子不屑地说："早知道你的事儿啦！我问你，你写了那么多东西，有一个字是你自己的吗？"

阮胜佑一听，傻眼了，他真没想过这个问题。

"你发表得再多，都是上面那些大作家的，与你屁关系没有！"

阮胜佑疑惑地问："上面？什么上面？"

黑胖子指了指墙边，那里有一条传输带，正在源源不断地往上面传送着饭、菜和酒，同时把空酒瓶和碗盘传送下来……突然，阮胜佑明白

了："这里是作家乐园的地下室？这上面就是——作家乐园？"

黑胖子笑道："没错！以后你的工作就是在这儿帮厨，伺候上面那些作家老爷们！"

阮胜佑身体晃了晃，眼前金星乱冒，他如何肯甘心？天黑后，他趁往传输带上送菜的机会，把一张求救的小字条压在盘子下面。

压着字条的这盘菜传送到作家乐园的餐桌上，塞万提斯发现了字条，他打开后看了看，又给身旁的人瞅了瞅，然后带着轻蔑、嘲弄的表情，把字条揉成团儿，扔到了餐桌前的空地上，自言自语地说："傻瓜！要是没有你们这帮蠢货前赴后继，谁来伺候我们？"

空地上，已经扔满了这样的纸团儿。

这时，作家乐园的大门又"吱呀"一声怪响，一个怯生生的小伙子探头探脑地走了进来——又一个想自杀的文学爱好者被吸引到这儿来了……

作家们微笑着朝他走去，大仲马先行一步，握住了闯入者的手，和蔼地说道："自我介绍一下，我是大仲马！"然后，他指着其他人，一一介绍，"这是巴尔扎克、莎士比亚、契诃夫、莫泊桑、安徒生……"

（题图、插图：张恩卫）

三天后
永生

□ 梅 冰

杰克和爱丽是一对恋人，爱丽总是调皮地问杰克："你到底有多爱我？"这一天，杰克终于想好了答案，分外认真地说："生命有涯，爱情永生，这就是我给你的承诺。"

爱丽听了满心欢喜，两人正依偎着，就在这时，远处突然响起撕心裂肺的鸣叫，是防空警报，杰克大叫："不好，德国人偷袭了，快躲起来！"

来不及了，眨眼间，炸弹如雨点一样，由远而近地密集落下，随着震耳欲聋的爆炸声，火光四起、烟雾冲天。杰克拉着爱丽正要找藏身的地方，"轰"的一声巨响，一颗重磅炸弹在身旁爆炸了，巨大的气浪掀得爱丽像一片树叶飘了起来……

不知过了多久，一阵剧痛袭来，爱丽醒了，一低头，发现自己的右腿鲜血淋漓，四周墙倒屋塌，一片狼藉。她努力站起身子，随即"哎哟"一声歪倒在地，原来右腿伤得太重，根本不能活动，可这还不是最坏的——杰克不见了。

爱丽大叫起来："杰克、杰克，你在哪里？不要吓我，出来吧！"

爱丽想：杰克肯定又像以前一样，为了逗自己开心躲起来了。可是任凭她嗓子都喊哑了，甚至央求得都要哭了，杰克却像凭空消失一样，半丝回音也没有。难道杰克被刚才的轰炸炸死了？不会的不会的，他那么强壮那么敏捷，肯定是跑散了，我一定要找到他！爱丽拖着伤腿刚要离开，耳际突然响起一个微弱的声音。

只一声，爱丽就听出来了，那正是她的杰克，他就在附近！爱丽的耳朵像兔子那样竖起来，仔细捕捉声音的来源。不一会儿，杰克又说话了，不，是呻吟："爱丽，我在这儿，在废墟下……"爱丽兴奋得浑身直发抖，大叫道："杰克，我这就救你！"

爱丽忍着剧痛，立即投入抢救，可是刚搬了两下，就无力地住了手，她的力量根本搬不动那些横七竖八的水泥块和张牙舞爪的钢筋。

爱丽急得对废墟下大喊："杰克，你听到我说话吗？你现在怎么样？"杰克中气很弱，不过听上去精神还好，他反问："爱丽，你没事吧？"

爱丽拼命大叫："我很好，连皮都没擦破。"杰克说："我也不算坏，只是一条腿被压住了。"

爱丽叫道："杰克，你忍一会儿，我这就找人救你。"她转身刚要走，有人突然说话了："傻孩子，别找了，现在没人会救你们的。"

声音竟是在脚边发出的，爱丽吓了一跳，低头一看，天哪，原来脚边的碎砖烂瓦中倒着一个穿着军装的人，浑身鲜血，气若游丝。

爱丽一用力，"哧"的一声撕下长裙要给这人包扎，谁知他吃力地摇摇手，说："好姑娘，我、我快不行了，你还是想办法救、救下面的人吧，那人是、是你男朋友吧？真好，爱、爱情真好……"

那人说到这里，突然挣扎着掉转头，对着废墟下杰克被压的方位，用尽全身力气喊道："小伙子，勇敢点！三天后，我们的部队就回来了，所以，你、你一定要坚持三天……"

军人头一歪，不动了，刚才的喊话耗尽了他最后的力气。

废墟下的杰克显然听到了，他像是为了让爱丽放心，也像是给自己打气，用劲说道："谢谢你，无论怎样，我一定会坚持三天的！"

爱丽含泪用一张破毯子盖住军人的尸体，然后擦干泪，朝杰克被压的方向喊道："杰克，你渴了吧？饿了吧？你等着，我这就找水和食物。"

杰克受了伤，一定饥渴得很，这么一想，爱丽跑得更快了，有几次因为伤腿的剧痛而摔倒在坑坑洼洼的街道上。空袭造成的伤亡太大了，到处是死人，到处是哭声，整个城市像人间地狱，幸存的人或是在失魂落魄地发呆，或是因为伤痛而呻吟，爱丽根本开不了口求援，因为她知道：即使人家肯帮忙也无济于事，没有大型机械，根本撬不动山一样的废墟。

好在爱丽幸运地找到了一小瓶水和一块面包，可她随即又发现一个新问题：她没有办法把水和面包送到

杰克的手上。

杰克沉吟着说："爱丽，从我躺着的角度能看到一角天空，所以我想如果你爬上废墟，用绳子把水和面包吊着放下来，或许是能送到我手边的，如果我拿到了，就摇摇绳子。"

爱丽心想这个办法倒不错，好在绳子并不难找，她当即拧紧装水的玻璃瓶，再一点一点往废墟上爬，每爬一步都扯动伤口，伤口化脓了，爱丽一声都不吱，她不想让杰克担心。

在废墟的高处，爱丽小心翼翼地把玻璃瓶放了下去。很快，绳子就被摇动了，是杰克接到了水，他解下瓶子后再次摇动绳子，爱丽心花怒放地扯上绳子，再把面包放了下去。

一晃一天过去了，爱丽体力越来越不济，她只喝了一点水，没有吃任何东西，因为实在找不到吃的了，而伤口的炎症越发严重，以致于爱丽有点担心这腿是不是会残废掉，如果是那样的话，以后杰克会嫌弃自己吗？

嗨，什么时候了还想这个？先救杰克要紧。

第二天，杰克说："爱丽，我真的太饿了，你还能找到吃的吗？"

因为饥饿、伤痛，爱丽一直昏昏欲睡，脑袋也变得滚烫，可杰克的话就像兴奋剂一样惊醒了她，她精神抖擞地说："当然能找到了，杰克，

我这就去找，很快的。"

爱丽立即拖着越来越疼痛的伤腿出发了，她不能倒下，否则，就是两条命。

全城都停了水，血水倒有的是，尽管如此，爱丽根本不敢倒下，她翻遍每一所倒塌的房屋，找遍所有的犄角旮旯，可是一无所获，爱丽真的绝望了。

就在这时，一个垂死的老人叫住了她，从兜里吃力地掏出两只小小的熟土豆递过来，说："这个给你，孩子，我就不浪费粮食了，记住，好好活着，胜利很快就会来临的。"老人说完就死了。

第三天的光明如期而至，爱丽把最后一只土豆给杰克吃完后，她真的撑不住了，伤口处已发炎得不成样子，再拖下去甭说一条腿，只怕连命都没了，可是她不能睡下，因为废墟下杰克还等着她寻找救命的水和面包。

当虚弱到极点的爱丽摇晃着站起身时，猛的一阵天旋地转，她再也撑不住，一头倒了下来，在昏过去的一刹那，似乎听到有人大叫起来……

爱丽再次醒来时，已是当天下午。她一睁眼，发现身边的人全穿着军服，是部队进来了！

爱丽突然有种想哭的强烈冲动，可没时间，她第一件事就是挣扎着爬起来，这时有人轻轻按住了她，那是

一个女护士，女护士轻柔地说："不要动，你太虚弱了，上帝啊，你的生命力可真顽强，好多人没有被德国人炸死，却活活饿死渴死了……"

爱丽急得一迭声地叫起来："快救人，废墟下还有人！"

部队带来了大型机械，听了爱丽的话，立即行动起来，然而，当压在杰克身上的钢筋和水泥块被轻轻吊起时，所有人都惊呆了。

杰克早就死了，军医说他昨天就死了，那巨大的钢筋水泥没有压住他的腿，而是无情地压扁了他年轻的身躯。

可今天早上杰克还摇动绳子，

并吃完土豆哩，爱丽不相信杰克死于昨天。

然后，杰克手腕边拴着的老鼠引起了人们的注意。

这时，杰克知道自己快死了，可他不想让爱丽知道，因为他的存活是爱丽活下去的动力，如果爱丽知道自己死了，她就会崩溃。可是自己又能怎么办呢？

就在这时，一只老鼠给了杰克灵感，那是一只同样饥饿的老鼠，它以为杰克死了，想啃咬杰克。杰克忍着剧痛让它咬了两口后，猛地一把抓住了它，手边恰好有一截绳子，杰克用最后的力气扎好老鼠，并把绳子的另一头牢牢拴在自己的手腕上，这才放心死去。

绳子很结实，老鼠咬不断，它便啃食杰克那毫无知觉的手，直到爱丽放下土豆来，于是老鼠吃光了两只土豆，它在吃土豆时自然而然地摇动了绳子，这样爱丽便以为杰克还活着，杰克活着，她便有了动力，有了希望。

现在老鼠还被牢牢地系在杰克那血肉模糊的手腕上。

爱丽呆呆地看着含笑瞑目的杰克，直到此时，她才明白杰克的承诺：生命有涯，而爱情永生！

（题图、插图：佐 夫）

这个故事，讲述了一个"女汉子"和一个"小混混"的血色爱情，它提出了这样一个严肃的问题：面对残酷考验，要拿什么拯救生命，以及爱情……

□ 刘振涛

悍马狂飙

1. 路见不平

马云是个快递员，也是个有点野性的女孩，爱骑重型摩托车，爱耍跆拳道，活脱脱一个假小子。

说到马云的车技，那可是响当当的漂亮。有一次，她骑着"牛魔王400"送急件，因为赶路，没留心前方十字路口突然亮起黄灯，就在前轮快轧上斑马线时，她使劲捏住刹车，后轮"呼"地离开了地面，弹起的车身与地面呈45度角，在半空中停留半秒钟后轰然落下，避震器颤了好几颤。这时，马云伸出左脚，稳稳地支着路面，只见摩托的前轮和那条白线

仅差几厘米……来往路人见了，不禁嘀咕："这丫头，真够野的！"

那一天，马云到城关镇送快件，进镇子后，街道狭窄起来，偏偏前面又被人群挡住了。马云跳下了摩托车，见一个小青年横躺在路上，一个大叔在不停地道歉。一打听，她才知道，这个小青年叫赖三，是个无业游民，一次，菜场里有人打群架，赖三上前劝架，不料被打得很惨，这大叔路过报了警，警察来之后，打人的人跑光了，就逮住了赖三一个人，让他蹲两天局子。出来后，赖三对大叔怀恨

在心。这不，寻了个"碰瓷"的机会就来找大叔麻烦了。大叔不停地给赖三道歉，还掏出十块钱递过去："小哥，对不住啦，你买包烟抽，消消气……"

赖三推开大叔的手："你打发要饭的呐？十块钱，是够拍 X 片还是够买药？你还是送我去医院吧！"

大叔又掏出十块钱，赖三还是躺着不起身，嘴里一个劲地嚷着："哎哟，疼死我了……"

马云看在眼里，气在心里。过了一会儿，一阵轰鸣声伴随着人们的喧哗由远而近。赖三觉得不对劲，赶紧探起身来，定睛一看，只见不远处尘土飞扬，一辆重型摩托像头愤怒的公牛狂奔而来。赖三吓得魂飞魄散，一骨碌爬起来闪在一边，妈的，险些被轧成肉饼啦！

人们哄然大笑，赖三很尴尬，他狠狠地盯着马云，记住了这个坏他好事的"野丫头"。

一个月后的一天，马云在加油站给摩托车加油，突然被人拍了下肩，回头一看，竟是赖三！

眼前的赖三，变得绅士起来，彬彬有礼地说："你好，这么巧碰见你，介绍一下——我叫赖三，26 岁，民族汉，职业无，未婚；你叫马云，24 岁，民族汉，职业快递员，未婚，你还有什么补充的吗？"

马云一愣，看来这个赖三暗地里调查过她，否则怎么会知道得这么详细、准确呢？马云不屑和他纠缠，跨上摩托车，就要上路。赖三忙上前一步喊道："上次你那么整我，我都没怪你呢，这次捎上我一段路，算作补偿，行吗？"

"我没听错吧？让我用车带你？"马云眼睛惊奇地打量着他，又拍了下后面的快递包裹，不屑地问："你意思是让我给你打包，当快件发走吗？"

赖三盯着马云，不客气地说："我有快件要寄，你不接我投诉你！"

马云乐了，一抬腿下了车，又起腰，说："你是想追我？还是想泡我？"赖三摆出一副死缠烂打的劲儿，答道："想追你！"

马云笑了："就凭你？别以为打听了我一些事就了解我啦，小心我让你伤痕累累，哼！"说完，她跨上摩托车，驶离了加油站，撇下赖三傻站在那里。赖三梗着脖子，说："死丫头，我就喜欢你这个劲儿，哼，走着瞧！"

2. 不是英雄也救美

第二天，马云来快递公司取快件，发现有个包裹发货人是"赖三"，收货人也是"赖三"。马云明白，这是赖三的伎俩，但客户至上，不管是谁都要按时送达。

很快，"牛魔王 400"的轰鸣声在赖三家门前停息了，赖三似乎早就在等马云，看她到来，忙端出一杯冲好的咖啡："渴了吧？咖啡，温热的。"

马云瞪了赖三一眼，说："我只喝茶，赶紧签收！"看赖三不情愿地签字后，马云也不搭理他，发动摩托，骑车走人。

第三天，马云又接到赖三的快件，发货人、取货人依然还是他，马云压着火气送到了，没想到这回赖三真端出一杯茶来，他递给马云，说："这是龙井。"

马云冷冷地说："嗓子不舒服，我只喝冰镇的，别废话，赶紧签收！"

赖三笑笑，竟然从门口挪出个小冰箱，他打开柜门，说："不知道你喜欢喝什么，每种我都买了，这下凉的热的都有了，你喝点什么？"

马云扫了一眼冰箱，里面真够全的，她不免多看了赖三一眼："你玩够了没有？"

赖三正色说："我不是玩，我是认真的。"

马云的语气稍稍缓和了些："麻烦你签收。"赖三摇头："你不喝点什么，我不会签字的，而且，我会在你们公司投递一个月的快件，就是说，这个月，我每天都能见到你，如果可能，下个月我会续签的。"

见赖三一副死猪不怕滚水烫的样子，马云真想骂一声"你大爷"，正想开口，却见一辆轿车开了过来，那车的司机发现马云的"牛魔王400"挡了道，就伸出头来嚷道："谁的摩托？没长眼啊？"

赖三瞪起眼睛说："怎么说话呢？大路朝天各走一边，开个破车咋呼什么？那么宽不够你过去吗？"

赖三不知道，马云更不晓得，此刻这车上坐的三人，竟然是本地赫赫有名的"霍家三兄弟"，全是刀尖上滚出来的主儿，赖三这话说得很"冲"，霍家三兄弟哪受得了？于是走下车来，其中一个吆喝着："哟，这十年里还没听到有人这么和我说话呢！眼睛长到天灵盖上了？不知道霍家三兄弟吗？"

赖三先是用身体挡住了马云，轻轻地说："别怕，有我呢！"当他豪情万丈地转过身，准备和对方理论一番时，他听到了"霍家三兄弟"这五个字，顿时胆怯了，可马云正看着他呢！于是，赖三一咬牙，癞蛤蟆垫床脚，硬撑了起来："霍家就厉害吗？你们欺负女孩子算什么本事啊？"

另一个男人看了眼马云，说："你不提醒我还没注意，这小妞蛮有味道的，做我的女人吧！"说着，他一脸淫笑，伸手去拉马云。

别的倒还好说，见对方欺负马云，赖三再也无法忍受了，他不顾一切地扑了上去，和三人打了起来。有道是双拳难敌四手，赖三很快被打得鼻青眼肿，紧接着又被人踹了一脚，摔倒在自家的冰箱前，随即被他们揪住头发，狠狠地往冰箱上撞……

赖三感觉自己不行了，大喊着："马云，快跑……"

三个人见赖三软塌塌地躺在地上不动了，这才停了手。刚才，就在霍家三兄弟围着追打赖三时，马云已经悄悄打完了报警电话，此刻，又不声不响地走到他们身后，以迅雷不及掩耳之势，"啪啪啪"，一人一拳，三人顿时满嘴吐血。

三个家伙全傻了，他们做梦都想不到眼前这个女孩竟然有这样的功夫，其中一个抽身跑回车里，取出一把军刺，扔给了一个男人。

男人有了家伙，立刻扑过来。马云在闪身躲开的同时，挥拳击中他的下颌，那人应声倒地，挣扎了一会儿又爬了起来。

马云退到自己的摩托车跟前，飞快地打开工具箱，从里面拽出一把扳手，就在一个歹徒近身的时候，马云突然蹲下，用扳手砸在对方脚上，那家伙连声惨叫，再也站不起来了。余下两人气势汹汹地围了上来，马云用扳手挡开捅过来的军刺，一脚踩在那人大腿上，霍地跳起，双膝猛地夹住他的头，一个鹞子翻身，抬腿把那人踹倒在地，紧接着她又一脚踹向那人的面门，他顿时满脸开花了……

剩下那个人见势不妙转身想跑，只见马云对准他的小腿扔出扳手，那人"扑通"一声趴在了地上，一边惨叫，一边惊恐地回头看着马云。

马云走到他们面前蹲下，用扳手敲着一个人的脑袋："钱包呢？都拿出来，不然我倒出汽油把你们几个连车一起烧了！"

见过横的，见过狠的，也见过不要命的，但是这种情形、这种语气，着实让他们害怕，三人不约而同地掏出了自己的钱包。

马云面无表情地把他们的钱掏出来，一字一顿地说："一会儿警察来，你们看着办，我这是'正当防卫'！还有，这些钱是给那个人看伤的医药费。"说完，马云站起身跑到赖三跟前，抱起他摇晃着："醒醒，赖三……"

赖三睁开眼睛，头一歪又晕了过去……

3.危机后的危机

等赖三醒过来时，已经是第二天一早，他发现自己躺在医院里，马云趴在床沿睡着了。

赖三感动极了，爱惜地看着马云的背影，心潮起伏，他决定，他要用一辈子来爱这个女人！他想下床给马云盖件衣服，谁知有些头重脚轻，一阵声响，惊醒了马云。

马云忙扶着赖三："怎么不叫我啊？你怎么样？"

赖三看到马云两只手背上都有伤，忙说："我没事，你怎么……他们实在太可恶了！不过，他们也没讨到什么便宜，你看见了吧？我也把他们揍得……"

马云打断了赖三的话："行啦，别吹了，赶紧躺好！"

赖三想起什么，问："他们……没对你怎么样吧？"马云轻描淡写地说："没有，养好你自己吧。既然你醒了，那我走了。"

赖三感到很失望："那你还来看我吗？"马云笑了笑："不来了，如果不是因为你为帮我而受伤，我昨晚就不会留下陪你了。别想多了，我们不合适的，拜拜！"

赖三傻傻地看着马云的背影，一句话也说不出来。

日子恢复了平静，马云依旧取件、送件，可是这一天，赖三的快件又出现了！马云气不打一处来，骑车到赖三家门前，一见面就嚷了起来："有意思吗？你玩点有技术含量的好不好？"

赖三的伤基本好了，他又恢复到了以前那种玩世不恭的状态："那你教我个办法，我怎么能天天都看到你？要不，你给我张照片？"

马云气得不行："你这么做到底为什么？"赖三回答得掷地有声："我喜欢你，我爱你！"

马云躲开赖三的目光："怎么证明你爱我？"赖三说："我可以为你

去死！"

马云看了一眼自己车上剩下的快件，没几件了，来得及，有点"玩"的时间，于是就说："跟我上车！"赖三虽然不知道让他上车干吗，但能这样近地挨着马云，让他心花怒放，他立刻跨上了摩托的后座。

很快，摩托车停在一座桥上，马云下了车，指着桥下："可以为我死？那好啊，你从这座桥上跳下去，这就能证明你爱我！"

赖三望着滚滚的江水，为难了，他耍起了嘴皮子："这……我跳下去倒是可以，可我死了谁来照顾你呢？"

马云不屑地把头转向一边，赖三叹了口气，说："如果我死了，你才发觉我是真的爱你，你会哭得昏天黑地的，到了那个时候，谁来安慰你啊？所以，我不能死。"

马云跨上了摩托："你骗别的女孩子去吧，无聊！"

马云走了，赖三坐在桥边，看着下面湍急的江水，想了很多……

4.谎言的试探

马云有个闺蜜，叫何小雅，听了赖三的事，何小雅张大了嘴："够痴情的呀，可惜是个无业游民，但这样的人有一点好，讲义气，有担当。"

说实在的，除了游手好闲，马云在赖三身上真找不出什么具体的毛

病，尤其经历了这些事，在她心里，最初的抵触情绪似乎在慢慢消解；面对他的感情攻势时，偶尔还会闪出一丝犹豫。

这时，何小雅诡异地笑起来："马云，要不我给你出个主意？"

马云眼睛一亮："说说看，什么主意？"

何小雅的主意是：让马云骗赖三，说自己生了绝症，至多只能活几个月，看他是什么反应，然后就知道下一步该怎么做了。

马云一听，笑了："这个办法俗了点，但在现实生活中还是管用的。"

何小雅还真当回事了，第二天中午就托人从医院弄来一张片子，给马云送来了，还教给她一些癌症的常识和症状，以免穿帮。

很快，马云又去给赖三送快递了，签收完，赖三告诉马云，说他找到了工作，是在一家物业做电工，还说报了摩托修理培训班，等他学成了，以后马云的摩托有了啥问题，修起来也方便。

马云一愣，静静地看了赖三几秒钟，看出他是认真的。她知道，赖三开始用行动和努力证明给自己看了。马云没有做声，而是开始实施"考验计划"：她一个"趔趄"，扶住了自己的摩托车。

赖三急忙上前："你怎么了？"马云皱着眉头："我刚从医院回来，

腹部痛得难受。"

赖三急了："得了什么病？"

马云摇摇头，扶着车子硬撑着。在赖三的追问下，马云从摩托上取出片子递给他："是肝癌，晚期，医生说我至多还能活三个月……我家里人都不知道，希望你不要告诉任何人，好吗？"

赖三一听，彻底傻了，半天没有说话。马云用余光观察他，见他没有反应，心想这个方法还真管用。

沉默了好一会儿，赖三终于开口了："就不能治好吗？"马云摇摇头："晚期了，治愈的概率很低，况且……需要很多钱，我也负担不起。"

赖三犹豫了一下："只要有百分之一的希望都要坚持啊，那到底需要多少钱？"

这个问题，马云可不知道，她没问何小雅，便随口说："初期手术费大概就要 30 万吧，还有后续的治疗费。算了，我还要去送快递，能活一天就要好好活！"

马云装出一副病态的样子，跨上了摩托车，她等待赖三能说点什么，可她见赖三低着头，根本没有打算跟她说话的意思。马云露出一丝笑容，开车走了。

接下来几天，赖三的快件没了，他也没有来找过马云。马云放心了，她一点不怪赖三，生活毕竟是现实的、

残酷的，无论谁面对这样的"病情"，都会考虑到未来啊！

连续多日，马云竟然莫名地想见赖三了，她找何小雅，何小雅分析说，音信全无，看这种情况，这事基本就黄了，根本不需要考虑了。

马云想想也是，但不知怎么的，在她心里，赖三的影子总也挥之不去……

5.后果很严重

一个月后，马云接到了赖三的电话，说要见她。马云看看天色快要黑了，犹豫了一下，但还是骑上摩托车，来到指定的地点。

赖三瘦了，脸色还有些苍白，看到马云，他眼里才有了喜色："马云，你看起来气色好多了，这样我就放心了，你真是个坚强又乐观的姑娘……"

马云这才想到自己撒的谎，她按着腹部呻吟两声："开心是一天，哭丧着脸也要过一天，干吗不乐观呢？对了，你找我有事？"

赖三拉着马云来到僻静处，掏出一张银行卡塞给她："我知道你需要钱，本打算把房子卖了，可房子是我父母的，他们不同意，我就想法儿凑了些，怕耽误你治病，所以……"

马云一听，全然"石化"了，而这时，赖三突然按着腰部，蹲了下来，头上渗出汗珠，他立刻从口袋里掏出

一瓶药，倒出几粒，一把塞进嘴里吞下去，半天才缓缓站起来："没事，就是刀口没长好。"

马云急忙扶住赖三："你得了什么病啊？怎么还手术了呢？"

赖三装出轻松的样子，说："没事的，就是身体里少了个零件，所以凑了这些钱给你治病……只要有一线希望你就不要放弃，我没事的，照样活着，但你不同啊，你是用来救命的！"

马云听了，二话不说，掀开了赖三的衣服，只见他缠着很宽很厚的绷带，还隐隐渗出了黄褐色的药斑，马云意识到了什么，心都提了起来："你、你到底做了什么呀？混蛋，快说话！"

赖三笑了，说："每个人都有两个肾脏，我只是少了一个，不影响正常生活的，只要能救你，死我都不怕，

还怕少个零件吗？"

刚才隐隐感觉到的可怕，终于从赖三嘴里得到了证实，马云震惊了，大脑在这一瞬间被掏空了，她感到自己的灵魂被剥离了，飘荡在空中，无目的地扩散着……马云的脸色惨白，赖三还以为她发病了，急得直嚷嚷："马云你怎么了？药，你的药呢？"

赖三的喊声，让马云清醒了，她傻傻地看着赖三，一把抓住他的手，眼泪下来了："你这个傻瓜……"

赖三吓坏了："别哭啊，咱们会有办法的，卡里的钱初期手术费够了，咱们马上约专家，马上给你做手术，你一定会……"

马云失魂落魄，身子沉重，她绵软地倒在赖三的怀里。她想不到自己的一个玩笑，竟然引发了如此严重的后果，她无法解释，无法面对……

6.疯狂的摩托

好久好久，赖三就那样抱着马云，脸贴着她的头发，马云的脸靠在赖三的胸口上，谁也没动，一直这样安静地抱着……

过了很久，马云终于抬起头，说：

"赖三，买卖器官是违法的，你知道吗？冒着风险……"

赖三用手指按住了马云的嘴唇："我没有卖肾，我是通过朋友找到一个需要换肾的病人。对方主动说愿意给我一笔补偿，我咨询过律师，患者家属的回报与馈赠不在买卖的范畴中，所以，你放心好了。我是个混混，我可以犯小错，但绝不会犯大法的，因为我要为你负责。"

马云泪流满面，这是她第一次哭。从小到大，她很倔、很野，从没有为谁流过眼泪……

天已经黑了，路灯亮了起来。突然，马云发觉赖三身体软了下去，她看到赖三脸色有些不对劲，好像突然失去了知觉一样。她无意间碰到了他的额头，才发现赖三在发高烧，难道伤口感染了？还是内脏出现了什么异常？

马云连连喊着："赖三，你醒醒——"

看赖三毫无反应，马云推过摩托车，把赖三扶上去，又掏出送快递用的封箱胶带，绕过赖三的腰缠到了自己的腰上，紧紧的，绕了好几圈。她知道，这时候是车流高峰，就算马上能找来出租车和救护车，也不如摩托车方便，她来不及再想什么了，打着火冲向街道。

马云闯过几处红灯后，在车流中闪避、穿梭，又一个路口，又一个该死的红灯……

马云和赖三的身体紧紧贴在一起，她已经明显感受到身后的热度，赖三的身体已经远远超过了正常体温，他软塌塌地趴伏在马云的肩上，马云只能再次闯红灯了！

一路上，很多人和司机看到一辆重型摩托呼啸而过，都破口大骂着；交警也发现了这辆疯狂的摩托，于是跳上警用摩托，响着刺耳的警笛追了过去……

马云不能停下来，她已经让赖三受到一次重创了，千万不能再让他出现任何差错！她悍马狂飙，几个转弯就把警用摩托远远甩在后面。不料，前方又出现突发情况：交通堵塞，排了几条长龙。马云快速看了一下地势，轰着油门冲上一处斜坡，在绿化带里穿行。她知道，有一处地方可以抄近路到达医院，但那不是路，而是草地和施工地带！

摩托车的避震器不停地伸伸缩缩，"牛魔王400"在草地里继续提速。可是，没想到的是，在这块施工场地上，除了已经建起来的高楼，别的地方根本没有灯照明，全是黑乎乎的。

没有了光线，要在杂乱的建筑材料和废墟中穿越是很危险的，车灯只能照到前方，却无法看到周围环境。可是，马云已经没了退路，不料偏偏这时候电话响了，是何小雅打来的，

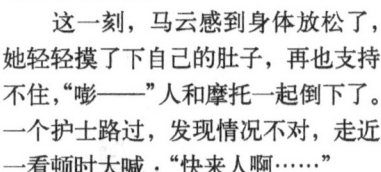

马云不想多说，气喘吁吁地直接打断了何小雅的话："错了，我们都错了，我们不该试探赖三的……"

马云边说边哭，泪眼模糊。就在这刹那间，只听"嘭"的一声，摩托车撞到了一堆钢筋上，参差不齐的钢筋插入车灯，灯光"刷"地熄灭了，就在车身倒下去时，为了保护身后的赖三，马云的一只脚死死支撑住了所有的重量！

大约十分钟后，终于来到了医院，马云声音嘶哑地喊叫着："医生、护士……救命啊……"

医护人员跑了出来，马云示意身后，说："快，我身后这个人，他在发高烧，小心啊，他有伤口……"医护人员把赖三从马云身上解开，放到推车上，直接送进了抢救室。

这一刻，马云感到身体放松了，她轻轻摸了下自己的肚子，再也支持不住，"嘭——"人和摩托一起倒下了。一个护士路过，发现情况不对，走近一看顿时大喊："快来人啊……"

一位医生赶来，看到马云腹部有两个血窟窿，正在不断地往外涌出鲜血，而那辆摩托的前半部，已经被血染红了。

第二天，工地上有人在那堆钢筋旁发现了一些灯的碎片，其中两根钢筋上，血迹斑斑……

（题图、插图：杨宏富）

· 本刊信息传真 ·

故事会■新浪 微故事大赛

12月征集主题：声 音

篇幅最短、含"金"量最高的故事，等待你的挑战！

《故事会》杂志和新浪微博（weibo.com）联合主办微故事大赛继续进行，邀请各路故事名家、草根英雄和世外高人展开较量！

本次大赛所有作品通过**新浪微博**平台征集（@故事会微故事大赛），每月一个主题，当月设金奖1名，奖金1300元；银奖2名，奖金650元；优秀奖11名，奖金150元。另设年度奖项。优秀作品将在每月《故事会》上刊登，并结集出版。10月对手主题结果已经揭晓，详情请登录故事中国网（www.storychina.cn）查看。

12月微故事征集主题：声音。本月请你讲述一个关于声声的故事，正文字数在130以下，力求情节出人意表，立意隽永深远，文字鲜明生动。本月的微故事达人或许就是你！截稿日期：12月21日。（本期刊物特别选登10月微故事大赛优秀作品，详见P12）

听说过赌瘾，酒瘾，还没听过做贼也能上瘾！贼防贼，有趣；贼仿贼，有病……

大过贼瘾

□ 李永生

1.贼瘾难却

民国初年，涞阳城有家姓"关"的富户，老爷叫关三。据说，他和夫人早年都当过贼。不过令人意想不到的是，已成富绅的关三却不忘本，经常偷偷练习他那偷盗的本事。

这天，关三又躲在里屋，伸着两指，准备从炉里夹烧红的煤块。这时，夫人走进来，眯着眼问："哟，大老爷，又练上了？"

关三手没停，喃喃道："谁能保证富贵一辈子？万一将来落魄了怎么办？找不到活路，没准咱还得当贼去。勤学苦练的艺儿，怎么能随便荒废呢？"

夫人笑话他，说："你呀，就是想过贼瘾。"关三撇撇嘴，"吧嗒"抽口烟，说："来，咱俩玩一把？"夫人莞尔一笑，转身拎了个镶有玉石的手包，扭着腰肢向前踱步。

关三立刻读懂了夫人的意思，这是要玩"戏潜"呢！

江湖上常把行窃归为四类：黑潜、白潜、戏潜和高买。黑潜指的是半夜溜门撬锁，翻墙入户；白潜俗称"扒手"，混闹市、窃财物；制造机会接近对方，轻轻松松巧取宝贝的，是戏潜；不花钱就能在商铺里"买"到东西，是高买。

戏潜是其中最灵活的一种，关三稍一思忖，计上心来，他紧跟着夫人的步伐，肩膀一歪，夫人被蹭了个趔趄，关三忙捏着嗓子道："娘子当心，老生冒犯了！"说着，他扬臂托住夫人的杨柳腰，旋身稳住脚步，拉夫人入怀。

夫人一怔，随即两朵彩云飞上脸颊，等回过神来低头一看，小包虽然仍在自己手里紧紧攥着，上面的玉石却少了三颗。

关三伸出拳头，露出三颗玉石，沾沾自喜道："夫人，怎么样啊？"夫人点着关三的鼻子骂道："死鬼，偷了玉石又吃了豆腐，中上吧。"关三扬声大笑，夫人忙用手堵住关三的嘴："小心让孩子们听到。"

话说关三有贼瘾不是没有理由的。他是孤儿，本姓郑，名丢儿，八岁那年被京城神偷"老妖精"收为徒弟。小丢儿天资聪颖，贼道上的活儿一学就会，一练即精，被师傅当成心头肉，没几年，就掏尽了师傅的平生绝学。郑丢儿十六岁那年，老妖精死了，徒子徒孙们便散了伙。郑丢儿带着师傅唯一的女徒弟——他的小师妹浪迹天涯，后来两人就成了两口子。为了生计，依然做贼。俗话说，乱世出盗贼。两人脑子活络、手艺精，十几年下来竟偷了个家财万贯。郑丢儿挺有脑子，虽然偷盗成瘾，但也懂常走夜路会碰鬼的道理，后来就洗手不

干了，于是化名关三，隐居涞阳。夫妻俩用积攒的钱财买了个小院，还开了个绸缎庄。关三聪明，干什么琢磨什么，生意越做越大。

30年后，关家成了涞阳城首屈一指的富户。那小院一扩再扩，变成仪门大院，屋舍华丽轩昂，雇了丫环婆子，养了家丁保镖。不过，此时的关三，虽然已经是孝子贤孙一大片了，但贼瘾一上来，他还是熬不住，常求夫人陪他练习，夫人拗不过，只好依他。当然，这些事情都要背着家人，所以两人大白天老拉着窗帘，引得人们红着脸偷笑。

2. 初遇小贼

大户人家，自然被贼惦记。为防贼偷，关三极用心。由于他是"内行"，知己知彼，各项措施布置得很专业——院墙比别家垒得高许多，插满玻璃渣子，防止贼跳墙；院外靠墙的树木全部砍掉，防止贼借树上墙；院内墙边地角埋上铁蒺藜，门窗边用细绳拴上铜铃铛……另外，库房的设计、钱柜的安放、护院家丁的巡防路径等，也安排得精妙。

贼防贼，有趣！关家如此防范，一般的贼是轻易不敢下手的，但也不排除有胆大艺高的前来冒险。

这一天，一个小贼行窃时，当场

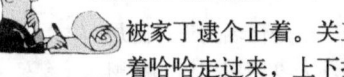

被家丁逮个正着。关三打着哈哈走过来，上下打量这个小贼，只见他身量瘦小，面色稚嫩，看上去不出十四五岁，关三很惊讶，目光也多了层好奇，围着那贼转圈看了半天，料想此贼轻功了得。

这时候，小贼已被家丁们捆成了"粽子"。关三亲自给那贼松绑，而后双手抱拳，请那小贼落座。

正当小贼满脸疑惑的时候，关三开口了："能进我院的，都是英雄好汉。如今两条路任你选择：第一，送小兄弟到县衙过堂；第二，小兄弟若有什么偷盗的绝招，就亮一亮。老关稀罕热闹，就当看杂耍，老关高兴了，还要给小兄弟几个钱。"

小贼望望绳子，再望望关三，琢磨琢磨，自然要选择后者，但这小贼当然不知道关三的底细，就想使个雕虫小技应付一下，糊弄过关。只见他随手捡起两个大铁球，托在手心，旋即轻轻用力，两个白得发亮的大铁球立刻在他的指尖急速旋转起来，足见手指的力道和灵活度。

没想到，关三有一搭没一搭地瞥一眼，然后闭上了眼。小贼看出关三不满意，问他要来一只鸡蛋，左脚轻轻点地，右脚一跃而起，稳稳当当地在鸡蛋上玩起了金鸡独立，两只铁球照样顶在指尖急速打转。

这一招让关三竖起了大拇指，大叫一个"好"，接着问："小兄弟，轻

功了得啊，敢问尊姓大名？"

小贼轻巧地从鸡蛋上下来，作了一个揖："小的无名无姓，人称'四两灰'。"说着，接过关三丢来的两个大洋，没待关三再细问，一溜烟没了踪影。

3.高人不绝

靠着捉贼放贼，关三见识了不少新鲜玩法，感兴趣的，他就偷偷练习。长此以往，关三博采众长，偷技提高了不少。江湖上也开始盛传："上了关老爷的眼，不愁没有大洋填。"日子久了，不少盗界高人也摩拳擦掌，跃跃欲试。

那次，关三捉到一中年盗贼，个子不高，却很健壮，两只眼珠子贼亮，脑门鼓一包，一看就是练家子。抓他时，关家八个保镖被他撂倒了三个，后来撒了个大网才把他罩住。

屋里点了两支蜡烛，明晃晃的，关三和贼相向而坐，关三问："敢问高人何方神圣？"那贼没言语，忽然，一支蜡烛悄无声息地灭了；片刻，另一支也灭了。这时，那贼开口了："老爷，在下'吹灯鬼'，绝技就是吹灯灭盏！"

关三一阵欣喜，命人重新点上蜡烛，说："久仰久仰！可是我并不见你噘嘴憋气朝蜡烛吹气啊，再说离这么老远，能有多大的气流？"

吹灯鬼笑了，说："要不怎么叫绝活呢！我这口气，融进了吐纳功法，那气在丹田里打了十八个滚儿，旋了十八个旋儿，再自然然地喷出来，聚而不散，且一浪高过一浪，这细细的一股气流，便形成了一把剑。"吹灯鬼似是有意卖弄，和关三说话的当儿，蜡烛就又熄灭了。

关三兴奋地连连搓手。这时，吹灯鬼望着桌子上的一摞大洋，说："老爷，我还想多挣您几个大子儿……我还有个艺儿，老爷能否给指点一二？"

关三兴致盎然，说："那我可得好好见识见识。"吹灯鬼说："老爷，像您这样的大户人家，总得有个密室来藏宝贝吧？可不可领我去？"

关三点头，就和几个家丁一起把他领向密室。这间密室只一扇小门，若关上，即使大白天也只能从门缝透进一丝光亮。关三把吹灯鬼领到门口，伸手做了个"请"的姿势。吹灯鬼一笑，进了屋。关三关上门，和家丁们提着灯笼在外边等。

一袋烟的工夫，吹灯鬼出来了，怀里抱着个青花瓷瓶，胳肢窝里夹着一个画轴，说："老爷的宝贝真不少，可是也有假货啊！这瓶子就是赝品，还有这幅蜀锦卷轴画，仿得挺真，也骗过了老爷。"

关三呆若木鸡。他当然知道，密室里的东西，也只有这两件是赝品，可这吹灯鬼怎能如此清楚，他急问道："何以见得？"吹灯鬼说："这靠的是摸黑辨物的本事。这瓶子，摸起来胎体不均匀，塌胎，况且胎釉粗糙，指扣声音喑哑，自然是赝品。这幅画嘛，单凭丝线的单双、粗细和密度，就不

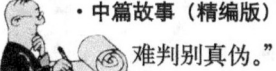
难判别真伪。"

关三一听，欣喜地挽起吹灯鬼的手臂，重回堂屋，又让人托出一摞大洋，还摆了酒席，请他痛饮。那吹灯鬼也是性情中人，遇到关三这个知音，很高兴，再加上酒劲，越说越兴奋："盗亦有道，我也是个讲信誉的人，老爷待我不薄，我也就不藏着掖着了。"说着，就把练习吹灯灭盏和摸黑辨物的诀窍告诉关三，末了还说："这两种功夫，极是难练。特别是吹灯灭盏，要先打通周身血脉，更要融入武学功夫，越年轻健壮越好。"他望一眼瘦瘦的关三，连连摇头，说："老爷一把年纪，又如此瘦弱……"关三忽地站起身，用拳头把干瘦的胸脯擂得山响。

就这样，关三练起了吹灯灭盏，先是练吐纳功法，他把擀面杖的一头顶在墙上，一头抵住自己的丹田。接着练习憋气和聚气，他找来一根向日葵秆，每日对着用嘴吹气，练得差不多了，再吹筷子般粗细的竹管。

接下来练摸黑辨物，关键靠一双手。为了练手感，关三用秘制药水把手泡得又软又白，每天摸无数东西——凉的、热的、尖的、圆的、方的、扁的、青瓷白玉、金杯银盏……

老天不负有心人，关三苦练两年，直到有一天，他在离自己两丈的地方点了一排蜡烛，"呼"的一声，烛光瞬间全灭。紧接着，关三闭着眼睛，

平伸双掌，夫人给他手指肚上放上两根头发丝，一根长一根短，关三说："右手沉些。"夫人看看，右手果真就是长头发……

夫人说："行了，你已经是天下第一了。"关三却摇摇头。

4. 特殊来客

这一夜，起风了，树叶被刮得山响。贼都知道"偷风不偷雨"，遇到这样的天气，关家防范更严。果然，到了后半夜，来"客"了。

这个贼看上去已有七老八十，瘦

成了一把骨头，连家丁都不忍心把绳子勒紧。关三命人把那贼带到堂屋。大概是累坏了，老贼进门就瘫在了地上，连声咳嗽。关三不忍心，就让人把他搀到椅子上，亲自松了绑，说："老哥，多大年纪了，还做贼？一准儿是遇到了难处。"老贼微闭着眼睛，并不直视关三，只是点点头。关三说："本该把你送去过堂，但见你一把年纪了，我也就做回好人。"

关三捏起一个"袁大头"扔过去，老贼稳稳地接了，毫无表情地望望关三。关三又捏起两块，说："老哥若不想无功受禄，可以露露艺，算是让我们大家开开眼。哄得我高兴了，钱还加。"说着，掂掂大洋，扔过去。

老贼伸手，三个大洋"当啷"砸在一起。老贼脸上竟依旧看不出什么表情，眼睛微闭着，半天才说："真的？不送我见官？还给我钱？"夫人答了话："我们老头子就喜欢过贼瘾，当然是真。"

老贼低头不语，点点头，站起身，说："老爷，谢谢您！我给您点支烟。"说罢，凑上前去。

点完烟，老贼张开手，亮出掌心一枚金光闪闪的戒指，说："老爷，您的玩意儿，请收好。"

关三接过，把戒指戴回手上，脸上平展得似碗里的水，还打了个哈欠。老贼停下来，低头一阵咳嗽。

其实关三已隐约感觉到，这老贼一定是贼道顶尖高手。刚才摘他戒指的利索劲儿，就远在自己之上。还有，那蔫皮虮子般木然的表情，微闭的双眼……如此超乎寻常！想到这，关三兴奋起来，他缓缓站起身，搓搓手，说："也罢！看你病恹恹的可怜劲儿，我就积积德。"说着就叫管家托出十块大洋。

关三接过那盘大洋，朝老贼一晃，然后走出大门，把洋钱朝天一撒，大洋"当啷当啷"落了一地。

关三扭头对老贼说："老哥若不嫌弃，就把这银钱拿走！只是不可大摇大摆地拿啊，老哥要使些手段！"

关三笑着，直视着老贼微闭的双眼，不说话。

老贼低头思索半天，说："老爷说的可当真？""当真！"

老贼忽然长叹一声："也罢也罢！若不是得了这该死的痨病需钱诊治，我这手艺是不会轻易露的。"说着就又是一阵咳。

"不过，"老贼顿了顿说，"不瞒老爷说，我这连惊带吓的，已是头昏脑涨乱了方寸。我先到院子走走，接接地气，可好？"关三眼睛一亮，点了点头。

此时，老贼那原本微闭的双眼忽然睁大，放射出别样的光芒，他甩掉两只鞋子，光着脚丫子走了出去。

关三心里暗叫一声"来了——"兴奋得两眼放光，随老贼走了出去。

5. 绝技之巅

此时，云雾正隐了新月，灯笼把院子照得影影绰绰。几个家丁围院墙站了一圈，防止老贼逃脱。只见老贼伸伸腰，开始悠闲地在院中散步，旁若无人，走走停停，停停走走，时而举头望月，时而低头沉思，像一个忧伤的诗人。老贼偶尔猫了下腰，众人的眼珠子就睁大了一倍，谁知他只是用手在后背挠挠痒，咳嗽一阵，就又挺直了腰。

众人一脸茫然。这时，老贼忽然双脚一摆，踏来一阵疾风，之后开始杂乱无章地游走，灵动似八卦，柔软似太极，且越走越疾，如一枚陀螺左转右旋，飘东飘西，忽南忽北，院中就荡起一股轻风，一撩一撩地扑人脸颊。众人惊愕，不禁纷纷叫好。旋即，老贼步子却又缓了下来，飘飘荡荡如一片落叶……

关三早已看痴了双眼。

这时候老贼倏地停下来，不说话，只直直地往回走，众人忙闪开一条道。老贼重回堂屋，站定，再挪脚窝去寻鞋，众人一看他刚才站过的地方，个个目瞪口呆——地上整整齐齐码放着两排大洋。

关三一下子把那老贼按在椅子上，抄起他两脚一看——老贼每个脚板上，各有一个肉窝。

"脚盗——这就是传说中的脚盗啊！"关三兴奋地喊起来。

是啊，脚盗！世上独一无二的神偷绝技。早年关三还叫郑丢儿的时候，听师傅老妖精提起过脚盗。那时候，他觉得除了师傅，自己在贼道上已是天下无双。老妖精看出了徒弟脸上的那点傲气，摇摇头，长叹一声说："咱师徒的艺儿该是一流了，只不过天外有天。咱还有一样学不到的玩意儿，那就是脚盗。不过，我只是听说天底下有这种绝技，却无缘见到，也许，这艺儿绝了。"

其实，关三看出老贼是贼道高手，脑子里不知怎么就忽地蹦出"脚盗"两个字。把那十块大洋抛出去，自然是想引出这门绝技，但关三知道，要想寻到这门绝技，无异于大海捞针，也许正像师傅说的那样，这艺儿也许早绝了。如今，这"针"竟被他捞着了……

"老爷也知道脚盗？"

关三发觉失态，忙说："我也是翻看古书，才得知世上有这门绝学。"

老贼双眼放出夺目的光芒，说："这世上，除了我，恐怕无人再会这项绝技了。实不相瞒，在下人称'钱旋子'，可惜得了痨病，活不了多久了。之前听我的两个徒儿四两灰、吹灯鬼提及关老爷技高博知、慷慨仗义，若不是亲眼相见，我还真不敢相信，佩服佩服！若不来会一会关老爷，此生有憾啊！"

关三一听恍然大悟，他之前也怀疑过自家的保镖护院功力见长得那么快，连四两灰、吹灯鬼和钱旋子这种高人都能抓住，殊不知是他们师徒三人自投罗网，以盗会友而来。想到这，关三连连说："关某钦佩不已！想必我的爱好您也知晓，老哥可否将脚盗技艺教与我？"

老贼沉吟了许久，说："好！绝了，难得遇上知音啊，老朽索性就传给你。但老爷只可玩乐，切不可以此偷盗，如何？"

关三闻听，大喜，低头便拜。老贼慌忙拦住："哪有拜盗贼的道理！不过，这艺儿和我师徒弟们的把戏不同，非一二十年学不来，吹灯鬼跟我十年了，脚盗功夫照样还没入门；四两灰就更别说了，老爷也是几十岁的人了……"

关三生怕他反悔，忙说："无妨，无妨！"赶忙又让管家托出一摞大洋。

老贼说："好吧！"

关三示意众人离开。众人走后，老贼把嘴贴在关三耳边说了半天，关三边听边点头。

6. 一语惊天

关三掌握了脚盗的秘诀，如获至宝，自此便废寝忘食地练习。为了脚底长窝，关三光着脚丫，脚下垫上小石头，大冬天就踩在冰冷地上，脚底都被磨肿了，但仍练得无怨无悔、有滋有味。

过去关三偷偷练贼艺，一定程度上有玩的心理，并没有过多劳神费力，即便练吹灯灭盏和摸黑辨物时，也没有穷尽心血，但如今练脚盗，却是大过贼瘾，迷成了魔怔。白天练、晚上练，半夜做梦都踢腾脚丫子。如此这般，正事耽误不说，老胳膊老腿能受得了？夫人着急又害怕，一天劝八回，关三却只当刮了八次耳旁风，夫人真是无奈又苦恼。

这天正好是关三六十大寿。中午寿宴，关三多喝了几杯，晚上关上房门，很兴奋，就又要夫人陪他练习贼艺。夫人又劝："你说艺不压身，怕将来落魄了，重新端那

饭碗，只是这饭碗是见不得天日的。你看那钱旋子师徒三个，哪个技艺不在你我之上？不也如此这般……"

关三哪里听得进，夫人不陪，就自己练。夫人见他光着脚折腾，心里闹腾了好半天，就把他拉到了厨房里。关三不解其意，夫人说："这次你来演偷东西，被人追赶，跑到这里，但主人搜到这里，往哪里藏？"

关三望望四周，厨房里只有灶台、案板、柜橱、水缸，还有一堆柴火。关三看看灶台，摇头；望望柜橱，摇头；看看水缸，摇头——竟找不到一个藏身的地方。关三望望夫人，一脸茫然。

夫人嘻嘻一笑，忽然撩起裙裾，虚点脚尖，动如脱兔，"噌"地蹿到水缸前，双手一挂缸沿，整个身子没进了水中。

关三先是一愣，然后指着夫人笑了："难道你躲在水缸里别人就看不见么？"

夫人"扑哧"一笑，把缸里的水瓢往头上一扣。从上面一望，只能看见倒扣的水瓢。夫人身子没在水中，脑袋却在水外，呼吸自如。

关三傻了眼。

夫人"哗啦"跨出来，拧着裙摆上的水，说："老爷，恕我直言。你练的艺儿再高，即便我们将来真的再走老路，也是使不上的。"关三不解。

夫人缓缓地说："为贼，除了高超的贼艺，更重要的是心理。偷盗险象环生，急中生智方可柳暗花明、转危为安。"

关三像看陌生人一样注视着夫人。

"你苦练贼艺，但你有没有想到，你的贼艺，是在非常安全的环境下练就的，有游戏的心理。若有一天，你真的命悬一线，定会不知所措，更不会急中生智。其实，刚才躲水缸的办法并不新鲜高明，或许在你看来根本是不入流的雕虫小计，可你却没想起来，那是因为你没'急'，所以就没生出'智'。话说回来，你现在学贼艺如果只是为了玩乐，倒也罢；如果为了谋生，根本就毫无用处。我们已经改邪归正，就不要老回头想那'邪'。哪如安安稳稳过日子，往'正'里奔好？"

关三怔住了，好半天，才回过神来，朝夫人竖起了大拇指。

自此，关三就慢慢地断了练贼艺的念想，恢复了正常生活，一心一意朝前奔日子。只是苦了那些被捉到的贼，除了老弱病残被他轻纵外，其他的都被他送到衙门打了屁股。当然，钱旋子师徒三人也再没来过，渐渐地成了江湖上的一个传说，那些绝技，也终究是失传了。

再后来，关三夫妇皆高寿，活过九十，无疾而终。

（题图、插图：黄全昌）

一顿饭的事儿

□ 无字仓颉

老区为人小气，是朋友圈里公认的"老抠"。有人根据他这姓的读音——"欧"，时常埋汰他："老区老区，出手即抠。"

这天，老区一个表弟从乡下来找他办事，恰逢午饭时间，老区说："你表姐中午不回来，干脆咱哥俩儿下馆子吧，省事。"

两人骑车来到一家装饰华丽的酒店，在门口下了车，表弟有些不好意思："姐夫，别这么破费了，随便找个小馆子就行！"老区"嘿嘿"笑了一下，只管锁自己车子，表弟只好也跟着他锁。锁好后，老区却没进酒店的门，而是将身一扭，朝隔壁一家小面馆走去。

进了面馆，里面人很多，基本坐满了。老区在里面踅了两圈，终于找到一个仅余两个空位的桌子，老区朝正在吃面的两个人点头招呼一下，也不管人家同不同意，只管搭桌坐了下来。

表弟有些不自在："要不……咱换一家吧？"老区摆手制止："这家面馆的面好吃，比隔壁强多了，吃饭不能看装修。"说着，他伸手拿过菜单，点了两碗牛肉面。

服务员站着不动，报价："十八。"老区瞪了她一眼："先结账啊？"服务员点头。老区掏出一张百元大票，拍到桌子上，服务员面露难色："没零的吗？"老区说没零钱，让她找。这时，表弟从兜里掏出一张二十元的，说他有零钱，老区假意推辞了一番，很快抓起桌上的钱，又塞进了自己的钱包。

等上面的当口，表弟问老区："既然不去那家吃饭，干吗把车子放人家门口啊？这边门前也有空地嘛！"

老区"嘿嘿"一笑，说："这边没有摄像头，咱把车停这边，丢了他们不赔，咱不能为一顿饭把车子丢喽！"表弟听了，恍然大悟。

一会儿，面上来了，其实味道并不如老区所说的可口，九块钱一碗，能有啥味道？刚扒了两口，老区急忙说道："走，换地方！"表弟惊异地说："面都上来了，还换啥地方，凑合吃一顿吧！"

老区又笑了："不是换馆子，是换座位。呶，那边——"说着，他一指右边隔着好几排靠墙的位子，正好有人吃完离开，"快，再晚就没有了！"于是，两人端着碗，穿越

人群转移了阵地。

坐定后，表弟又不解地问："这又是为啥？"老区神秘地掏出手机，拨弄了几下，举起给表弟看："看，有免费 WiFi 用！"

表弟有些哭笑不得："刚才咋不打开啊？"老区笑着说："这不是这个店里的，是隔壁酒店的。"

表弟明白了：刚才的座位离得远，蹭不到，只有靠墙坐才有信号，他顿时对表姐夫佩服得五体投地。

出了饭馆，表弟骑上车子，对老区说："姐夫，我还有些别的事，先走了。"老区问："怎么，不等你姐了？"表弟说："下回吧，等有空再来。"就这样，两人道了别。

回家路上，老区的手机响了，是老婆打来的，问表弟来借钱的事，老区有些诧异："他没提这事啊！"

老婆说，大姨专门打电话来说这事，表弟怎么会没提？老区打着包票说真没提，老婆问："你们都干什么了？"老区说："没干什么，就中午吃了个饭。"

电话里，老婆沉默了一阵，然后就挂了，她什么都明白了……

（题图、插图：佐　夫）

实际上……

◆ 现在的戒烟广告太粗暴，上来什么都不说，咣当给你整个烂肺，说你不能抽，再抽你的也烂了！实际上，大部分抽烟者看了之后，第一反应就是："哎呦，吓死我了，赶紧点根烟压压惊！"

◆ 实际上，酒，少喝开胃；事，多管遭罪；烟，多吸伤肺；茶，多饮火退；话，少说就对；做人，默默无闻最可贵！

◆ 实际上，如果不上班或不上学，起床的时间规律是哪个年代的人哪个点：40后，4点起床；50后，5点起床；60后，6点起床；70后，7点起床；80后，8点起床；90后，9点起床。

◆ 实际上，相亲这种事，7分靠语气，2分靠表情，1分靠内容，剩下90分靠长相。

◆ 实际上，用青春赚来的钱，难赚回青春；用生命赚来的钱，难买回生命；用幸福换来的钱，难换回幸福；用爱情索取的钱，难索回爱情；用时间挣来的钱，难挣回时间。金钱不是万能的，该休息时休息，该放松时放松。

（推荐者：孙训美 余 娟）

不谈恋爱

◆ 幼儿园时我不谈恋爱，因为不知道什么是贼心和贼胆；

◆ 小学时我不谈恋爱，因为没贼心也没贼胆；

◆ 初中时我不谈恋爱，因为有贼胆没贼心；

◆ 高中时我不谈恋爱，因为有贼心没贼胆；

◆ 大学时我不谈恋爱，因为有了贼心，也有了贼胆，贼没了！

（推荐者：余 娟）

·诙段子·

夫妻吵架真有才

◆ 妻子：日照香炉生紫烟，你与何人在聊天？

◆ 丈夫：黄河之水天上来，就是普通一女孩。

◆ 妻子：万水千山只等闲，微信闲扯这么甜？

◆ 丈夫：日出江花红胜火，我俩只是谈工作。

◆ 妻子：曾经沧海难为水，你俩肯定有一腿。

◆ 丈夫：除却巫山不是云，谁要骗你不是人。

◆ 妻子：黄河远上白云间，聊天为啥躲一边？

◆ 丈夫：柳暗花明又一村，怕你插嘴乱出声。

◆ 妻子：春风又绿江南岸，有胆手机给我看。

◆ 丈夫：野火烧不尽，你咋不相信？

◆ 妻子：海内存知己，鬼才相信你。

◆ 丈夫：离离原上草，不信就拉倒。

◆ 妻子：关梁蜀道难，这事没有完。

◆ 丈夫：我自横刀向天笑，看你还能咋胡闹？

◆ 妻子：万里长城永不倒，去你单位把她找。

◆ 丈夫：天涯谁人不识君，你就不能省点心？

（推荐者：杨志豪）

你问我答快乐多

◆【问】网上说情侣的最萌身高差是三十厘米，那一米八的学姐去哪找二米一的汉子？

◆【答】一米五的汉子还不好找？

◆【问】为什么古龙小说中的人物爱以数字命名，尤以奇数为甚？比如胜三、龙五、朱七七、萧十一郎、燕十三、彭十三豆。

◆【答】可能想给人一种很难除的感觉。

◆【问】为什么不做金属牙签？

◆【答】那不就是针么……

（推荐者：贰周刊）

幽默语录

◆ 比"穷得只剩钱了"更过分的炫耀是什么？答："瘦得只剩胸了。"

◆ 你不太可能知道我的年龄，因为每年都变。

◆ 男人有钱就变坏，终于明白那些女生总是对我说"你是个好人"的意思了。

◆ 问世间"吃"为何物，直教人以身材相许。

◆ 文艺是一种病，学名叫"好好说话会死综合征"。

（推荐者：周广清）

（本栏插图：安玉民 梁 丽）

甘地戒糖

天，有位妇人带着儿子找到甘地，苦恼地说："这孩子都要上学了，可他仍然嗜糖如命，经常上火咳嗽，满口蛀牙也不顾。他最崇拜您，肯定听您的话，您能帮我劝劝他么？"甘地有些诧异，但还是谦和地说："你们下个月再来吧！"说完，便接着忙自己的事去了。

妇人心中颇有怨言，她家离这儿很远，来回一次要好几天，但她还是乖乖回去了。一个月后，妇人再次带着孩子来找甘地。甘地正在客厅跟一群人谈论政事，看见母子二人，便立即起身走过来，摸了摸孩子的头，说："你就快长成大人了，该好好听妈妈的话，少吃点糖。"孩子用力地点了点头。甘地又与他交流了几句，这才

准备拥抱告别。

妇人忍不住问："为何您上个月不肯教导他，非要推迟到今天呢？"甘地没作回答，径直走进房间取出一包糖，分给了大家："以前我也很爱吃糖，可这位夫人告诉我多吃糖不好，所以我已经戒掉了。这是我之前的糖，现在分给大家，每个人都不要多吃啊！"

甘地这才回头看着妇人，说："上个月我都还没有戒掉吃糖的习惯，哪有资格教导你的孩子？"甘地信奉：要教育好他人，先从自身做起，先改变自己才能改变世界。

（作者：张小平；推荐者：兰明芳）

两个人一座城

女兵团在举行走钢丝团体赛，按规定：女兵分为两队，每队女兵必须两人一组，依次从两根平行悬空的钢丝绳上走过，先走完的那一队取胜。

指导员的口令一响，第一队女兵两两一组，依次登上了钢丝绳。两人组合中，一个人的左手拉另一人的右手，并排、同向慢慢行进。可是纤细的钢丝绳在脚下轻轻晃动，不断有人坠落，同时把搭档也拉了下去。

第二队女兵出发时明显慢了一拍，但与第一队不同，她们的二人组是双臂伸出，十指相扣，面对面登上

钢丝绳，一边走一边口中数着"一二、一二……"没想到，前面落后的她们，速度越来越快，最后胜过了第一队。

赛后，指导员问："你们出发前在磨蹭什么？"第二队队长答道："我们花了点时间，把身高、体重相似的女兵分成一组，更容易保持平衡。"

指导员再问："那你们又为何要面对面走呢？"

队长拉过另一个女兵，模拟了刚才的动作，问："指导员，从侧面看，像什么？"

指导员一看，恍然大悟——她们呈现的是一个方方正正的"H"。这个"H"，就如一座防守严密的城，稳固扎实，坚不可摧！

指导员不禁感叹："能有'让两个人站成一座城'的智慧，对一个集体来说，很重要！"

（作者：龚细鹰；推荐者：阿　紫）

皇帝要从两名优秀的武将之间选拔一位大将军，他指着皇宫旁的悬崖，出了一道题：谁能从底下爬上来，返回皇宫，谁就能担任大将军。

于是一行人来到悬崖下，那悬崖高耸陡峭，寸草不生，遍布碎石。

第一名武将利落地跃上悬崖，只往上登了几步，马上就滑了下来。他不死心，更用力地往上攀，但一脚踩空，整个人就滚了下来，摔得鼻青脸肿。

第二名武将缓缓地往悬崖上爬，很快也变得气喘吁吁。这时，他低头往下看了看，像在思索着什么。接着，他竟爬下悬崖，拍拍身上的尘土，头也不回地走了。

旁观的人都非常诧异，不知他为何放弃了挑战，只有皇帝静默不语。最后，皇帝带着众人走大路回到了建于悬崖上的皇宫里。过了一会儿，只见第二名武将哼着小曲，轻轻松松地出现在皇宫前。

皇帝问："你是怎么上来的？"

武将说："我刚刚站在悬崖脚下，看到底下有一条蜿蜒的小溪，恰好是从皇宫的方向流下来的，于是我便沿着溪谷，一路走了上来。"

围观的文武百官都准备看好戏，认为皇帝一定会重重惩罚这名武将。

不料，皇帝却开口说："遇到困难时低头看，就能发现另一条往上爬的道路。能前进，也能后退，才是理想的大将军人选啊！"

（推荐者：子　夜）

（本栏插图：安玉民 梁　丽）

遇到困难，低头看

学写作文，从读故事开始

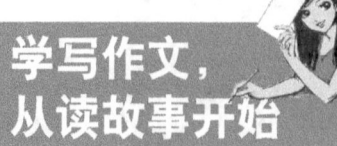

86

谁主动的

□李雪涛

张伟性格羞涩，谈了几次恋爱都没成。前不久，经人介绍，他又认识了一个姑娘，叫雯雯，活泼开朗，人也漂亮。张伟妈也顾不上自己的老脸了，直白地开导儿子："小伟，这一个，说啥你也得给我谈成！记住，别再像木头人似的，该出手时就出手，该动嘴时就动嘴……"

这天晚上，张伟跟雯雯约会回来，一进屋，张妈就发现他的嘴唇红红的，那是唇膏留下的吻痕！张妈冲着儿子眉开眼笑地问："小伟，你跟雯雯……接吻了吧？"

张伟一愣："妈，你咋知道的？"张妈抿嘴笑道："傻儿子，证据在你嘴上呢！"

张伟的脸"腾"地红了，张妈拉住他的胳膊，关切地问："儿子，告诉妈，是谁主动的？"

张伟小声说："妈，是我……我送雯雯回家，在她家门口，我拥抱了她……后来，就……"

张妈甭提有多高兴了："那雯雯愿意吗？"

"嘿嘿，"张伟傻笑着，"她愿意，只是不太好意思，我吻她时，她直往后退……"张妈一听，突然叫了起来："小伟，你骗妈，是雯雯主动的，不是你！"

张伟一惊，问："你咋知道的？"

张妈喝道："你小子把衬衫给我脱下来！"张伟懵懂地脱下衬衫，张妈接过来，"刷"地一下把衬衫背面亮给他看，只见上面竟反印着三个黑字："修马桶"！

张伟目瞪口呆，张妈抖着衬衫，有板有眼地说："我估摸着这'修马桶'的小广告刷在雯雯家门口的墙壁上，还没干透呢！一个劲往后退，靠到墙壁上的人，就是你！"

延伸阅读

您想阅读这位作者的其他精选作品和创作感言吗？请扫描右边的二维码。更多精彩，立刻体验。

等 两 月

□ 邱求清

古月村村支书老邱最近头很疼，乡里指示"古月大桥"今年一定要建成，但资金不够啊！

再三斟酌之后，老邱想到一个在省城开厂的老同学。老同学姓胡，早已身价千万。果然，一联系，老同学爽快地说："桥你只管修，至于钱嘛，桥修好了，我送到你手里。"

有了财神爷当后盾，老邱很快就同承建公司签订了合同，约定施工前付一半，竣工后再付一半。

桥建成了，承建公司上门来催款了，老邱给老同学打电话，邀请

他来参加大桥的竣工典礼。当然，醉翁之意不在酒，而在于老同学当初的那份承诺。

典礼当天，"古月大桥"四个大字闪闪发亮，老同学看了，连连说好。酒足饭饱之后，老同学一直没提钱的事。老邱有些急了，便直接进入了主题，哪知老同学一番醉笑，说："钱嘛，我在加紧筹呢！等两月，等两月。"

听老同学这么一说，老邱傻眼了，但钱在人家手里，又能如何呢？好不容易等了两个月，他又拨通了老同学的电话，老同学依然那么客气，但谈到捐钱，还是那句话："等两月，等两月。"

被三番五次的催债之下，老邱再也扛不住了，只身奔到了省城。老同学正巧在开会，老邱就在秘书的陪同下到食堂吃饭，老邱心急如焚，哪里吃得下，匆匆几口就放下了碗筷。这时，秘书递来一张纸巾，一包牙签。老邱接过来，望着牙签盒和纸巾上大大的"胡朋牌"字样，恍然大悟："'古'字旁加一'月'，'月'字旁也加一'月'，人家要的等两月不就是——'胡朋大桥'嘛！"

早就知道你是谁

□ 黄平

王勇是个记者，为了做一个医疗背景的深度报道，他找到在医院任药科主任的老同学赵松，托他的福，以"作家体验生活"的借口"潜伏"进了医院。

虽然赵松给医生们打了招呼，但他们还是对王勇心存戒备。王勇心想："精诚所至，金石为开"，还是先培养感情再说。

打那天起，且不说买饭端茶、递水送烟的小忙了，只要有医生需要，王勇可以立刻变身为保姆、司机、快递员、妇女之友，甚至保镖。有一天来了群闹事的，王勇第一个冲上去帮医生挡拳头……

功夫不负有心人，王勇很快融入了这个圈子，医生看病开方他在一边看，护士打针换药他在后面跟，掌握了不少真实情况，比如只值20块的感冒药，经药贩子转几道手，卖到病号手里成了50块；一台进口器械以98万的价格卖给医院，送给上面的回扣就达10万元……

两个月后，调查终于完成了。王勇心里高兴，为了表示感谢，就约了几个相熟的医生到外面吃饭。

酒过三巡，王勇心中一热，他端起酒杯，真诚地说："各位医生，这段时间谢谢你们的关照，朋友面前不说假话，其实，我并不是什么作家，我是……"

王勇还没说完，就被他们打断了："小王，别说了，你是什么人，我们早就知道啦！"

王勇心里很惊讶，他们什么时候知道了我的身份？

这时，一个医生说："兄弟，你做人爽快够义气，又是赵主任的同学，你这个朋友我们交定了。我们几个商量好了，你准备推销什么药，或者什么器材，尽管开口！"

起名字

□ 尚金龙

高中同学毕业十周年聚会上，大伙儿正天南地北地聊着天，不知怎么的聊到起名字的艺术。

正在这时候，班长孙强发话了："咱们给以后的孩子也起个名字吧，取一个与咱们所学专业有关的，怎么样？比如我是学物理的，最近正在研究关于铀材料方面的课题，起个名字就叫孙铀吧，也祝福我能够

有所突破！"这个提议得到了大家的一致认同，便顺着这个接了起来，规定每个名字里面也得含有一个"由"字。

学物流的王志刚站了起来说道："我是学物流管理的，所以以后我有孩子了，就取名王邮，不错吧？"随后，李大明站了起来："我来说一句，我是天文学出身的，所以我给我孩子起个名字叫做李宙，也带个'由'字。"

紧接着，学机械的强广涛举着杯子站了起来，说："我是学机械的，就管我孩子叫强轴吧！将来也让我孩子搞机械！"说完一饮而尽。

强广涛坐下后，甄武站了起来，也举杯道："我是学非金属材料的，我想好了，给孩子起名为甄釉，来！先干为敬！"学园林果树专业的程立阳也不甘示弱地站起来："那照我的专业，就给孩子起名为程柚吧！"

他哈哈一笑坐下以后，大家忽然发现少了一个人，原来一个叫黄兴华的哥们不知道啥时候出去了，一直没有回来。

等了半天也不见黄兴华的人影，大家只好去找，最后发现他在酒店门口抽烟叹气呢。大家问他怎么了，他无奈地答道："我可不敢跟你们讨论了，你们知道我是学动物科学专业的，而且还姓黄，总不能给孩子起个名字叫黄鼬吧？"

549

2013
SEMIMONTHLY
下半月刊

12月

STORIES

欢迎登录本刊主办的"故事中国网"（www.storychina.cn）

故事会
—STORIES—

2013年12月
下半月刊·绿版

社　长、主　编：何承伟
副社长：夏一鸣
常务副主编（兼绿版负责人）：吴　伦
副主编（兼红版负责人）：姚自豪
本期责任编辑：朱　虹
电子邮箱：zhong98305@sina.com

绿版发稿编辑：
刘迎曦　黄美舟　颜轶超　陶云韫
美术编辑：王怡斐
电脑制作：郭瑾玮
本社办公室电话：021-64375030
上半月刊编辑部电话：021-64310547
下半月刊编辑部电话：021-64336469
（上海市绍兴路74号　邮编：200020）
主管：上海世纪出版集团
主办：上海故事会文化传媒有限公司
出版单位：《故事会》编辑部
发行范围：公开

出版、发行总监：张　凯
电话：021-64313938
广告业务：上海故事会文化传媒有限公司
广告总监：张　淮
广告业务：021-34010383
广告投诉：021-64333738
广告经营许可证
沪工商广字3100320080016号
发行：中国图书进出口上海公司

特别提示： 凡本刊录用的作品，视为本刊已获得该作品与《故事会》相关的网上传播、汇编出版、电子和录音录像制品等权利。本刊向作者支付的稿酬，已包含了上述各项权利的报酬，如有特殊要求，请提前说明。

惹不起

女孩去饭店吃饭，点了一只烤鸭。很快，服务员把切好的烤鸭端了上来。女孩用筷子拨了几下，突然怒气冲冲地喊道："老板，我要的是整只烤鸭，怎么少了一块？"

老板赶过来一看，说："哪里少了？你看错了吧？"

女孩哼了一声，怒道："我玩拼图都十年了，怎么会拼错？还敢跟我玩这个？"

老板愣了一愣，忙赔着笑脸说："这样吧，烤鸭白送你，你小点声，这会儿客人多……"

女孩这才住了口，只听老板转身拉住服务员训道："记住，玩拼图的妹子惹不起呀！"　　（焦淳朴）

（本栏插图：包丰一）

是他撞的

一位老大爷不小心滑倒在一家店门口，他隐约看到旁边有人，连忙抱住那人的腿，喊道："来人啊，就是他撞的我！"

路人见状纷纷围了上来。老大爷仍然不依不饶地喊："不赔钱，别想跑！"周围爆发出一阵哄笑声。

老大爷正纳闷，突然从人群中挤进来一个男子，俯下身小声对老大爷说："爸，赶紧起来吧，别在这儿丢人了，你抱的是这家服装店的塑料模特。"　　（崔　璇）

精卫填海

外公正在睡午觉，小外孙跑到床边推醒外公，非要他讲故事不可。

外公迷迷糊糊地爬起来，对小外孙说："好好好，外公给你讲个故事，叫'味精'填海。"

一旁的外婆听见了，扑哧一笑，朝老伴说："那也太浪费钱了吧。"

（小　丁）

谁偷的八哥

有个小伙子买了一只八哥，很快教会了它说"你好"。邻居家五岁的小男孩听到后很好奇，便经常来看八哥。不料，没过几天，八哥被偷走了。

小伙子正沮丧呢，小男孩跑过来神秘地说："叔叔，我知道你的八哥是谁偷的。"

小伙子瞪大了眼，忙问："是谁？"

小男孩指了指小区门口新来的保安，说："就是他！我刚从小区门口进来，听到他对每个人都说'你好'，声音和你家的八哥一模一样。"

（肃　宁）

彩票迷

一个彩票迷死后遇见了神，他向神抱怨道："我省吃俭用一辈子也没发财，可有些人一生下来就什么都有了，这太不公平了！如果能选择父母就好了。"

神听完，给了他一张写着一长串数字的纸条，说："你以后也可以过富有的生活。"

彩票迷看看纸条，高兴地说："谢谢您赐给我中奖号码。"

不料，神摇摇头说："那可不是中奖号码！我们现在改革了，可以选择父母，但要排队，这是我帮你拿的号。"

（张　欣）

绝招

小张来到公司，唉声叹气地说他的私房钱全被老婆找到并没收了。

同事听了，便给他支招："其实你可以把钱放到老婆的兜里，冬天你就放到她夏天衣服的兜里，夏天你就放到她冬天衣服的兜里，你想谁会翻自己的衣兜呢？"

小张一听，连连赞叹："妙！真是妙！"顿了顿，突然又问，"万一老婆发现了怎么办啊？"

同事笑笑说："你在兜里放一张字条，写上'给老婆一个惊喜'，不发现最好，发现了老婆还会夸你疼她呢。"

（任万杰）

模仿能力

几个家长在一起讨论谁家孩子的模仿能力最强。

甲说："我儿子可会模仿了，才六岁，模仿起迈克尔·杰克逊有模有样的。"

乙说："要说模仿，还是我儿子厉害，才四岁，学起猫狗的叫声就跟真的一样。"

这时，丙忍不住说道："你们儿子再厉害也比不上我女儿，她才一岁就会说话了，你们猜猜她模仿的第一个词是什么？"

甲和乙说："肯定不是爸爸就是妈妈呗。"

丙说："错！是老公！"

（黄伟平）

三国杀

语文课上，老师正在给学生讲解中国古代文学："每个朝代都有自己的文学成就，比如说汉赋、唐诗、宋词、元曲、明清小说……"

这时，一个学生举手提问："老师，那三国时期就没有吗？"

"当然也有，"老师正准备向学生讲解，"比如说三国时期的……"

"三国杀！"教室角落里猛地传来一个兴奋的声音。 （欣　然）

网　瘾

有个男孩经常偷偷去网吧上网。这天，他被老爸从网吧里揪回来，狠狠揍了一顿。不料，男孩非但没哭，嘴巴里还念念有词。

老爸气呼呼地问："臭小子，你嘴巴里在嘀咕什么？"

男孩也不理睬，继续嘀咕道："攻击无效，攻击无效，攻击无效……"

（凌　晨）

你属什么

叔叔去侄子家串门，问四岁的小侄子："小宝，你属什么呀？"

小侄子一本正经地回答："我属鸡蛋！"叔叔一愣，忙问为什么。

小侄子振振有词地说："我妈妈属鸡，我是她儿子，当然属鸡蛋啊！"

（邵　庄）

写对联

老师把一个学生的家长叫到学校，扔出一张试卷，说："瞧瞧，这是你儿子的试卷，不会就不会吧，干吗还在试卷上乱写？"

家长拿起试卷一看，忍不住扑哧笑出声来，只见儿子在试卷上写了一副对联：

上联：儿子出题太难
下联：孙子监考太严
横批：老子不会。

（李云贵）

取名字

小夏的儿子刚出生，他一时想不出好听的名字，就上网发帖："本人姓夏，喜得贵子，未取名，求支招。"

很快，就有人在帖子里回复："不如叫夏课吧，看哪个老师上课的时候敢喊他！" （木子李）

答案和评语

老师布置了一道代数题，那道题的答案是无解。第二天，他发现一个学生居然把答案写成了"无情"，顿时哭笑不得。他在作业本上写了点什么，然后发了下去。

那个学生拿到作业本，打开一看，只见老师的评语是："为情所困？" （小雨）

倒车

老李买了辆便宜的二手车，那车没有倒车雷达。妻子得知后，责怪道："你眼神不好，没有倒车雷达多危险啊！"

老李想了想，说："没事，我有办法！"说着，跑了出去。过了一会儿，他拿着好多气球回了家。妻子奇怪地问："你买那么多气球干吗？"

老李不好意思地笑笑说："我打算把这些气球都放在车里，每次倒车前就吹好气球，用透明胶粘在车尾，等气球爆了，也就知道自己快接近墙了。" （田 田）

本栏欢迎来稿，读者、作者可将有新鲜感、有精彩细节的笑话佳作投寄给我们。来稿一经采用，最高稿费为一则100元。本期责任编辑电子信箱：zhong98305@sina.com。

敬酒是一门学问，包含着许多礼仪。可是，你见过这样的敬酒方式吗？

敬 酒

□ 杨汉光

最近，村民周大林家出了件稀奇事。前些天，他在自家院子里挖井，挖到深处时，突然泉水喷涌。和泉水一起涌出来的，还有几条活蹦乱跳的大鱼。周大林和乡邻们一起享用，大家都说，从来没吃过这么鲜美的鱼。更神奇的是，此后，周家的水井几乎天天往外冒鱼。

很多人慕名来买周家的鱼，吃后纷纷赞不绝口。周大林借机开了个小饭馆，大赚了一笔，不过也惹来了不小的麻烦。原来，村委张主任得知此事后，经常来到周家白吃白喝，这让周大林敢怒不敢言。

这天，张主任又来到周家大吃一顿，吃完后一边剔着牙，一边说："大林呀，你怎么到现在还没学会怎么招待领导？"

周大林没好气地说："张主任，我鱼给你挑最好的，酒也给你选高档的，你还想怎么样？"

张主任说："大林，你误会了。我不是说你的酒不好，而是说你不会端酒杯。"周大林以为张主任还想再骗点酒喝，就不再理他。

张主任郑重地说："你别不当回事，敬酒是一门学问。以前你跟乡亲们喝酒，懂不懂无所谓。如今你家的鱼声名远扬，经常有大人物来吃鱼，你可不能给村里人丢脸，一定要学会敬酒。"

这话说得倒是不错，周大林也想提高服务水平，就问："敬酒有什么讲究？"

张主任拿过两只酒杯，比画着说："敬酒时，地位低的人，酒杯要端得

比地位高的人低，地位相差越大，酒杯就要端得越低。比如我吧，一个小小的村主任，给副乡长敬酒，酒杯就要低一公分，给正乡长敬酒，酒杯就要低两公分。敬酒时，地位低的人还要弯腰，同样的道理，地位相差越大，腰就要弯得越低。"

接着，张主任把自己扮成副乡长、乡长、副县长、县长，让周大林一次次练习敬酒。练了几次后，周大林觉得有些不舒服，就语中带刺地问："如果给省长敬酒，我是不是要跪到地上给他敬？"

张主任一时语塞，愣了愣，生气地说："你这辈子都不可能有机会给省长敬酒的，就别操那份心了。"

可是几天后，张主任再次来到周大林家，惊慌失措地说："有大人物要来，赶快准备最好的鱼和最好的酒。"

周大林一听，露出一副老大不情愿的表情。张主任着急地说："人家马上就到了，放心，这回村委出钱。"周大林没办法，只好去厨房准备起来。

还没准备好，大人物就到了。大人物是个慈祥的老人，身边的人对他毕恭毕敬。周大林悄悄向张主任打听，这人是什么来头。张主任小声说："我也不知道他的底细，只知道他是从北京来的，他的手下都叫他王老。"

周大林这辈子还没见过从北京来的大人物，他决定挑一条最大的鱼招待王老。这时，王老向周大林走来，伸出手说："大林兄弟，打搅了，打搅了。"周大林慌忙将双手在身上擦了擦，再伸出去，握住王老的手。

接着，周大林就请王老和其他领导到楼上入座，他马上把酒菜准备好。张主任却把周大林拉到角落里，压低声音说："记住我跟你说的话，敬酒的时候，第一，酒杯要端得低；第二，要弯下腰。"

周大林有些不耐烦地问："给王老敬酒，我的酒杯该端多低，腰该弯到几度？"张主任忙说："越低越好，越弯越好。"

很快领导们都上座了，酒菜也都上桌了，那条大鱼香气扑鼻，让人垂涎欲滴。张主任借机说："大林，这么好的鱼怎么能不配上好酒呢？你那瓶藏了三十年的好酒呢？"

周大林这才想起那瓶陈年好酒，拿来招待王老这样的贵客再合适不过了，他立刻下楼拿酒。张主任趁机跟下来，再次叮嘱周大林："王老是千载难逢的贵客，敬酒时，你的酒杯端得越低越好。"

张主任的话，让周大林非常反感。他突然生出一个胆大包天的想法，就将酒瓶交给张主任说："你先拿这瓶酒上去招待客人，我再去弄个拿手好菜。"张主任信以为真，就拿着酒上楼去了。张主任打开瓶盖，一时酒香满楼，众人赞不绝口。

敬酒的时刻到了，王老端着酒杯，发现主人不在，就问："大林呢？"

这时，只听周大林在外面喊："王老，我给您敬酒啦！"

王老四处望望，没看见周大林，正纳闷，周大林又叫起来："王老，我在楼梯上。"

王老走到楼梯口，众人也跟过来，只见周大林正趴在楼梯上，将一杯酒高高举起。张主任不知道周大林搞什么名堂，他赶紧下了几步楼梯，走到周大林身边，小声问："你干什么？"

周大林低声说："你不是说，酒杯越低越好，腰越弯越好吗？"张主任气得咬牙切齿，却又不便发作。

这时，王老开口问道："大林兄弟，你这是在干什么？"

周大林微笑着说："我在给您敬酒。"王老一愣，说："起来吧，别开玩笑了。"

周大林一脸严肃地说："我不是开玩笑，我这是在学习敬酒的礼仪。"

"礼仪？"王老眉头一皱，说，"谁教你这样敬酒的？"

周大林大声说："是张主任教的。"

张主任生怕周大林说出更难听的话，赶紧说："大林，你是不是喝多了？快起来敬酒，别胡闹了。"说着就要去拉周大林，王老却大声说："慢！让大林兄弟把话说完。"

周大林不慌不忙地说："张主任教我，敬酒的时候，地位越低的人，酒杯要端得越低，腰也要弯得越低。王老，您是从北京来的大人物，我估摸，您的地位比省长还高，我却是个农民，地位低得不能再低。照理，我应该钻进地缝里去给您敬酒的，我现在趴在高高的楼梯上，太没有礼貌了，请您原谅。"

（题图、插图：安玉民　梁　丽）

延伸阅读

　　您想阅读这位作者的其他精选作品和创作感言吗？请扫描右边的二维码。更多精彩，立刻体验。

空调坏了

□ 倩 瑜

这天，大明下班回家，一进门，就看见餐桌上摆着满满一桌菜，还破天荒地放着一瓶红酒。妻子阿美穿着一件漂亮的红裙子，笑吟吟地站在餐桌旁。

还没等大明开口问，阿美已经搂住了他的腰，说："猜猜看，今天是什么日子？"大明摇了摇头。

"这都不记得？"阿美撒起了娇，让他再猜。可大明有点不耐烦，他推开妻子，说："我很累，想不起来……"

阿美装作有点生气的样子说："今天是我们结婚十周年的纪念日啊！"

"哦！"大明用手捶了捶脑袋。

阿美接过大明的公文包，说："我什么都准备好了，就等你回来了……包里装了什么呀？这么重！"

大明淡淡地说包里没什么，只是一些文件，因为他还要加班。

"又是加班。"阿美嗔怪道，"今天不许再想你工作上的事，这样下去，你会变得神经质的。你知道吗？最近我有几个同学都说你怪怪的。"

大明笑了笑，可笑容却显得有些不自然，眼神甚至有些飘忽。

阿美一笑，指着他说："你看你看，就是这样。"说着把他的公文包放好，然后迫不急待地叫丈夫快去洗手。

大明洗完手，走到餐桌旁坐下。阿美已经为他面前的酒杯倒了一小杯红酒。大明端起酒杯，似笑非笑地问阿美："说点什么呢？"

阿美显然已经想好了，兴奋地说："那就祝我们一起慢慢变老吧！"

两个酒杯在空中轻轻碰了一下。阿美笑着说："要干掉哦，不然不灵。"

两个人都把酒一饮而尽。大明呆呆地拿起酒瓶继续倒酒。阿美一脸陶醉的样子,柔声说道:"你还记得吗?我们第一次相识的时候……"

阿美甜蜜地诉说着他们的恋爱经过,可大明表情呆滞,只是一杯接一杯地默默喝着红酒。突然,大明放下酒杯,眼睛注视着墙角的一台空调,说:"空调坏了吧?"

"没坏呀。"阿美莫名其妙地看了一眼空调。大明却摇摇头说:"我觉得可能坏了。"说着站起来向空调走去。阿美只好跟了过去。

"你看,一切都正常。"阿美去拉大明,"别管它了,回去继续喝酒吃饭吧。"大明重新坐回了桌子旁,但时不时地转头看一眼那台空调。

阿美有些娇嗔地说:"你怎么回事?魂不守舍的,都说了空调没坏。"

大明脸上露出一丝奇怪的笑容,却又很坚定地说:"肯定坏了。"

阿美有些不高兴了:"好吧好吧,坏了坏了!真是莫名其妙!"

大明再次站起身来,在空调上这儿摸摸那儿弄弄,突然,他又向窗口走去,嘴里嘟哝道:"难道是空调外机坏了?"

他打开窗户,探头看挂在墙上的空调外机。空调外机正在轰隆隆地工作,排出的热气甚至吹到了他脸上。

阿美也走了过来,趴在窗口看了看,说:"你看,不是好好的吗?"

大明盯着空调外机看了一会儿,说:"机器是没坏,但架子可能松了。"

阿美看了看那些固定架子的螺钉,说:"看上去挺稳固的呀,没问题呀……"突然,她脸色一变,呆住了。

大明似乎没有注意到妻子表情的变化,继续喃喃自语:"还是小心点好,万一掉下去要砸着人的。保险起见,我得把螺钉拧紧些,你去把我的公文包拿来。"

阿美赶紧把大明的公文包拿了过来。大明打开公文包,从里面拿出一把扳手。阿美瞪大了眼睛,声音有些发颤:"你……你怎么在包里放这个东西?怪……怪不得这么沉。"

大明满不在乎地一边拧螺钉,一边说:"没什么,其实前几天我就觉得架子松了,今天顺便带了工具回来。"大明把几个螺钉象征性地拧了一遍,然后把扳手放回包内,拍拍手说:"好了,应该没问题了,我们继续喝酒吧。"

说着,大明回到餐桌前坐下,像换了个人似的,满面春风地端起酒杯,说:"你还愣着干什么?快过来呀!"

不料,阿美失魂落魄地说了句:"我先去下卫生间。"然后,她匆匆跑进了卫生间,反锁上门,拿出手机编起了短信:我们以后不要再见面了,我老公已经知道你那天躲在窗外的空调外机上……

(题图:安玉民 梁 丽)

◆ 句号（。）：俺最大的优点就是虚"心"，而不是"心虚"，说话、办事和行文，如果没有俺那就不叫圆满。

◆ 间隔号（·）：俺心眼很实，诚实是俺的秉性，俺虽是个黑点，但不是缺点，更不是污点。

◆ 问号（？）：别看俺长得像挂钩，学问却很大，把俺搞懂了，就没有什么难题可言。

◆ 顿号（、）：俺只是不起眼的一个点，却在文字的海洋里发挥着巨大的作用，能以"点"带面，更多的不说了，点到为止。

◆ 破折号（——）：不少人都说俺很横，这点俺承认，但俺横得有道理，所以人们喜欢俺横。

◆ 省略号（……）：俺点子很多，可这些点子都不是孬点子，在创建节约型社会的今天，俺这些点子是有内涵的省略，更是节约的表现。

（推荐者：林　木）

听标点符号说说心里话

做点生意不容易

◆ A：有苹果吗？

　　B：有。

◆ A：多少钱一斤？

　　B：四元。

◆ A：十元？太贵了。

　　B：不是十元，而是四元。

◆ A：什么？二十四元，你去抢吧。

　　B：你听错了，其实是四元。

◆ A：七十四元？这卖的是苹果还是天上的蟠桃啊？

　　B：不是七十四元，就是四元。

◆ A：九十四元？你也太黑了吧，明天去工商局投诉你。

　　B：大哥，我做点小生意不容易，你放过我吧，我只收你三元五角，这下总行了吧……

（推荐者：雯　雯）

（插图：安玉民　梁　丽）

·诙段子·

搞笑版征婚用语解析

关于男人的：

成熟稳重：像块石头，乏味无趣。

人品修养好：八面玲珑，阿谀奉承。

白领：每月工资白领。

有车有房：五环路以外廉租房，自行车代步。

自办实体：已负债累累，资不抵债。

相貌英俊：内涵欠缺。

浪漫多情：主要是多情。

有责任心：希望你对他负责。

有幽默感：自己觉得挺搞笑。

好运动：主要是打麻将、看球赛。

受过高等教育：爱讲道理，爱教育人。

用情专一：对每个女人都如此。

关于女人的：

肤白靓丽：妆后。

身材苗条：瘦骨嶙峋。

身材适中：正在减肥。

五官端正：鼻子眼睛长对了地方，但搭配得怎样，不好说。

清纯可爱：完全不知人情世故。

温柔善良：看对谁了。

活泼开朗：爱八卦，唠叨得烦人。

气质高雅：故作深沉，毫无主见。

修养好：善于逢场作戏，工于心计。

喜欢文学：仅限于影视文学，以港台肥皂剧为主。

热爱音乐：唱得邻居家小孩的学习成绩直线下降，隔壁老人的血压直线上升。

喜爱运动：其实是逛街逛八个小时不觉得累。

（推荐者：雪　梅）

我爱生活

醉酒篇

不去不去又去了，
不喝不喝又喝了，
喝着喝着又多了，
晃悠晃悠回家了，
回家进门挨骂了，
伴着骂声睡着了，
睡着睡着渴醒了，
喝完水后又睡了，
早上起来后悔了，
晚上有酒又去了……

购物篇

不买不买又买了；
买着买着又多了；
大包小包回家了；
一件一件试穿了；
穿着穿着美乐了；
挂到衣柜睡觉了；
早起应酬出门了；
翻来找去没穿了；
改日休息又逛了；
满柜衣服成灾了……

减肥篇

不吃不吃又吃了；
吃着吃着又渴了；
连吃带喝又多了；
回到家中后悔了；
悔着悔着又困了；
困了困了又睡了；
一觉梦到饭好了；
起来肚子又饿了；
闻到饭香又吃了；
晚上饭局又去了……

（推荐者：晨　曦）

14

俗话说，没有规矩，不成方圆。的确，有些规矩不得不守，否则就会惹来意想不到的麻烦……

城里的规矩

□ 杨金兰

都说城里规矩多，这不，王老汉在城里的儿子家没住几天，就惹来了莫名其妙的麻烦。

这天，王老汉下楼转悠，看见一个六七岁的小女孩在玩沙子。王老汉很喜欢小孩，便上前逗她："闺女，让爷爷也玩玩，好不？"哪知小女孩白他一眼："我才不跟你玩呢，我妈妈说不能跟陌生人玩。"

王老汉哈哈一笑，摸出十块钱一

摇，说："看见没？爷爷给你买好吃的，咱们不就认识了吗？"可小女孩一个劲地摇头说："我才不吃你的东西！"

王老汉忍不住捏了捏她可爱的脸蛋，继续逗她："和爷爷玩吧，我给你钱，想买什么就买什么。"

小女孩站了起来，指着王老汉说："不要，你是骗子！"

王老汉讨了个没趣，轻轻拍了一下小女孩的屁股说："爷爷不是骗子！"不料，小女孩突然发出一声惊叫："非礼啦！"

王老汉愣了一下，顿时哭笑不得，这小丫头真是人小鬼大呀！他忙摆摆手说："别喊了，算我怕了你了，行了吧。"

谁知小女孩还不肯善罢甘休，她嚷嚷道："我告诉妈妈去！"说完，掉头一溜烟跑了。

王老汉怔了怔，心说这城里的

小孩咋这样呢？他摇了摇头，上街溜达去了。

晚上，王老汉回到家，一进家门，却见儿子脸色阴沉，坐在沙发上。王老汉问："咋了？"

儿子一脸严肃地说："你今天是不是在楼下跟一个小女孩说过话？"

王老汉说是呀，咋啦？儿子瞪大了眼："爹，真的是你呀！"说着露出一副恨铁不成钢的样子。

王老汉完全摸不着头脑。"爹，你犯了大忌了……"儿子心情沉重地告诉他，今天小区爆出了一个丑闻：一个小女孩独自玩耍时，遭到一个变态老色魔的猥亵。根据小女孩描述的特征，其家人很快就将目标锁定为他，一家人气势汹汹地吵上门来讨说法。

王老汉大吃一惊，他呆呆地望着儿子说："你总会不相信我吧？"

儿子一跺脚，说他晓得王老汉并没有那样的心思，但这事很敏感，很难说得清。

王老汉喃喃道："天地良心啊，我可没对她动过啥坏心思，我就是想和她玩玩……"

"玩玩？"儿子忽然来了气，"你凭什么对一个小女孩说玩玩？你就不该说这个词呀！人家不跟你玩，你就用吃的引诱？跟你玩，就给钱？"

王老汉低声说："说是说了，可我没那心思……"

儿子又问："你是不是还摸了人家的屁股？"王老汉大汗淋漓，说不是摸，只是轻轻拍了一下。

儿子火冒三丈："你拍人家屁股干啥？"王老汉嗫嚅着说："我、我见她挺可爱……"

儿子仰天长叹一声："人家说了，你不承认，他们就保留证据，你的手指印留在人家裙子上，到时一验就能验出是谁的来，咱们再有理也说不清，到时闹到派出所、法院……"

儿子的话就像一枚枚重磅炸弹，落在王老汉身上，把他震晕了。王老汉扶着墙，喃喃道："这叫什么事啊……"

儿子痛心疾首地说："爹，我早跟你说过，城里不同乡下，有些规矩你不守也得守，你现在知道不守规矩后果有多严重了吧？"

王老汉有气无力地点点头。儿子不忍说下去了，就安慰王老汉，说事已至此，最好还是不要闹大，就当自己不对，向人家道个歉得了。

当晚，王老汉第一次失眠了。他瞪着眼想啊想，想不通这事为什么会变成这样，自己又没有那样的心思，干吗要道歉？

第二天，儿子买回来一个新书包，要带王老汉上门道歉。王老汉犹豫半天，说："要道歉可以，但我得跟他们讲清楚，我没那坏心思。"

父子俩来到小女孩家门前，王老汉颤抖着手敲了几下，里面喊："谁呀？"

"我……"王老汉哆嗦着嘴唇应道，"我……来道歉的。"

过了半晌，门才悄悄打开一条缝，探出一个年轻女人的脑袋。王老汉激动地说："大侄女，我来跟你说个事，我不该拍小孩屁股，我、我是真不知道……"

女人看了他们几眼，伸手接过书包，说："好了，道歉我们接受了。"

王老汉说："小孩呢？爷爷跟你说……"他正想进屋，哪知女人砰的一声把门关了。

王老汉急忙又敲门。门又开了，女人不耐烦地说："行了，行了，走吧！"

父子俩心事重重地走下楼。王老汉一琢磨，抬头就冲楼上喊："大侄女，我真没那心思！我要是对小孩有一点坏心眼，叫我天打雷劈，不得好死！"

喊了一阵，小女孩家没什么反应，倒是附近几家的窗户里探出来好多脑袋。突然哗啦一声，楼上倒下来一盆水，正好泼到王老汉头上。小女孩的母亲冲下面骂道："疯老头，给我滚！"

儿子急忙拉着王老汉就跑，埋怨道："你大声嚷嚷什么，这又不是什么好事，还怕知道的人不多呀！"王老汉说："我得跟他们讲清楚啊。"

儿子说："还讲什么讲，人家不

是已经接受道歉了嘛！"王老汉觉得更憋屈了：人家一接受，不就更证明自己有那种心思了吗？为了这事，王老汉像大病了一场似的，在床上躺了好几天。

这天傍晚，王老汉从床上爬起来，昏昏沉沉地下楼去透透气。来到楼下，只见那个小女孩正在和妈妈散步。王老汉想都不想，冲到小女孩跟前，大声说："闺女，你要相信我，爷爷不是坏人！"

小女孩吓得尖叫一声，躲到了妈妈背后。女人气愤地指着王老汉问："你还想怎么样？"

"你要相信我！"王老汉说，"我没对你女儿咋样，我要有那种心思，叫我出门被车撞死！"

女人破口大骂："你有病呀，疯

老头！”说着慌张地拉着女儿走了。王老汉跟在后面，还在不停地赌咒发誓。

刚好，这一幕被儿子看见了，追上来拽住了王老汉。儿子埋怨他，这事都过去了，怎么又翻出来扯？王老汉摸摸胸口，仍憋得慌。这事是过去了，可心里还是过不去啊！

过了几天，王老汉在小区里溜达，又看见了小女孩和她妈妈，他条件反射般又走上前去。

女人一看是他，脸色立刻就变了，没等王老汉开口，就往旁边躲。王老汉跟上去说："请你一定要相信我，我真的没那种心思……"

"好了！"女人突然站住，说，"算我怕你了！我相信你，行了吧？"

王老汉一听，觉得她只是随便应付自己而已，便不顾一切地抓住女人的手，说："大侄女，你一定要相信我……"

女人骂道："我都说相信了，你还要怎么样？疯子，你给我放手！"

两人闹得不可开交，周围挤满了围观群众。最后，还是王老汉的儿子赶来解了围。

第二天，儿子忽然一脸怪异地说："爹，你红了，网络上到处是你的照片。"原来昨天他闹的那一出，被人拍下来发到了网上，并且配上了事情的前因后果，一时间在网络上爆红。

又过一天，家里突然来了个记者。

王老汉一听记者打听那件事，声泪俱下，把那件事原原本本讲了出来。说到激动处，王老汉突然把手指放进嘴里，猛地一咬，在纸上刷刷刷地写下一个字：冤！

记者举起相机，拍下了这震撼的一幕。第二天，王老汉的照片和血书赫然出现在报纸上，还了他一个清白。

王老汉抱着报纸哭了一场，然后就等着小女孩的家人上门给他道歉了。他想着，一定要亲口对那个小女孩说，爷爷不是坏人。

可等了一天又一天，也没见人家登门。就算在小区里，也一直没碰到小女孩一家人。王老汉觉得奇怪，就问儿子。儿子叹口气说："爹，你的事登报那天，人家就连夜搬家了。"

王老汉一听傻了，怎么搬家了？这么说，他们还是不相信自己是个好人哪！

儿子无奈地解释说："爹，你不懂，这不光是信不信的问题。他们开头确实很气愤，但后来也不想把事情闹大，只想悄悄了结就算了。你天天追着人家解释，搞得人尽皆知，现在还上了报纸，这对孩子的心理有多大的影响？人家的压力有多大？"

王老汉听着听着，一挥手说："别说了，我明白了，这就是你说的城里的规矩吧？唉，我也有我的规矩，明天，我就回乡下过我的日子去！"

（题图、插图：陆小弟）

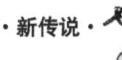

这只螃蟹
不好惹

□沈新民

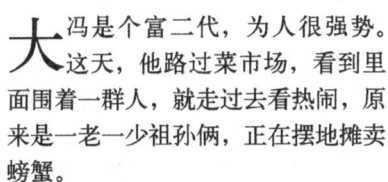

大冯是个富二代，为人很强势。这天，他路过菜市场，看到里面围着一群人，就走过去看热闹，原来是一老一少祖孙俩，正在摆地摊卖螃蟹。

卖螃蟹能聚这么多人？这螃蟹肯定不一般。大冯挤进人群里面，只见地上有一个脸盆，里面摆着一只大螃蟹。这螃蟹个大精神，比一般的螃蟹要大两三倍，人们围在这里，就是为了看这只大螃蟹。

本地盛产螃蟹，被外界誉为螃蟹之乡，不过这么大的螃蟹，大冯倒是从没见过。他顿时激动起来，心想，自己碰上这么大的螃蟹，这就是缘分，今天不管多少钱，也要买下来！

大冯蹲下身来，装作不经意地问："这只螃蟹多少钱？"

男孩看了看大冯，指着盆边的纸条说："这只螃蟹不卖，只是拿出来让大伙看看的。"

大冯这才发现，脸盆上贴着一张纸，上面写着：本地最大的螃蟹，只展览，不出售。

大冯哼了一声，心说，给你大价钱，你还能不卖？他马上将脸盆抱进怀里，说："螃蟹拿到市场，就是为了卖的，若是不卖，藏在家里就行了，别以为我买不起。"说着，先出两百，又出五百，最后出到一千元，对方还是不卖。

大冯抱着脸盆不放手，扔下钱就想走，男孩急忙过来抢。没想到这孩子力气很大，大冯愣是抢不过他，眼看脸盆就要让孩子抢过去了，大冯一

着急，直接从脸盆里抓起了那只大螃蟹。不料，只听大冯突然大叫一声："妈呀，螃蟹咬人啦！"

只见螃蟹的一个大钳子狠狠地夹住了大冯的食指，疼得大冯嗷嗷直叫。这螃蟹也不知怎么了，夹住后就是不松开，大冯大叫着想甩开螃蟹，不料，他一动螃蟹夹得更紧了。

大冯没办法，只好求男孩把螃蟹拿下来。男孩让他先坚持一会儿，然后端来一盆水，让他把手和螃蟹一起放进水里。果然，一到了水里，螃蟹

就把钳松开了。大冯看了下手指，都咬到肉了，鲜血直流，这螃蟹也太狠了。

大冯向卖螃蟹的祖孙俩要医药费，爷爷说："大伙都看到了，你抢我们家的螃蟹，受了伤，跟我们没有关系。"

大冯见大伙都鄙夷地看着他，只好自己灰溜溜地去了医院。

当天夜里，大冯觉得手指更疼了，翻来覆去睡不着觉。他在心里恨得牙痒痒：我就不信这个邪，一定要吃了这只螃蟹报仇。

第二天，大冯又来到市场，祖孙俩还在，那只大螃蟹也在。大冯看准时机，对着螃蟹一拳砸下去，不料这只螃蟹躲得快，大冯的拳头直接砸到了盆底。大冯疼得龇牙咧嘴，还没等他缓过劲来，那只螃蟹的大钳子，不知何时又夹到了大冯的食指上。

大冯忍着痛，冷笑道："这回，你们拿不下螃蟹，这螃蟹就归我了，我也没抢，是螃蟹自己抓住我的。"

祖孙俩当然坚决不同意。大冯就让男孩把螃蟹取下来，可这次不知为什么，祖孙俩试了各种办法，螃蟹就是不肯松开钳子，放到水里也不管用。最后，三个人只得一起去了医院，让医生想办法。

医生看了看情况，说只能把螃蟹弄死。可祖孙俩不干，把螃蟹弄死，他们还来医院干什么？医生又说，不

弄死螃蟹的话，那就只能把大冯的手指头截肢下来了。大冯一听当然也不干，医生就让他们商量好，再做决定。

大冯给祖孙俩算了一笔账，这螃蟹再值钱，也抵不过一根手指头。祖孙俩听完，笑了笑说："这不是钱的问题，有人会为我们埋单的。"

大冯觉得这两个人在吹牛，有哪个冤大头会为这件事埋单？这时，只见那个男孩拿起手机，煞有介事地打了两个电话。没过多久，医院门口来人了，男孩介绍说，这是县农业局的副局长。

副局长看了看大冯手上的螃蟹，说："同志，实在是委屈你了，从人道主义来说，无论如何也要保住你的手指，但这只螃蟹太特殊了，太珍贵了，太重要了。过些天，市里要举行一个螃蟹大赛，这只螃蟹是我们县里重点培养了五年的品种，是我们千挑万选出来的，而且稳拿第一。我们作为螃蟹之乡，若是拿不出像样的螃蟹来，那我们螃蟹之乡的牌子就要易手。为了我们县里的荣誉，也为了全县蟹农的利益，只能委屈你了……"

听到这里，大冯傻眼了，没想到这只螃蟹居然有这么大的来头。他又想到家里人也在养螃蟹，若是螃蟹之乡的牌子丢了，自己家的损失也不小。

事到如今，大冯只好点头同意了。就在他快被推进手术室时，一旁的祖孙俩突然嘀咕了几句，男孩大叫一声：

"慢！我们还有办法！"说着，飞快地跑了。

过了一会儿，男孩气喘吁吁地回来了，他手里捧着一个脸盆，脸盆里有一只很大的螃蟹。男孩让大冯把手放进脸盆，奇怪的是，大冯手上的螃蟹一看到盆里的那只螃蟹，居然松开了钳子，朝对方爬了过去。

众人都惊呆了，男孩得意地笑着说："原先咬你的那只螃蟹是雄的，我现在带来的是雌的……我也只是突发奇想试试，没想到真有用。"

大冯感激地朝祖孙俩说了声谢谢，等医生把他的伤口包扎好，他忍不住又问道："既然你们的螃蟹不卖，为什么还要拿到市场上去？"

男孩嘴快，道出了实情："我们就是想看一看，要是谁家里还有比我们这只更大的螃蟹，我们就再换只螃蟹出战，我们家里还有两只更大的螃蟹呢。"

大冯似乎明白了什么，晃了晃手指问："既然有更大的，这只就不那么重要了，你们为什么不早说？还搬出领导和医生吓唬我，我、我白遭这份罪呀！"

老头小声说："你这人太强势了，我们不敢直接告诉你。"

大冯看着自己的手指，叹了口气，心说，以后做人还是悠着点吧，太霸道了没好处。

（题图、插图：谢 颖）

关老爷的
粉丝团

□ 花　剑

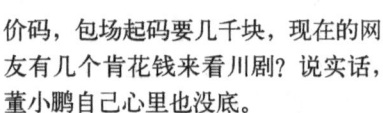

在川东一座小城，有个历史悠久的川剧戏班子，名叫董家班。董家班曾红极一时，现在却门庭冷落，这可急坏了董班主。

这天，董班主看见儿子董小鹏吃饭时还在玩手机，不由得怒上心头："就知道玩！你那手机里有钱还是有米？整天像块金砖抱在手上！"

董小鹏刚从戏曲学校毕业，目前在父亲的戏班里唱武生。此时，他正在刷微博，挨骂后很不服气："你就知道钱！你知不知道，我微博上的粉丝有好几千呢，这也是一笔宝贵的财富！"

董班主怒骂道："什么狗屁财富！你能靠他们吃饭？"

董小鹏气得冲父亲吼了一句："爸，你等着！下周，我把我的粉丝都喊过来，包场！"按董家班目前的价码，包场起码要几千块，现在的网友有几个肯花钱来看川剧？说实话，董小鹏自己心里也没底。

当晚，他试着发了一条微博："戏班不景气，支持川剧的最好方式就是来看戏！特举办粉丝专场，票价三十元一人，我在戏台上等你！"不料，微博发出去很久，连一个转发和评论的人都没有！

董小鹏正觉得失望，突然收到一条私信："时间？地点？什么信息都没有，让人怎么支持？"一看发信人，他来了精神，这是他戏曲学校的同学，他心中暗恋的女神——涂娇娇！

涂娇娇是学青衣的，毕业后改行当了模特。经她提醒，董小鹏重发了一条微博，涂娇娇第一个转发，还表示将到场支持！

涂娇娇作为模特，她的粉丝要比董小鹏的多得多。没过多久，这两人的粉丝团开始跟进，经过粉丝们的转发再转发，川剧粉丝专场的微博被越转越火！到了演出那天，居然组成了一支一百多人的现场粉丝团！

这回，董班主算是见识到粉丝们的热情了！说好三十元的票价，那些粉丝们只是搂着董小鹏照了个相，就尖叫个不停，往票箱里一扔就是百元的大钞！

最夸张的是和涂娇娇一起来的一个叫大头的公司老总，他是涂娇娇的粉丝。大头掏出五千元钱硬往董班主手里塞，说是有个特别的要求。原来，今晚涂娇娇为董小鹏助阵，要上台演一出《关公月下斩貂蝉》，她演貂蝉，董小鹏饰关公。但大头说他也想扮关公，和他的女神涂娇娇同台演出一回！

这下，董班主有些犯难了，关公毕竟是武生戏，扮相唱功、手眼身法步哪一项都不是朝夕之功，这万一演砸了可怎么办？考虑了半天，他灵机一动，《斩貂蝉》是今晚的压轴戏，有一段戏关公没有唱词，只需坐在椅子上听貂蝉唱就可以了，那时可以让大头上场，等该关公唱了，再由董小鹏把他换下来！大伙一听，都觉得这主意不错。于是，大头兴冲冲地跟着涂娇娇去了后台，临时学了些上台后的基本规矩和动作。

很快，催场的来喊了："快快快，该关老爷上场了！"大头咕嘟咕嘟喝了几口白酒，稳住心神，听着鼓点从侧幕踱出来，刚到台上一亮相，就听台下粉丝们的尖叫声四起，吓了他一大跳！此时，涂娇娇扮演的貂蝉已经在台上了，见了大头，忙示意他去桌前坐下。

这幕戏演的是关公见到曹操送来的美人貂蝉，内心犹豫不决，不知是杀还是留，貂蝉悲歌命运无常，关公捧书思绪不定。

此时大头左手持书，右手抚须，端端正正地坐在太师椅上，不敢乱动。一开始他还觉得挺威风，但他有个毛病，一看书就想睡觉，再加上这时酒劲上涌，没过多久他竟然睡着了！台上涂娇娇唱完一段，后台演员高声喊道："启禀将军，营门外有紧急军情来报！"

本来这时，大头该下台去听军情，之后再换董小鹏上台。谁知别人连喊了三声，大头却坐在那里纹丝不动！涂娇娇一看，赶紧上前救戏，她把大头一推，念白道："将军，有紧急军情来报！"

这大头睡意正浓，突然被人推醒，睁眼一看，见自己的女神凤冠霞帔像天仙一样站在面前，娇声娇气地在叫他！恍惚中只听得"来抱"两个字，他心中大喜，哪里还记得这是戏台，张开双臂就给涂娇娇来了一个拥

抱，还满嘴酒气地要去亲她！

台下观众一片哗然！不是说斩貂蝉吗？没听过关老爷抱貂蝉啊！一时间，起哄的、吹口哨的，什么声音都有！

大头哪知道发生了什么，只感觉怀里的女神很不安分地挣扎，一松手，脸上"啪"的一下吃了个耳光！他正发呆，从戏台一侧又冲出来个同样扮相的关公，迎面就给了他一拳。大头愣了愣，立刻回敬了对方一脚，两人打做一团！

"不好了！关老爷打架了！"这下整个戏院炸开了，观众全站了起来！

这冲上台来的关公，正是等着换人的董小鹏！他早就看大头不爽，此刻眼见涂娇娇被非礼，胸中这口恶气哪里还忍得住？他冲上台就打！大头也不是好惹的，他拿起一旁的道具关刀就抢起来，一旁的涂娇娇拉都拉不开！

正闹得不可开交，突然戏台上幕布一掀，又闪出一个红脸关公！这个关公手提亮晃晃的关刀，上了台也不搭话，手起刀落，把前两个关公打得嗷嗷直叫！

现场沸腾了！粉丝们大叫："不得了啦！三个关老爷在台上PK！"

台上三个关公越打越起劲。只见一个关公手提大刀，招式有板有眼，

刀刀都往另两人的屁股上招呼；一个关公手上虽有大刀，但不会用，把大刀当烧火棍使，招架抵挡狼狈不堪；还有一个关公没有大刀，但身手很灵活，一直追打那个拿烧火棍的。

终于，最后上台的关公把前两个关公都打倒在台上，又伸脚一勾，把貂蝉也轻轻勾倒，然后"啪"的一个倒踢紫金冠，接一个威风凛凛的马步横刀亮相，像天神一般威武！大伙儿正在赞叹，那关公的口中突然喷出一大团火焰，把大家吓了一跳！火光中，关公把头一晃，他那张红脸突然变成了黑脸，惹得粉丝们一片尖叫！他再一转身，回过头来黑脸又变成了蓝脸！转眼之间，那关公连变了五六次脸，那可是川剧里最为神奇的变脸功夫！最后，那关公用手在脸上一抹，露出真容，原来是董班主！

就在这时，大幕徐徐落下，台下掌声雷动，那些粉丝们吼得比看演唱会还过瘾！

过了好久，粉丝们还在网上念叨这场"关老爷打架"的大戏！在他们的苦苦要求下，董班主也终于开了微博，很快粉丝人气爆棚。那些人都自称是关老爷的粉丝，会经常组团去董家班看川剧。

那天，董小鹏又发了一条微博：只要有你、有我，有这些粉丝，川剧永远不会没落！

（题图：刘为民）

□廖华

狭路相逢

在西北大草原，生长着一种珍贵的食用菌，名叫发菜。因为稀少，所以价格昂贵，经常引来一些贪财之人前来挖掘，邹浩就是其中之一。

这天，邹浩开了几天几夜的车，终于来到了草原深处。在一个小山坡后面，他发现草丛中有丝丝缕缕黑色的东西，趴下去仔细一看，"发菜！"他高兴得叫出声来。

邹浩立刻用手扒拉起发菜来。突然，刮起了一阵旋风，一匹通体火红的骏马从山坡后疾驰而来，挡在了他面前。马上的汉子手执马鞭，居高临下地问道："你是干什么的？"

邹浩多了个心眼，把手中的发菜藏在身后说："我是来旅游的。"汉子冷冷地看了他一会儿，突然扬起手中的马鞭，刷地抽了下来。邹浩只觉手腕一阵剧痛，发菜撒了一地。

汉子指着不远处的车子说："你从哪儿来的，就滚回哪儿去，这里的一棵草都不准带走。"

邹浩看了看汉子手中的马鞭，只好悻悻地上了车，往回开。那汉子似乎不放心，策马跟在车后。邹浩冷笑一声，猛踩油门，不一会儿，汉子就从后视镜里消失了。

邹浩在草原上兜了一圈，又回到发现发菜的地方，汉子已经不见了。他一阵狂喜，跳下车挖起来。这可是个细致活儿，邹浩挖了老半天，累得气喘吁吁也没挖到多少。就在这时，他看到三个孩子赶着一群羊，朝自己这边走过来。

邹浩灵机一动，转身从车上拿出一个精致的音乐盒，递给三个孩子。音乐盒彩灯闪烁，歌声悦耳，孩子们不禁看得眼睛都直了。

邹浩趁机比画着说："你们帮我挖这个，我就把音乐盒送给你们。"三个孩子接过工具就干了起来。他们动作比邹浩灵巧得多，很快就挖了一大袋发菜。

邹浩高兴坏了，这几天在车上吃不好睡不好，他决定今晚找个牧民家好好休息一下。于是，他让三个孩子带路去他们家。

到了一看，那是一个简陋的帐篷。孩子的母亲叫娜仁，她端来马奶酒，热情地接待了邹浩。

邹浩正惬意地喝着酒，突然有人掀开帘子走了进来，邹浩一看，惊慌失措地站了起来。原来，进来的竟是白天那个汉子。娜仁介绍说："这是我的丈夫——托尔木！"

这时，孩子们围上来，兴奋地让爸爸看他们的音乐盒。托尔木却把音乐盒狠狠地摔在地上，音乐盒瞬间被摔得粉碎，孩子们大哭起来。邹浩结结巴巴地说："有话好好说，你怎么能这样对待孩子？"

托尔木冷冷地说："你现在就给我滚，我不要你的东西，也不让你带走这里的一棵草！再让我看见你，我就用鞭子抽断你的腿！"

邹浩觉得托尔木简直不可理喻。他走出帐篷，刚发动汽车，就发现托尔木骑马追了上来。邹浩心想，要是车里的发菜被他发现就坏了，于是加大油门逃之夭夭。

很快，托尔木被甩掉了。邹浩正暗暗高兴，不料一不留神，车子掉进了一个湖里，熄了火。好在湖水不深，但车子却发动不了了。邹浩把那袋发菜扛到岸上，但这么折腾了半天，他全身都湿透了，很快发起了高烧。

邹浩醒来的时候，发现自己竟然躺在托尔木家的帐篷里！他觉得自己浑身酸痛，似乎连动一下都困难。

这时，娜仁走了进来，说："你已经昏睡了一天。之前你晕倒在湖边，是孩子们发现了你，是我用马把你驮回来的。"她见邹浩一脸的惊恐，继续笑着说："你放心吧，我丈夫托尔木昨天就出去了。其实，他是个好人，只是脾气火暴了点。我们家原来在山的那边，那里水草丰美，可后来挖发菜的人越来越多，破坏了草原的生态平衡。羊没了草吃，我们才被迫搬到这里。所以，他特别恨挖发菜的。"

邹浩心想，不知道托尔木什么时候会回来，他必须尽早离开这里。于是，他便向娜仁告辞。

见邹浩坚持要走，娜仁说："你的病情很严重，早些回去治病也好，我们这里也没什么药。不过，如果你从草原上回去，即使骑快马，至少也要三天，只怕会耽误了你的病。我知道有一条捷径，走黑熊峡，只要半天就能走出草原。只是，那条路太险了。"

邹浩说："事到如今，也只有冒险了。只是我这个样子，怎么骑马？"

娜仁想了想说："这样吧，我把你绑在马上，送你到峡谷口。那里只有一条窄路，马不能转身，只能一直往前走，它会把你送出峡谷。然后，你让它转头，放了它，它就会沿原路返回了。可惜大红马让托尔木骑走了，不然，你可以更快地走出峡谷。"

就这样，邹浩让娜仁把自己绑在一匹黑马上，走上了通往峡谷的路。临行前，他还不忘让娜仁帮忙，把那袋发菜捆在了马背上。

进了黑熊峡，邹浩不由得心惊胆战。这条路其实是半山腰的一条栈道，一边是高耸入云的峭壁，一边是万丈深渊。路的宽度只容得下一匹马。只要马一个失足，就会摔得粉身碎骨。

邹浩昏昏沉沉地伏在马上，不知走了多久，忽然，他觉得马停了下来，抬头一看，只见对面有一匹大红马挡住了去路，再看马背上的人，他顿时吓得魂飞魄散，骑在大红马上的正是托尔木。这真是冤家路窄，狭路相逢啊！

"又是你！"托尔木冷冷地说。邹浩几乎是用哀求的语气说："我生病了。是你妻子借了马给我，送我上这条路的……"托尔木看了看四周，小心地紧贴着石壁下了马，走到邹浩的马前。他用马鞭指着马上的麻袋

问："这是什么？"邹浩不敢撒谎："是……发菜。"托尔木喝道："我说过，你不能从草原上带走一棵草。自己解下来扔掉！"

邹浩只得哆哆嗦嗦地解下麻袋，但怎么也舍不得扔。"刷"的一声，托尔木的鞭子卷住了麻袋，手一挥，那袋发菜掉进了深谷。

"你……"邹浩气得说不出话来。托尔木不理他，只是抚摸着大红马。他抱住马头，在马眼睛上深深地亲吻着。邹浩搞不清他要干什么，只得在一旁看着他。

突然，托尔木大喝一声，双掌推出。只听大红马长声哀鸣，跌下了深谷！刹那间，邹浩看见马背上的袋子里掉出一个东西，在石头上磕了一下，竟然唱起了歌，随即也消失在峡谷里。邹浩好半天才反应过来，那是

一个音乐盒！原来，托尔木进城是为了给孩子们买音乐盒。

邹浩惊得目瞪口呆。这时，只见托尔木眼里像要喷出火来，手执马鞭一步一步走了过来。邹浩觉得自己凶多吉少，在这荒无人烟的峡谷，就算自己被推下深谷，也不会有人知道。

托尔木扬起了鞭子，邹浩绝望地闭上了眼睛。只听"刷"的一声，鞭子抽了下来，却没有打在他身上。邹浩睁眼一看，托尔木发狂似的，一鞭又一鞭，都抽在了石壁上，只抽得石屑纷飞。

良久，托尔木扔掉抽断了的马鞭，把身子紧贴在石壁上，对邹浩说："你走吧！"邹浩不敢相信自己的耳朵。托尔木平静地说："我们这里，除非有紧急的事，一般不会轻易走这条路。因为马在这里不能转身，除非一方掉下去，否则谁也走不了。如果双方的马在这里碰上了，就会商量，把比较差的那匹马推下去，给另一方让路。今天，我把我最心爱的大红马推了下去，不是因为你的马好，而是因为你生病了。你走吧，不要再回来了！"

邹浩含着泪走出了峡谷。没过多久，他精心准备了一番，重新踏上了去大草原的路。只不过，这一次他没有带挖发菜的工具，而是带上了很多药，还有一个漂亮的音乐盒。

（题图、插图：谢 颖）

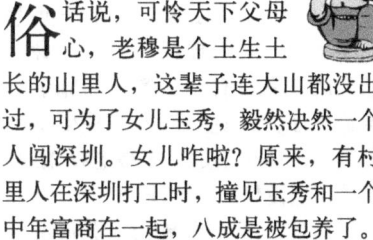

做人的底线

□ 杜辉

俗话说，可怜天下父母心，老穆是个土生土长的山里人，这辈子连大山都没出过，可为了女儿玉秀，毅然决然一个人闯深圳。女儿咋啦？原来，有村里人在深圳打工时，撞见玉秀和一个中年富商在一起，八成是被包养了。

老穆又急又怒，女儿电话又打不通，他只好孤身来到深圳找女儿。老穆不知吃了多少苦，才在一家装卸队找到了一份体力活。每天收工后，他累得腰酸背疼，可还得强忍着四处寻找女儿的踪影，但这无异于大海捞针，要找到女儿谈何容易？

这天傍晚，老穆独自坐在河滩边，突然看到远处有一辆面包车驶来，从车上下来两个男人，一边鬼鬼祟祟地东张西望，一边抬着一个麻袋往河边走，那只麻袋里似乎有什么东西在扑腾。

老穆腾地站起身，冲着那边大喝一声："你们干什么呢？"边吼边大步往前走去。

也许是做贼心虚，那两人大惊失色，扔下麻袋，开车走了。老穆过去解开麻袋，惊讶地发现麻袋里竟然装着一个七八岁的小男孩。

老穆将男孩带到电话亭，让他给家里人打了电话，没过多久，几辆豪车疾驰而至，从车上下来一帮人，为首那个气度不凡的中年男人，扑过去张开双臂搂住了男孩。

原来，这个中年男人叫林城北，是个身家过亿的总裁，有个生意上的竞争对手输急了眼，竟然对他的独生子下了毒手，如果不是正好被老穆碰到，后果不堪设想。

林城北要重金酬谢，老穆说什么也不收，他转身想离开，被林城北一把拉住："都这会儿了，总该让我请你吃顿饭吧。"说着，硬拉着老穆上了车，来到一座私人别墅。别墅里有专职厨师，一桌丰盛的酒宴很快摆了上来。

席间，林城北问道："老爷子，我看你愁眉不展，好像有什么为难事，能不能说出来听听？说不定我能帮上忙呢。"

老穆长叹一声："家门不幸啊！"说着，把来深圳找女儿的事告诉了林城北。

林城北听完，感慨道："老爷子，你放心，这件事包在我身上，你给我提供一张女儿的照片就行了，我会多派人手四处查访，就算挖地三尺，也要帮你找到女儿。"

老穆连声道谢，林城北一挥手："客气话就免了，你救了我儿子，我帮你找女儿，这是老天爷的安排啊。"

看看时候不早了，老穆起身告辞，林城北一笑："你哪儿都不用去，这儿以后就是你的家了。"林城北把别墅里所有的人召集到一起，吩咐道："这位穆老爷子是我的贵客，以后会长住在这里，你们要尽好自己的本分，让老爷子满意。"

老穆目瞪口呆："这、这怎么行？"

林城北说："我说行就行，我林城北是知恩图报的人，你吃苦受罪的日子已经到头了，这是我的私宅之一，我平时也顾不上过来，你就安心住在这里，等女儿的消息吧。"

老穆平平淡淡过了大半辈子，做梦也没想到能享受到这样的福。每天有一大帮人众星捧月般围着他转，厨师花样翻新的美食、保姆殷勤周到的侍候、外加保健师的定时按摩，构成了他生活的全部内容。

这天，老穆正坐在柔软的真皮沙发里，欣赏着高清电视里播放的戏曲，突然听到外面传来喧哗声，他隔着窗户看去，只见别墅门口有个容貌俏丽的女人，尖着嗓子又叫又闹，两名保安正试图将她拖走。

老穆出去后，那女人已经不见了，他叫过一名保安，问他发生了什么事。保安笑嘻嘻地说："还能有什么事？林总欠的风流债呗，这女人当过林总的二奶，后来被林总踹了，她心理不平衡，就来这儿闹了。"

老穆呆住了，连声说道："你弄错了吧，林总怎么会是那种人？"

保安显然不清楚老穆的心病，他想也没想地说道："这年头哪个有钱人不是这样？实话告诉你吧老爷子，这女人以前就住这儿，林总玩腻了，就把她扫地出门了，你说我会弄错吗？"

老穆呆住了。当晚，他便不告而别，离开前他不是没犹豫过，只要装一次糊涂，当作什么都没发生过，他就能继续过那种滋润的生活，但那样一来，他还是那个嫉恶如仇的老穆吗？他还能胸怀坦荡地去找女儿吗？

可回到装卸队，老穆发现自己已经无法适应这种生活了。五十公斤重的袋装水泥压在肩上，压得他气喘如牛，两条腿不住打晃，卸下水泥的同时，整个人都虚脱了。

老穆不得不承认，几个月养尊处优的生活，潜移默化中改变了他，如果说以前还能勉强挑起这份苦力活，那么现在的他实在有点吃不消了。

好不容易挨到收工，老穆端着饭碗去打饭，馍又干又硬，菜又苦又咸，老穆突然没了胃口。晚上，老穆躺在硌人的木板床上，翻来覆去怎么也睡不着，十几平米的工棚里，住满了人，打鼾声此起彼伏，空气里弥漫着汗臭、脚臭味……

这天，天气很热，老穆扛了几袋水泥后，体力不支，脚下一个趔趄，跌倒在地。这时，一双有力的手将老穆扶了起来，他抬头一看，竟然是林城北。林城北真诚地说："老爷子，我总算找到你了！"

两人来到外面，林城北开门见山地说道："我彻查了你出走前的所有细节，不难猜出你离开的原因，老爷子，钻牛角尖只会苦了自己，这种猪狗不如的生活，你还没受够吗？什么都不用说了，现在就跟我回去，好吗？"

老穆深吸了几口气，看着远处喃喃自语："这几个月的生活还真是种享受啊，我从来没想到人还可以这样享受。"

林城北意味深长地笑了，只听老穆叹了口气，说："在装卸队的日子也真够苦，每一天都那么难挨。"

林城北嘴角的笑意更深了："那你还等什么？"

老穆喃喃地说："是啊，我还等什么？我得回去干活了。"他转身刚要走，身后传来声音："等一等……"林城北笑容全失，怔怔地看着老穆，问道："为什么？"

老穆的语气很平淡，却有种掷地有声的力量："我是个山里人，没什么文化，也说不出啥大道理，不过我看过一副对联，记了大半辈子：头顶有青天，做事要存天理，脚下是厚土，为人需走正道！是啊！谁不希望享福？谁又愿意受苦？可我不能为贪图享受，丢了做人的根本。这样的回答你满意吗？"

林城北整个人都呆住了，他突然没头没脑地冒出一句话："我输了！"

这时，一个满脸是泪的女孩突然跑了出来，扑通一声跪倒在老穆面前，撕心裂肺叫了一声："爸！"

老穆目瞪口呆，几乎不敢相信自己的眼睛，这女孩正是他苦寻不见的女儿玉秀。

原来，玉秀通过村里的小姐妹，得知父亲来深圳找她的消息后，立刻找了家调查公司查到了父亲的下落。看着父亲每天干着不堪忍受的体力活，她幡然悔悟。于是，她向林城北提出中止关系，林城北没同意，说要给老穆一大笔钱，换取他接受自己和玉秀的关系。玉秀告诉他，父亲脾气

耿直，眼里揉不得沙子，决不会被金钱收买。

林城北说，不会被物欲打动的人，是因为他从未享受过，人是禁不起诱惑、耐不得腐蚀的。于是，他提出给老穆设个局，跟玉秀打个赌，如果他输了，还玉秀自由之身；如果他赢了，一切仍由他做主。

听了女儿的讲述，老穆直冒冷汗，他这才明白，从江边救人，到二奶登门，一切全是林城北设下的局，幸亏自己没答应随林城北回去，否则等女儿现身时，自己还有何颜面去要求她？

这时，林城北突然弯下腰，朝老穆鞠了个躬："老爷子，我林城北是个从不低头的人，但今天我必须向您低一次头，我一直以为，在今天这个社会，您这种品质已经灭绝了，看来是我错了！"

老穆颤抖着拉住女儿的手，从内心深处发出一声呼唤："走，我们回家！"

(题图、插图：佐　夫)

绿版编辑部各编辑邮箱：

吴　伦：wulun54@126.com
朱　虹：zhong98305@sina.com
刘迎曦：liuyingxi1203@163.com
颜轶超：yanyichao1004@sina.com
黄美舟：huangmeizhou@163.com
陶云韫：taoyunyun1101@163.com

这些竹子

不简单

□ 殷崇高

范迷糊人如其名，老实巴交，容易犯糊涂。这天，一个风水先生路过范迷糊的家门口，中暑晕了过去，范迷糊救了他。

风水先生感激不尽，临走时，他对范迷糊说："你这房子处在一块风水宝地上，只是缺了一样东西。"范迷糊忙问缺什么。

风水先生神秘地说："缺竹子。"

范迷糊将信将疑，但他还是按照风水先生说的，在房子周围栽了许多慈竹。一年后，那些慈竹长得密不透风，将他那土坯房围在中间，不见一丝阳光。

没想到，这竹子一长起来，财运还真来了。一家食品加工厂的老板找上门来，租用了范迷糊两间空房，说是要当仓库，每个月付给他一千元租金。这对范迷糊来说，无疑是天上掉馅饼。但他始终犯迷糊，这村里头几乎家家房子都比他家好，为啥食品厂偏偏选中他的破房子呢？想来想去，他觉得应该是风水的缘故，于是越发地感激那位风水先生。

好景不长，没过多久，范迷糊家对面不远处修了一条高速公路。那食品加工厂的厂房被征用，厂搬走了，范迷糊再也收不到租金了。好在，最近县里拨出巨资，说是要无偿改造村里的民房。这下，范迷糊转忧为喜，就等着自己那破烂不堪的土坯房能洗心革面。

这天早上，范迷糊一打开门，居然见到先前那位风水先生经过。范

迷糊赶紧把风水先生请进门。风水先生好奇地问："老弟，看你这气色，有喜事啊！"

范迷糊一高兴就把改造房子的事跟他说了。风水先生沉吟片刻，说："我刚看了这周边，你这房子，犯了风水大忌。"

范迷糊大吃一惊，问道："怎么了？"

风水先生说："坏就坏在这房前的竹子身上。"

范迷糊疑惑地问："当年就是你叫我栽上竹子的，现在怎么又这么说？"

风水先生说："如今，你这对面横插进一条高速公路，断了龙脉，风水就走了样。"

范迷糊有点不高兴了，他觉得自从栽上竹子后，这几年顺风顺水的，没什么不对的。临走时，风水先生又再次嘱咐他："不改改风水，你这房子百年都变不了样！"范迷糊嘴上答应着，心里却不当一回事。

不料，眼看着村里一家家房子都已改头换面，范迷糊的房子还没点动工的征兆。范迷糊心里有点急了，但转念一想：现在工程队正忙呢，家家户户都要装，等忙过了他们的，也就轮到自己了。

可是，两个月后，工程队都走了，村里的房子都装修一新，唯独他那房子还是老样子。范迷糊急了，连跑了几趟镇政府，都没人理他，这回他彻底迷糊了。

隔了几天，他碰巧又遇见了那个风水先生。范迷糊想起他之前的预言，便凑了上去，递上一支香烟，恭恭敬敬地讨教。

风水先生听了范迷糊的事情，摇摇头说："好好的风水，被你屋门前那些竹子给挡了个严严实实，还是听我的话，回去把竹子砍了吧。"

范迷糊急了："那不行，多可惜啊。"风水先生信誓旦旦地说："砍掉竹子，不出一个月，你那土坯房准会变样。"

范迷糊还是将信将疑。风水先生拿出纸笔，说："咱立个契约，一个月之后，如果你这房子还是没啥变化，你来找我，我赔偿你一千块。"说着，写下契约，交给范迷糊。范迷糊一想，这些竹子全卖了也不值一千块，万一真如他那么说，不就好了？

当天回家，范迷糊就砍掉了屋前的所有竹子。一听说他砍竹子的缘由，村里人都笑他，说他又犯迷糊了。

没想到，几天之后，一条临时大路修到范迷糊家门前。建筑材料一车一车地运来，堆在屋门前。紧接着，一个工程队开进了范迷糊家。不到一周，范迷糊那土坯房彻头彻尾变了样，从外表看去，那房子跟别家的相比毫不逊色。

工程竣工，风水先生来了，范迷糊感激不尽，留他在家吃饭。范迷糊把家里唯一的一只下蛋母鸡杀了，打了一斤白酒招待风水先生。

几杯酒下肚，这风水先生话就多了起来。范迷糊向他说出心中的疑惑："我一直不明白，当初那家食品厂为啥偏偏选中我的破房子做仓库？"

风水先生哈哈大笑道："我其实早就知道，那食品厂是做香肠的，他们的原材料基本都是病死猪，见不得光。你这房子破破烂烂的，四周用竹子围着，上头来检查怎么也不会查到你这里来，所以，用你的房子当仓库

是最安全的。"

范迷糊恍然大悟，想了想又问："那我砍掉竹子后，为什么上头就主动上门给我改造房子呢？"风水先生用手指着门外，问道："你以前在家门口看得见那条高速公路吗？"

范迷糊摇摇头说："以前看不见，都被竹子挡住了。现在就是坐在家里，来往的车也能看得一清二楚。"

风水先生笑着说："这就对了，这公路边的房子改造，其实就是给高速公路上来往的车辆看的。原先在高速公路上看不见你的破房子，因为让竹林给挡住了。现在你把竹子砍了，你的破房子立马就暴露出来，有煞风景啊，上头能不给你改造吗？"

范迷糊一听，佩服得五体投地。

风水先生神秘地笑笑说："不过啊，如今这竹子，你还必须得重新栽上。"范迷糊惊讶得张大了嘴，问为什么。

风水先生解释说："你得种上高大的毛竹，这种竹子能长到二三十米高。我刚才来的时候，看到你家后面正在建一个生态园。等你的竹子长起来，就会挡住人家生态园的招牌，到时就有人上门出高价要求你砍掉竹子了……"

范迷糊一听，连声称赞："绝！真是绝！"

（题图、插图：潘胜奎）

乞丐和
肥猫

□ 刘　超

捉拿乞丐

白州城新来了个县令姓陈，此人有个癖好，只要稍有空闲，就穿上便服，到大街小巷考察民情。

没过多久，白州城出了个神出鬼没的采花大盗，官府一直未能捉拿归案。这天，陈县令带着几个衙役上街，在城门口看见一排乞丐一溜儿躺着。忽然，他脸色一变，拉住杨捕头，在他耳边低声说道："你瞧见那个饿死鬼没有？"

杨捕头眯着眼一扫，果然发现一群乞丐中有个骨瘦如柴的乞丐，正拿着衣服在捉虱子。

杨捕头点头说瞧见了。陈县令又问："你瞧瞧他有何不同？"杨捕头瞪大眼，只见别的乞丐捉到虱子，随即便丢进口中，可那饿死鬼捉到虱子，却没有吃，而是恨恨地丢到地上。除此之外，与其他乞丐并无两样。

陈县令微微一笑，吩咐道："把他带回去，不要声张。"

杨捕头一愣，大人咋对这个饿死鬼感兴趣？但也没多问，带着手下把乞丐抓回了衙门。

陈县令随即升堂，把惊堂木一拍，冲乞丐喝道："采花贼，你可知罪？还不快从实招来！"此话一出，不单是堂下的乞丐，就连一班手下也都大吃一惊。

乞丐大喊冤枉，哭诉道："老爷，你要冤枉人也得找个像样的啊！你看我都快饿死了，怎么还能去犯案？"

陈县令喝道："休要狡辩！已有受害女子认出你来了，你还是快快招了吧！"

那乞丐开头还替自己分辩几句，后来索性闭上嘴巴，一副死猪不怕开水烫的模样。

陈县令沉吟半晌，说："采花一案，你有很大嫌疑，在我没抓到真凶前，先委屈你在此住一段日子了。"

乞丐被带下去后，陈县令招手叫杨捕头过来，细细吩咐：把乞丐关在后院那个闲置的小院子里，多派人手日夜看守。给他新衣新鞋，让他吃好睡好，一日三餐四菜一汤。

杨捕头听罢，心里很不高兴，这陈大人行事，太邪门了！尽管不乐意，可还得照大人的吩咐做。他派人烧了一桶热水，硬把那乞丐剥光，扔进桶里。洗干净换上新衣裳一看，乞丐居然有了几分人样。然后，他命厨房做好饭菜端到屋里，果然是四菜一汤。杨捕头几个看得眼里冒火，这些伙食他们做公差的还吃不上哩！

杨捕头没好气地朝乞丐喝道："这是你的，吃吧，别噎死你！"他以为乞丐会像饿狼一样扑上去，谁知乞丐只是瞧了一眼，便把眼光移开，说道："我不吃，你们还是拿走吧。"

杨捕头一听，火顿时上来了："好你个采花贼，还真把自己当老爷了！你爱吃不吃，饿死不干我事！"说罢率众人出去，锁上了门。

强迫吃饭

可接下来的几天，那乞丐还是坚决不吃送去的饭菜，只是偶尔喝几口茶，扒拉几口饭。杨捕头十分诧异，这乞丐还真有些与众不同，怪不得陈大人做出如此荒唐怪异的举动。于是，他赶紧找陈大人汇报。

陈县令眉头一皱，说："他不肯吃，你们不会想办法让他吃吗？去药房找找嘛，有什么药让他吃了想吃饭的。"

这话提醒了杨捕头，他直奔城内最大的药房。那掌柜听他一问，呵呵一笑："有！但这药却伤人！"

杨捕头把手一挥说："不管，只要疑犯肯吃饭就行！"

掌柜便拿出一包药给他，笑道："只需一口，你就是端牛粪上来，他也会给你吃光！"

杨捕头大喜，拿回去煎好，舀了些许混入茶中给乞丐送去，亲眼见乞丐喝了两口后，再命人送来酒菜，接着便偷偷在门外窥探。只见乞丐坐在椅子上，手捂着肚子，眼睛直勾勾地盯着桌上的酒菜，尖尖的喉结一上一下地快速滑动，显然是一副饿狼的模样。

杨捕头心头暗喜：这药果然厉害！可乞丐虽然食欲大动，却没有上前去吃，他紧咬嘴唇，青筋凸起，显然是在拼命抵抗。过了一会儿，他的嘴角竟慢慢流出一丝血来。

杨捕头看得暗暗心惊，这家伙真能忍！又过一阵，乞丐终于站起身来，一步步走到桌前，两只枯柴般的手慢慢伸了出去。杨捕头正高兴呢，却见乞丐猛地怪叫一声，双手一掀，把酒菜全掀翻到地上，接着双脚乱踩，嘴里还嗷嗷大叫着。

杨捕头不禁倒吸一口凉气，无可奈何地走了。哪知过了一会儿，一个手下面露喜色地跑来报告："那饿死

鬼吃东西了！"

杨捕头急忙跑去一看，那乞丐正趴在地上，把饭菜抓起来就往嘴里塞，也不怎么咀嚼，嘴巴一闭，咕咚一声，便是一大口吞下肚去。吃到最后，他竟直接把嘴巴凑到地上，像狗舐食一般。

眨眼之间，地上的饭菜便被他吃得一点不剩，比扫过还干净。杨捕头看得目瞪口呆，赶紧去向陈县令报告。

陈县令听了，高兴得连声说道："好好好，你以后就天天让他喝那种药，他想吃什么就给他做什么，管他吃个够！"

哪知第二日，那乞丐想必猜到茶中有药，就再也不肯喝茶了。陈县令得知后，叮嘱杨捕头："他不肯喝，便灌他喝下去！"

于是，杨捕头兴冲冲地率了众人，把乞丐按倒，硬是灌了半壶茶进去。不料，这一回药过头了，那乞丐如疯了一般，把桌上的饭菜一扫而光，仍不饱，又四处去啃桌椅。杨捕头忙喊人送饭菜来，乞丐一连吃了三日的伙食，这才过瘾，那肚子胀得犹如十月的孕妇一般，煞是惊人。

如此几日，杨捕头如法炮制，日日强迫乞丐喝药吃饭，甚是顺利。

这天，杨捕头来到乞丐房外，忽然听见里面传出一阵怪声。凑近一瞧，不由大吃一惊。那乞丐刚吃完饭，此时正用手使劲抠着喉咙，然后哗哗哗

地往外吐。

杨捕头看得傻了眼，这是何苦啊！他向陈县令一说，陈县令怒了："以后等他吃完饭，就把他绑在椅子上，派两个人守着，不许他吐掉！"

杨捕头挠挠头皮，只得照办。晚上他给乞丐灌了药，等他狼吞虎咽完毕，便拿了绳索把乞丐绑住，旁边还站着一个捕快，拿刀看护。

惊人变身

第二天早上，待乞丐吃饱喝足，杨捕头正要拿绳索捆住，乞丐忽然摆手道："且慢！我要去见大人，我认罪了，我便是采花贼。"

杨捕头大喜，带着他去公堂。谁知陈县令一听，冷笑道："你莫急着认罪，再过两日，真正的采花贼便会落网。"说完，挥手命令将人带回去。

果然过了两日，前阵子作案的采花贼被逮住了，供认不讳。杨捕头急忙问："真正的采花贼已经归案，把那个乞丐放了吧？"

陈县令仍是不露声色地说："谁晓得采花贼有几个？还是先关着，老样子，好好招待他。"

杨捕头大为不满，过去一看，乞丐刚吃完一桌酒菜。杨捕头火冒三丈地抖出绳索，想把他捆牢。乞丐却摇头长叹一声："公爷，别捆了！你们这样做，我虽每日吃好的喝好的，却是生不如死啊！罢了罢了，以后我自己好好吃饭，再也不吐出来了。"

杨捕头一怔，恨恨道："这样就好，你若再敢耍花招，看我怎么收拾你！"

从此以后，乞丐果然老实了。每天自己喝一口药，然后便风卷残云般大吃一顿。吃饱就往床上一躺，呼呼大睡，睡醒后，又接着吃。这还不算，他还吃出派头来了，要求这样吃那样的。杨捕头他们按陈县令的吩咐，由着他吃。

自打乞丐敞开肚皮吃喝后，三天便长一圈肉，速度十分惊人。如此一月有余，乞丐越活越滋润，像个养尊处优的老爷一般，一身油水。

这天，陈县令率了众手下来到房里，看了一眼乞丐，仰头哈哈大笑。乞丐见了他，却叹了口气，说："唉，我的好日子到头了。"

杨捕头早就厌恶至极，闻言问道："大人，我们要把他放了吗？"陈县令一笑："杨捕头，你仔细瞧瞧，看他是否眼熟？"

杨捕头诧异地盯着乞丐那张胖乎乎的脸，经陈县令一说，忽然也觉得似曾相识，好像在哪儿见过，猛然间想起了什么，指着乞丐喊道："莫非你是肥猫？"

"他不是肥猫还能是谁？"陈县令厉声喝道，"肥猫，你现在还有什么话好说？衡阳刘大财主灭门惨案是你干的吧？从实招了吧！"说罢一抖手中的画轴，露出一张画像。画中人肥头大耳，大腹便便，活脱脱就是眼前的乞丐。

原来画像上的人乃鼎鼎大名的江湖大盗，绰号肥猫。十年前犯下衡阳刘大财主灭门一案，并连同无数金银财宝一并消失。官府通缉捉拿十年无果，至今尚未结案。陈县令来白州前已接到密报，说肥猫在白州落脚，并极有可能易容改装。陈县令便常常暗中查访，终有发现。

乞丐望了一眼画像，情不自禁地摸摸自己的肚子，长叹一声，说："不错，我便是肥猫。事到如今，我愿招。只是我不明白，大人是如何发觉我的？"

陈县令大笑道："肥猫啊肥猫，你为了躲避追捕，竟让自己瘦成一个饿死鬼的模样，这番毅力，可敬可叹！可你扮什么不好，为什么非要扮乞丐呢？乞丐有不吃肉的吗？"

陈县令说，有一次在街上，他刚好看见一户人家在施舍，所有的乞丐都围上去抢食物，唯有一个瘦乞丐懒洋洋地躺在地上不动。一个丫环以为他饿得动不了，便过去塞给他一个肉包子。哪知这乞丐居然把包子掰开，把肉馅扔掉，而后一口吃掉半个包子，把剩下半个塞进了怀里。陈县令大感奇怪，自此盯上了他。

肥猫听罢，黯然长叹："天网恢恢，疏而不漏，这话是对的！"

（题图、插图：黄全昌）

短 信

□ 竹 韵

发短信对年轻人来说是件轻而易举的事，可对老年人来说，就不那么容易了。这不，张大爷为了给在外地上中学的孙子小亮发短信，勤学苦练了一个多月，才勉强学会。

这天，张大爷拿起手机，小心地按着键，嘴里还不自觉地念着："小亮，你好吗？"就这几个字，他足足按了十分钟。最后，他按了一下发送键。

接下来，张大爷就瞪着手机，等着孙子回短信。可半小时过去了，手机上什么提示也没有。张大爷有点着急了，难道自己发错了号码？他拿起手机，检查了一遍，没错啊。

看着张大爷坐立不安的样子，一旁的张大娘安慰他："别老看着手机了，没准现在孙子正上课呢。"

对呀，张大爷乐了。又等了一会儿，还是没反应，张大爷又戴上老花镜，费力地按着键："要好好照顾自己。"这回，等了好一会儿，孙子总算回了，可上面只有一个字："嗯。"

张大爷看着这个字有点摸不着头脑。想了想，他又拿起手机按了起来："生活费够不够？要不要每月多寄些？"发完这几个字，张大爷累得头昏眼花。他刚把手机放下，手机就嗡地响了一声。张大爷拿起手机一看，上面还是只有一个字："好。"

这回，张大娘也急了："快，老头子，赶紧再问问孙子，每月多给他三百，好不好？"张大爷又忙活半天，才把这几个字发了过去。可还像刚才一样，他的手刚离开发送键，孙子就回话了，上面仍旧只有一个字："行。"

老两口互相看了一眼，张大爷把手机放回桌上，半天没说话。倒是张大娘忍不住了，给儿子阿祥打通了电话："小亮在学校是不是有什么事啊？"阿祥愣了："他一切都好啊，

什么事都没有。"

张大娘奇怪地问:"那为什么我们给他发短信,他每次都只回一个字?难道是学习太紧张?"阿祥笑了:"您没事别瞎操心了!这孩子就这样。有一次我忘了给他汇生活费,他发个短信过来,就一个问号。我寄完后,他就回一个字母'O'。"说到这里,阿祥无奈地叹了口气,"现在的孩子都这样,我们都习惯了。"

老两口听完,都失望地摇了摇头。

转眼到了十一,正好张大爷过生日,孙子小亮也趁着假期回来了。阿祥在饭店订了一桌酒席,请了很多亲戚朋友。按说这时候孙子应该帮着招呼客人,可小亮只顾玩手机,连头都不抬一下。有人和他说话,他也不理睬。张大爷看在眼里,火在心上。

眼看菜都上齐了,大家却突然发现,老寿星不见了!阿祥赶紧打电话,可始终没人接。这下,大伙儿都急了。突然,小亮拿起手机喊道:"爷爷给我发短信了!"阿祥赶紧凑过去一看,手机上只有一个"囧"字。这是啥意思?小亮随手发了个问号回过去。不一会儿,小亮的手机就收到了回信:一长串的感叹号!老爷子这是怎么了?大伙都愣住了。

小亮赶紧发信息:"爷爷,您在哪里?还好吗?"他刚发完,立刻就收到回信,只有一个字:"嗯。"小亮接着问:"我们找您半天了!您到底

怎么了?"很快,小亮又收到回信,上面仍旧只有一个字:"哦。"

大家面面相觑,这是怎么回事?小亮又回道:"这么多人都担心您呢!您在哪儿呢?我去接您!"这回他收到的短信是一个省略号。

小亮不知所措地望着张大娘问:"奶奶,爷爷这是怎么了?"张大娘看了一眼手机问:"你还不明白吗?你看看,爷爷发过来的短信有没有觉得眼熟?这都是你回给他的短信啊。你爷爷年纪大了,学会发短信不容易,每次费半天劲写几行,盼星星盼月亮地等着你的回复,可你每次只回复他一两个字,他有多伤心啊。今天,他过生日,你还是只顾玩手机,不跟大家说说话,他怎么能不生气?"

顿时,小亮的脸红了,他认真地给爷爷回了条短信:"爷爷,我知道错了,我忽视了大家对我的关心,也忽略了和家人交流的重要性,您快回来过生日吧!"

发完短信,小亮瞪着眼睛看着手机,等啊等啊,半天也没有回复。他失望地抬起头,却一眼看见爷爷站在门口,手里拿着手机,笑得像个孩子。

(题图:陆小弟)

延伸阅读

您想阅读这位作者的其他精选作品和创作感言吗?请扫描右边的二维码。更多精彩,立刻体验。

我们都是一家子

□ 徐树建

这天是大年三十，警察常春正在车站的候车室里巡逻。突然，有人大叫起来。常春忙跑过去一看，只见一个皮肤黝黑的老头哭丧着脸叫道："没了、没了，天打五雷轰的小偷，不得好死啊……"

常春的心不由得往下一沉，好多农民工把一年挣的辛苦钱都揣在身上，这要是被偷了，还不要了他们的命？想到这里，他赶紧上前一步拉住老头的胳膊说："大爷别急，先跟我到值班室。"

到了值班室，常春给老头倒了一杯热水，问道："大爷您丢了多少钱？车票丢没丢？"

老头苦着脸说："车票倒没丢，就丢了钱，整整五十。"

常春惊讶地瞪大眼问："多少？"

老头显然对常春惊讶的样子有些不满，反问道："五十块还不多吗？"

常春顿时有些哭笑不得。老头却絮絮叨叨地说了起来："幸亏我把大部分钱寄回家了，要是全给偷了，我还不急死？警察同志，不瞒你说，除了车票，我身上只留了五十块，这钱是准备给我孙子买花炮的。"

听老头这么一说，常春忙安慰道："大爷，这事好解决。要不你拿我手机给你儿子打个电话，让他到车站接你，然后跟他拿五十块钱买花炮，回家再哄你孙子不就成了？"

老头听了，眼睛一亮，说："这倒是个好主意，就这么办。"

常春忙递过手机，老头拨通他儿

子的电话后，一五一十地说了情况。

事情解决了，常春正高兴呢，谁知老头突然又说："不行，这事不妥……"常春吓了一跳，问道："哪儿不妥？"

老头一脸痛苦之色，说："我儿子的钱也是辛苦挣来的，也是家里的钱，说来说去，我们家还是损失了五十块钱，唉，都怪我没用……"

听到这里，常春不知该说什么了，这真是一个固执又小气的老头，不过，他毕竟这么大年纪了，每一分钱都来之不易，如果不帮他解开这个心结，这个年，恐怕是过不好了。

常春当即从钱包里掏出五十块钱递过去，说："大爷，你丢的钱算

我的好不好？时间不早了，要发车了……"

不料，大爷却一瞪眼，说："我又不是叫花子，怎么能要你的钱？再说你又不是小偷。"

常春想了想，起身踱了两步，忽然指着门口的地上叫起来："大爷，这地上有张五十块的，准是老天爷知道您丢了钱，特意来补偿你的。"

老头一看，地上真躺着一张五十块的纸币，可他刚弯腰想捡，忽然又停住了，一脸不屑地说："太假了，刚才我进来时还没钱哩，这么点工夫就有人丢了钱？再说这儿人来人往的，怎么偏偏就你看到？分明是你故意丢在地上哄我的……"

常春尴尬地笑了笑，没想到这老头看似糊涂，其实倒也挺聪明的。

就在这时，车站喇叭里通知说要发车了，望着老头没精打采走向汽车的背影，常春心里很不是滋味。

再说老头，坐了几个小时的长途车后，终于到站了。望着别人欢天喜地的样子，他可是一点也高兴不起来。见儿子还没来，老头便扛起包裹低头往家赶。忽然听到身后有人喊："大爷、大爷，能帮个忙吗？"

老头回头一看，是一个警察在招手叫他。那警察指了指身旁的警车说："车子陷到坑里了，我一个人推不动，大爷能帮我推一下吗？"

老头立刻放下包挽起袖子，说：

"这还不是小事一桩？"于是，那个警察上车发动车子，老头弯着腰在后面用力一推，车子就出来了。

老头满意地拍拍手，拎起包就走，谁知那个警察又喊开了："大爷，等一下。"老头纳闷地回过头，说："还有什么事？"

警察一脸感激地说："大爷，今天要不是您，我还真没法子哩，我该怎么感谢您呢？这样吧，给您点劳务费，五十块够不够？"说着，递过来一张五十块的钞票。

不料，老头像吃了枪药似的嚷嚷开了："你这不是瞧不起人吗？不就是推一下车？还给钱？先前在城里我拿人家警察手机打电话，人家也没跟我要钱啊！"

老头说完扛起包就走，警察愣了一下，连忙叫道："大爷，我错了！要不，拿个小玩意儿给你孙子玩玩，这个不值钱的，算我一点心意好不好？"

一听是玩具，老头情不自禁地停下脚步，回头一看，那警察正从车上抱下一样东西来。老头仔细一看，眼睛立刻瞪大了，竟是一小捆各式各样的花炮。警察看着老头的脸色，小心翼翼地说："大爷，这花炮绝不是给你的劳务费，而是我和我老婆买重了，她也买了一份。大爷能帮忙收下吗？不然的话，我老婆就要骂我不会过日子乱花钱了。"

老头一听，乐呵呵地说："为了你老婆不骂你，我收下了。"

这下孙子的花炮有了，五十块钱算是回来了，心结也完全解开了，快快乐乐过新年喽！于是他三步并作两步赶起路来，跑老远了，只听身后的警察大声喊道："大爷，新年快乐！"

晚上，老头一家子吃完年夜饭，就一起到屋外看孙子放花炮。看着孙子大呼小叫的兴奋劲，老头摸着胡子乐呵呵地笑着，忽然他心里"咯噔"一下，想起了什么，连忙叫来儿子说："你给我回个电话，就是白天我拿人家警察手机打给你的那个号码。"

此时常春还在车站内值勤，突然听到手机响了，接起来一听，竟是白天那个丢了五十块钱的小气老头！

老头在电话里真诚地说："警察同志，新年快乐！"

常春听了，只觉得心里一暖，忙说道："大爷，新年快乐，长命百岁！"

老头又说："警察同志，你听到声音了吗？我孙子正在放花炮呢！刚才我突然明白了，你和那请我推车子的警察是一家子吧？真是太谢谢你们了！"说着忽然哽咽起来。

常春压抑着情绪，大声说："大爷，应该说——我们都是一家子！"

原来，老头走后，常春一直放不下这事，突然灵机一动，想起老头那个镇的派出所有个老同学，于是上演了前面那一出。

（题图、插图：谢　颖）

特殊的『地毯』

有个年轻人毕业后，被分配到贫困山区的一所小学任教。学校只有一间破教室，教学条件十分简陋。尽管这里的孩子对他很尊重，但他刚来就暗暗托关系，想早日离开这里。

这天，年轻人在教室里上课，大风从教室墙壁上的破洞里吹进来，不时地刮起地上的灰尘，教室里顿时灰尘弥漫。年轻人气急败坏地将手中的粉笔往讲台上一扔，说教室里什么时候铺了地毯，什么时候再开课。说完他头也不回地离开了教室，回到了城里。

在城里呆了两天，年轻人想起了学校里的孩子们，心中有些不安，便回到了学校。当他走进教室时，眼前的情景让他惊呆了：只见教室的地面上铺了一块五颜六色的大布块。这是一块用旧衣服缝合在一起的"地毯"！

年轻人一脸茫然地问这块"地毯"的来历。一旁的村长说，孩子们回到家将教室里刮灰尘的事告诉大人们后，大家就你家一件衣服，我家两件衣服地往外拿，并在最短的时间内缝制了这块"地毯"……

年轻人还没等村长说完，泪水就夺眶而出。在这样艰苦的地方，一件衣服对于一个家庭的重要性是可想而知的，而他的一句牢骚话，却让这些家庭做出了这样的举动。

从此以后，年轻人安心在这所学校教书，其间有多次调回城里的机会，他都心甘情愿地放弃了，因为那块五颜六色的"地毯"牢牢地留住了他。

（作者：朱胜喜）

心 囚

从前有一对亲兄弟，哥哥很胖，弟弟很瘦，他们一起统治着一个国家。

一天，弟弟发动了一场政变，把哥哥抓了起来。不过，弟弟没有将哥哥处死，而是将他关在一座为他建造的城堡里，并向哥哥保证："只要你能从城堡里走出来，就还能和我共同统治国家。"

弟弟的宽容得到了全体臣民的拥护，他们觉得，弟弟实在是太宽容了。那座城堡有门有窗，并且门窗都是敞开的，只要哥哥能够减肥，就可从正常大小的门里走出来，重获自由。

然而弟弟对哥哥的弱点掌握得一清二楚，他每天叫人为哥哥送去好酒好菜，要多少送多少。哥哥对送来的美味佳肴也是来者不拒，因此不仅没有瘦下去，反而越来越胖了。

于是，有人开始指责弟弟。弟弟笑着说，只要他愿意，他随时可以出来，决定权在他手上。可一晃许多年过去了，哥哥还是没能从那座城堡里走出来。

最后，在全体臣民的一片求情声中，弟弟将困住哥哥的城堡炸毁了，哥哥终于重获自由。

然而，由于多年的贪吃，哥哥的身体已经一塌糊涂，出来后不到一个月就一命呜呼了。从此，弟弟名正言顺地独掌大权。

其实，哥哥并没有被弟弟囚禁，真正囚禁他的是他那颗贪吃的心。

（作者：喜　子）

个阳光明媚的周六下午，鲍比带着他的两个孩子去玩迷你高尔夫球。

他走到售票柜台前，问："请问门票需要多少钱？"

售票员瞧了他们一眼，说："您和6岁以上的孩子都是3美元，6岁以下的孩子则完全免费。请问，您的孩子多大了？"

鲍比回答道："一个7岁，一个5岁，所以我想我应该付给你6美元。"

售票员笑着说："嘿，先生，您是刚刚中了彩票，还是怎么了？您完全可以省下3美元，因为您可以告诉我，您最大的孩子是6岁。其实，我根本看不出6岁和7岁有什么差别。"

鲍比微微一笑，说："是的，这的确可以，但我的孩子会知道其中的区别。"

这件事情如果发生在国内，大部分人可能会选择隐瞒真实年龄，从而省下3美元。可是，这省下的3美元对孩子的影响却不知道有多大。人在做，天在看，千万别认为省下的3美元仅仅是3美元而已。

（编译者：许扣锁；推荐者：日　天）

（本栏插图：安玉民　梁　丽）

孩子会知道

学写作文，从读故事开始

本文根据英国作家迈·内姆的作品改编。

绝妙自杀

这天下午，一个戴着鸭舌帽的小伙子来到一家酒店。他压低帽檐，走到一间包房门口，推门进去。

此时，包房里坐着一个四十多岁的中年男人，他的脸胖胖的，戴着一副黑色宽边眼镜，穿着一身黑西装，显得文质彬彬的。见到小伙子后，中年男人微微一笑，示意小伙子在对面坐下。

小伙子恳求道："听说你是这个行业里的顶尖人物，从来没失过手。所以我想请你……帮我杀一个人。"

男人听完，咧嘴一笑："你找对人了。不过，你最好告诉我关于他的一切。"

"好的。"小伙子清清喉咙，直视着男人问，"你可知道我是谁？"

"不知道。"男人摇摇头，微笑着说，"一般情况下，我了解主顾的情况越少，主顾相对来说就越安全。"

小伙子咬咬牙说："谢谢你的提醒，不过，我的情况告诉你也无所谓，我叫埃姆斯基。"

"埃姆斯基？"男人皱起眉头，若有所思，显然他对这个名字有印象。突然，男人的嘴角露出一丝诡异的笑意："你就是报纸上的那个大倒霉蛋埃姆斯基？本城首富皮科尔的小儿子？"

小伙子咬牙切齿地说："对。那个大倒霉蛋就是我！我的哥哥洛克篡改了父亲的遗嘱，抢夺了我的财产，使我一夜之间变成了一无所有的穷光蛋。不仅如此，他还抢走了我最心爱的女朋友，还四处向媒体散布我的谣言，让我被世人所耻笑！这，实在让我忍无可忍！"

男人微笑着说："哦，我明白了，你是让我干掉你哥哥？"

不料，埃姆斯基一字一句地说："不是的。我不是让你去杀我哥哥，而是请你来干掉我。"

"哦？"男人一愣，眼睛里充满了好奇，"为什么？"

"因为我的女朋友。自从哥哥谋夺了我的财产，她就变心投入了哥哥的怀抱。"埃姆斯基的泪水开始在眼眶里打转，"你不知道，我是多么爱她，她简直就是我生命的全部，没有了她，我活在这个世界上就等于行尸走肉。从她背叛我的那一刻起，我就失去了自己的灵魂。我现在万念俱灰，只想尽快离开这个世界。"

"真是个可怜的人。"男人的眼光里流露出同情，"那你不想报复你哥哥他们了吗？你完全有理由去夺回属于你的东西啊！"

埃姆斯基摇摇头说："我是在我哥哥的压迫之下长大的，从小他就是我生命里的大山，我对他怎么也恨不起来，确切地说是我连恨他都不敢！更何况去报复他！"说完，埃姆斯基开始低声哭泣。

过了一会儿，埃姆斯基擦干眼泪继续说："还有，我确实和媒体描述的一样，我真的是个胆小、怯懦的窝囊废。我虽然想早点解脱，可是，连杀死自己的勇气都没有……所以……求求你，你一定要帮我！"

"这样的生意，我还是第一次遇到……"男人狡黠地一笑，"不过很有意思，这桩生意我可以接。"

埃姆斯基冲上前去，使劲握住男人的手，连声说着谢谢。

男人想了想，又问："不过，如果媒体报道属实的话，你目前应该是身无分文了。请我这样的职业人士干活，每次的出手费可是相当高的啊！请问你现在能付得起吗？还有，干完活之后，我怎样才能拿到报酬？"

"我现在确实是身无分文，你看，我连一毛钱都没有了。"埃姆斯基放开男人的手，翻开两边的裤子口袋，说，"但我绝对请得起你，并能保证你会拿到你应得的报酬。"

"哦？"男人饶有兴趣地听着。

埃姆斯基胸有成竹地说："这些事我已经安排好了。我目前仍在家族的银行里上班，就是这个酒店门口右边的那家银行，走过去只要五分钟。我之所以还能在那里上班，是出于哥哥的'恩典'。其实，他恨不得我立刻死去，他这样假仁假义，无非是想减少外界对他的非议。不过我现在只是个普通的小职员，在柜面接待顾客……"

男人催促道："你继续说，怎么付给我报酬？"

埃姆斯基清了清嗓子，看看表：

"银行马上就要上班了，一会儿我回去后，你就到银行的5号窗口前，我会在窗口后面等你。我将你的报酬装在袋子里交给你，然后，你就冲我的心脏开枪！"

男人皱着眉头，似乎在思考。

埃姆斯基盯着男人的眼睛，继续说道："我都替你设想好了。现在是银行业务的高峰期，营业厅里的顾客很多，警卫绝对不敢冲你开枪，他们怕误伤顾客。还有，你开枪打死我之后，立即走出银行，隐没在街头的人群中。这里是繁华地段，行人众多，警卫也是不敢开枪。整个过程大约只需要三十几秒，快速、安全，一笔不菲的收入就到手了。"

见男人还在沉默，埃姆斯基继续劝说："我这种自杀的要求虽然古怪，但我也是无可奈何。做银行小职员的那点薪水，连我喝酒都不够，我根本就没有一分钱的积蓄。这样做，一来我能够支付你足够的报酬，二来我也可以死得体面些——是被他人枪杀，而不是自杀。希望你能够理解我。"

男人又沉默了一会儿，终于伸出拳头，砸在桌子上："成交！"

埃姆斯基露出会心的笑容："我现在就回银行，去准备给你的钱，然后我坐到5号窗口后面等你。你五分钟后就可以动身，直接到5号窗口把事情办了就行。"

男人点点头说："OK！没问题。"

"那就拜托你了！绝对要一枪毙命！给我来个痛快的，我可不想受罪！"说完，埃姆斯基站起身，向男人握手，"那我先告辞了。预祝我们成功！"

男人自信地说："一定成功！"

埃姆斯基走出酒店后，快步走向自己的汽车。他启动汽车，车子向城市的郊区驶去。他一边开车，一边掏出电话给他的下属下达命令："艾米主管，你马上把我办公桌上的袋子交给5号窗口的营业员，并告诉他过会儿有个四十来岁、微胖、戴眼镜、穿黑西服的男人来取，让他什么也不要说，直接将袋子交给对方。"

挂断电话，埃姆斯基又开始拨打第二个电话给他的女朋友："亲爱的，我是洛克。事情办完了。可我还是觉得，我那个窝囊废弟弟根本就不会对我们造成任何威胁，我对他太了解了。不过，为了你高兴，为了你放心，我还是做了一些安排。十分钟后，你就可以高枕无忧了！"

挂了电话，洛克打开汽车里的广播。他相信，他马上就会听到有关他的银行遭遇打劫和5号窗口的营业员遇害的报道。想着想着，他的嘴角浮现出得意的微笑。

此刻，银行5号窗口后面坐着的，正是他的弟弟——埃姆斯基。

（推荐者：辰　宝）

（题图：佐　夫）

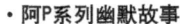

□ 邢　东

阿P过长假

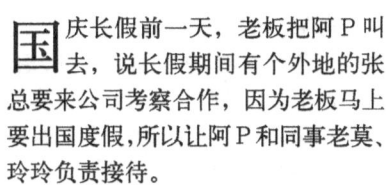

国庆长假前一天，老板把阿P叫去，说长假期间有个外地的张总要来公司考察合作，因为老板马上要出国度假，所以让阿P和同事老莫、玲玲负责接待。

回到办公室，阿P把加班的事和老莫、玲玲说了一遍，两人立刻就火了：盼星星盼月亮，就盼国庆休长假。我们宁可被炒鱿鱼，也坚决不加班！

阿P见两人气成这样，突然脑筋一转，说："没事儿，接待客户的事儿就交给我吧，不过，我有个要求……"

老莫和玲玲忙问："什么要求？"

阿P挠了挠脑袋，说："国庆加班不是有三倍工资吗？你们得把老板多发的工资给我！"两人一听，爽快地答应了，问阿P要了银行卡号后，

便兴高采烈地走了。

阿P看着他俩的背影，得意地笑了。他掏出手机，拨通了妻子小兰的电话："喂，老婆啊，赶紧买票坐车到城里来，对，就是现在！别忘了，带上咱爸！"

阿P的办法很简单：既然老莫和玲玲都不肯加班，那干脆让自己的老爸和小兰来冒名顶替，这样一家三口团圆了，接待任务也完成了，老爸和小兰还能拿着三倍工资来城里玩个痛快！

第二天一早，老爸和小兰就到了城里，阿P让他俩换上职业装。小兰本来就是个美人胚子，这下更加光彩照人了。可阿P的老爸常年在乡下种田养鱼，乍一穿上西装，怎么看怎么别扭。

阿P看了有些不安，但现在也

只能将就了。他叮嘱老爸尽量少说话，然后一起去机场把张总接到宾馆，还给每人开了一个房间。

张总五十多岁，是个秃脑门的胖子。阿P带张总参观完公司，大家就一起到餐厅吃饭。落座之后，阿P发现，张总老是有意无意地用眼睛的余光瞄小兰。阿P有点不高兴了，他故意把菜谱举到张总眼前，挡住了他的视线。

酒菜上齐，张总端起满满一杯酒，冲着阿P就来了。阿P一下慌了，他指了指老爸，说："张总，我的酒量不行，三杯就醉，我们办公室的老莫酒量还……"

谁知没等他说完，老爸一个劲儿地摆手，示意自己也喝不了。

阿P脑袋嗡的一下就大了：老爸啊老爸，我还不知道你的酒量？喝白酒就跟喝白开水似的，你得替儿子顶上啊，关键时刻，怎么能掉链子？

张总一脸坏笑地看着阿P，非要先敬阿P三杯，阿P本来想推辞，可张总劝酒的功夫实在太厉害了，两句话没说完，三杯酒就灌下去了，还没吃菜，阿P就趴在桌子上不动了。

接着，张总又把矛头对准了阿P的老爸，也要敬老爸三杯。老爸推辞不过，龇牙咧嘴地喝了下去。张总见他居然没倒，又敬了老爸三杯，这下老爸的脸变得红彤彤的，一张嘴，家乡话都出来了。张总觉得时机差不多了，又连敬三杯，结果老爸还是没倒。没过多大工夫，张总自己醉倒在桌子底下了。老爸笑眯眯地撩起桌布，看着醉得不省人事的张总，哼了一声："小样儿，想灌醉我，你还嫩了点！"

阿P醒来的时候，发现自己躺在小兰的房间里。阿P爬起身，问："张总呢？"

小兰指了指隔壁，说："睡觉呢！是咱爸和服务员把你们俩送上来的。"她又用手指点了点阿P的脑门，说："阿P啊阿P，你怎么一点儿长进都没有？咱爸都看出来了，这个张总色心不死。他给你俩敬酒，不就是想把你俩灌醉，然后好打我的主意吗？要不是咱爸给他放了个烟雾弹，还不知道结果怎样呢！"

阿P这才想起老爸，忙问："咱爸他没事儿吧？"

小兰撇了撇嘴，说："他没事儿呢！出去逛街了。"

两个人正说着话，房间的电话响了起来，小兰一看来电显示，朝阿P嘘了一声，说："怕什么来什么，是张总的电话。"

阿P的火腾地就上来了，他气呼呼地站起身，说："我这就去找他，告诉他，你是我的老婆，他要是敢胡来，我饶不了他！"

小兰一把拉住阿P，含情脉脉地说："就凭你这句话，我没嫁错人！

你放心，我已经想好了对付张总的办法，只不过得辛苦你了。待会儿听见张总过来，你就赶快往门口跑。"

阿P被小兰夸得晕晕乎乎的，他一挺腰杆，说："不就是跑两步吗？我不辛苦，再说，为了你，多大的辛苦都是幸福！"

电话又响了几遍，终于不响了。紧接着，阿P就听到隔壁的门开了，随后就听见嗒嗒嗒的脚步声越来越近。听着脚步声到门口了，小兰推了阿P一把，小声说："快跑！"

阿P立刻打开房门冲了出去，刚好和门口的张总撞了个满怀，再回头看屋里，小兰正摆出一副四不像的武术架势，怒不可遏地看着他俩，说："阿P，我告诉你，我忍你好久了，你再这么骚扰我，我就真的对你不客气了！"

阿P这才明白小兰的"主意"是什么。经过阿P这一撞，张总的酒也醒了大半，他心有不甘地看了看小兰，俯身扶起阿P，说："兄弟，你喝多了就老老实实躺在床上睡觉嘛！怎么能往玲玲小姐的屋子里钻呢？走，上我屋里去，咱哥俩聊会儿。"然后，他转过身对小兰说："玲玲小姐，你放心，有我在，这家伙再也不会骚扰你了！"说罢，硬拉着阿P走了。

第二天一早，张总神神秘秘地告诉大家，今天要去南湖玩。到了南湖，四个人上了一条电动船。老爸原本就是个渔民，上船后不久，就坐到船尾跟船老大聊了起来。阿P示意小兰到船头去，自己坐在张总身边，缠着他说这说那。可一个不留神，张总就从座位上跑到了小兰的身边，从衣袖里掏出一枝红玫瑰，硬往小兰手里塞。

阿P恍然大悟：原来这小子要上南湖来玩，是有预谋的，实在是欺人太甚了！阿P站起身就朝船头冲去，可刚走了两步，只觉得船轻轻一晃，张总这个大块头扑通一声掉进了水里，紧接着，又是扑通一声，阿P回头一看，老爸也一个猛子扎进了水里。不一会儿，他就把张总托了上来，阿P也顾不上生气了，

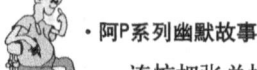

连忙把张总拉了上来。

这下张总狼狈极了，上船之后，他一个劲地感谢阿P老爸的救命之恩。阿P也吓坏了，刚才往船头跑的时候，他亲眼看见老爸用手肘轻轻碰了一下船舵，这动作不大，对经常坐船的小兰来说根本就算不上什么，可对"底盘"不稳的张总来说，却足以把他晃下去了。自己陪客户考察，差点把客户的小命给断送了，这要是让老板知道了，准得把自己给开除了啊！

经过这次落水事件，张总居然老实了下来。第二天，他提前结束考察，并且同意跟阿P的公司合作。

大功告成，阿P喜笑颜开。他专门请老爸和小兰大吃了一顿，把所有景点玩了个遍，然后就等着向老板邀功呢！

长假结束了，阿P一查银行卡，玲玲和老莫果然已经把三倍工资打给了他。他得意地来到公司上班，椅子还没坐热，老板就打电话让阿P过去。

阿P兴冲冲地来到老板的办公室，准备接受老板的嘉奖。果然，老板一见他，随手把一叠钱扔到了阿P面前。

阿P有点儿受宠若惊，说："老板，为公司服务，是每个员工的责任，您居然给我发这么多奖金，我实在……实在太感激了！"

不料，老板冷冰冰地说："这不是奖金，是你的离职补偿金！阿P，我现在正式宣布：你被开除了！"

阿P几乎不敢相信自己的耳朵："老板，您，您是在开玩笑吧？"

老板哼了一声，说："阿P，你别以为我什么都不知道！张总已经把你的所作所为都跟我说了！"

阿P更迷糊了："他说什么了？"

老板说："人家张总说了，玲玲待人接物大方得体，老莫不善言谈但是见义勇为，救了他的命，所以他才签了合同。两个人都是难得的好员工！"

阿P点点头，说："是啊，他说得没错！"

老板猛地一拍桌子，吼道："可你呢？张总说，这几天你跟他说的话，没有一句靠谱的，就会瞎吹牛。更让人不能容忍的是，你酒桌上沾酒就醉，醉酒后居然色胆包天地骚扰玲玲！"

阿P一听，脑袋嗡的一下，想再解释，可老板却让保安把他轰了出去。

阿P气坏了，一边走一边骂，这样的老板，不跟着他也罢！走着走着，就想起老爸和小兰满意的笑容，小兰那句"我没嫁错人"又在耳边响起，阿P一阵陶醉，忍不住又得意地哼起了乡间小调……

（题图、插图：顾子易）

54

你听说过"考霸"一词吗？说的就是那些屡屡参加考试，成绩总是出类拔萃的能人。

□戴瑞芬

考霸

张晓是个考霸，特别善于考试。大学毕业后，他在机关里当了一名小职员。领导知道张晓考试厉害，凡是局里有考试时，统统把试卷丢给张晓，让他代写。

张晓不敢怠慢，先写书记、局长的，再写副书记、副局长的。写完领导的试卷，他的手已经累得快抬不起来了，这才拿过自己的试卷，有心无力地写起来。

领导不止一次称赞张晓会考试，可就是不提拔他。和张晓同时进单位的人，一个个成了科长、主任，张晓却依旧是个小秘书。

张晓非常苦恼，有一次喝醉酒时，就向一位老同事发牢骚："老李，除了跟别人一样干活外，我额外还帮领导考试，可提拔人的时候，领导为什么从来没想到我呢？"

老李也喝醉了，他带着酒意说："因为你太会考试了。"张晓莫名其妙："我比别人干得好，更应该提拔呀。"

老李拍拍张晓的肩膀，感叹说："张老弟，你已经三十多岁了，怎么还这么幼稚？""幼稚？"张晓越听越糊涂，"我哪里幼稚？"

老李只好挑明说："如果提拔你，那谁帮领导考试？"张晓问："不是还有别的秘书吗？"

老李呵呵一笑说："别人不如你会考试啊！"

张晓想想单位里的人，还真是这

样，工作出色的人很难得到提拔，倒是那些工作平平常常的一个个升迁了。张晓非常后悔没有早点向老李请教，他决定也做个平庸的人。

此后，张晓干活随大流，帮领导考试也故意写错一道题，免得领导死抓住自己不放。

没多久，局长就找张晓谈话了。张晓兴奋不已，以为领导终于想到提拔他了。可走进局长的办公室后，他却碰了一鼻子灰。局长压根不谈提拔的事，而是批评张晓工作不如以前认真，考试也答错了一道题。

从局长的办公室出来后，张晓又去请教老李："为什么别人干活平平常常十几年，都不挨批评，有的还被提拔，而我只是随大流半个月就挨批

评？还有帮领导考试，即使我答错一道题，依旧比别人强，局长为什么不高兴呢？"

老李笑笑说："别人是一开始就平平常常，就不会考试，领导从来不指望他们干活出色，自然也不会批评他们。而你原来那么优秀，突然变得这么平常，领导自然要批评你。"

张晓疑惑地问："难道干活出色的人，只能埋头干活，永远得不到提拔？"

老李想了想，点头说："差不多吧。否则单位里怎么会有那么多平庸的人？人家的能力未必不如你，只是不想显露罢了。如果答错一道题就押赴刑场杀头的话，恐怕个个都比你会考试，至少不会比你差。"

老李的话像一根针戳破了气球，张晓一下子泄了气："那我在单位里还有什么奔头？"

当天晚上，张晓把老李的话告诉了妻子。妻子原本就觉得男子汉应该到外面去闯荡闯荡，于是趁机劝丈夫："你不是有个当老总的朋友吗？看他那里要不要人，干脆不要这个公职了。"

妻子说的朋友叫罗伟坚，是张晓的大

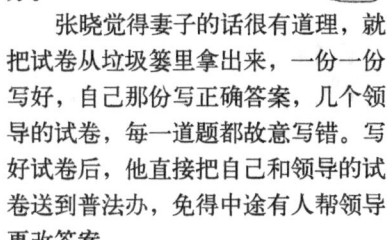

学同学，十年前就去了上海，现在已经是一家公司的总经理。张晓连夜跟罗伟坚联系，想听听他的意见。罗伟坚说："你早就应该出来了，我随时欢迎老同学。"

张晓直接问："我得把丑话说在前头，你能给我多少工资？"

罗伟坚说："底薪一万二，干得好还有提成。行了吧？"

张晓在单位里的月薪还不到三千元，他喜出望外地说："好，下个月我就到你的公司上班。"

第二天，张晓去办公室清理抽屉，准备领了这个月的工资就不干。这时，办公室主任丢给张晓几份试卷，说："快点做，明天要交给普法办。"张晓一看，原来是普法考试的试卷。

十几年来，张晓不知帮领导考过多少次了，这回他可不想干了。张晓把试卷拿回家，一个字不写就扔进了垃圾篓。妻子问："干吗全扔掉？"

张晓满不在乎地说："过几天我就辞职了，不用帮领导考试了。"

妻子笑笑说："你应该最后帮领导考一次试，把他们的答案全写错，让每个领导都得零分。"

张晓摇摇头说："不帮他们写就算了，不能害人家。"

妻子生气地说："这怎么能叫害呢？那些领导从来不写一个字，本来就应该每次考试都得零分的。十几年来，你帮领导考过多少次试？你就是给他们弄几十个零分也不过分。"

张晓觉得妻子的话很有道理，就把试卷从垃圾篓里拿出来，一份一份写好，自己那份写正确答案，几个领导的试卷，每一道题都故意写错。写好试卷后，他直接把自己和领导的试卷送到普法办，免得中途有人帮领导更改答案。

过了几天，张晓主动打电话向普法办打听这次考试的成绩。张晓先问了自己的分数，对方说是一百分，这完全在张晓的意料之中。接着，他开始打听领导的分数，故意问："我们领导是不是也得了一百分？"对方立刻叫起来："你们单位的领导个个都得零分！"

张晓开心极了，正要挂断电话，不料，对方接着说："不过，我们领导对你们领导的评价很高。"

得零分居然还评价很高？张晓觉得有些莫名其妙，就问："为什么？"

对方耐心地解释道："因为考零分是很不容易的。这次考试全部是选择题，即使是个白痴，随手乱填，最少也能得十几分。只有知识扎实，对所有试题了如指掌的人，才能故意写错每一道题，考得零分。老实说，全部写错比全部写对还要难啊，这个零分比你的一百分还牛！你们领导才是真正的考霸啊！"

（题图、插图：张恩卫）

保护小汽车

□ 王静者

民国初年，曹锟当上大总统后，决定在自己的老巢保定府光园，大搞庆典祝贺。

这天，副官神秘地前来报告说："大总统，花满堂来保定了。"花满堂是曹锟邀请来的梨园名角，但再大的名角对曹锟来说也就一个戏子，他来保定府了，还用来汇报？

副官一瞅曹锟脸色不对，忙接着说："这花满堂是坐着自己的小汽车来的。保定府百姓没见过这玩意儿，把他的小汽车堵在城门处，那边人山人海的，所以特来请示，是不是派一队士兵过去维持秩序，顺便也把花满堂接进来？"

曹锟听完，眉头一挑，眼珠就转起来了，突然一拍桌子说："派，必须派！把花满堂接到宾馆后，就把他的小汽车给保护起来，任何人都不得接近。这事，你亲自负责。"

副官有点傻，说："保……保护小汽车？"曹锟嘿嘿笑着说："对，就是保护小汽车。"

就这样副官亲自带队，把花满堂接到宾馆，然后找来白布把小汽车盖上，让士兵围在汽车旁，站岗保护。

第二天，副官来见花满堂，说要带他到保定府转转。转了一圈后，两人来到了莲花池。

这莲花池是当年慈禧太后的行宫。转着转着，副官在一尊雕像前停住了，指着雕像说："这个观音雕像大有来头，你看，观音手上托着莲叶，莲叶上还有个寿桃。你知道这是什么意思吗？"花满堂想了想说："有寿桃，有莲叶，应该是为了拜寿。"

"好聪明！"副官说，"那年，刚闹完八国联军，慈禧返京，恰好赶上自己寿辰。当时保定府有一位能工巧匠，为给慈禧拜寿特意制作了这个雕

58

像，名叫莲叶托桃。结果，他却被慈禧杀了。"

"杀了？"花满堂惊叫道，"为什么？"副官哼了一声，说："你看这莲叶上托着个寿桃，谐音就是连夜脱逃，慈禧以为对方在骂八国联军打过来时，自己连夜逃出京城。"说到这儿，副官冷冷地看了花满堂一眼，"所以说啊，人不能太自作聪明了，不然会聪明反被聪明误。"

花满堂顿时一个激灵，这分明话里有话，我现在的情况就是这样，为庆祝曹锟当选大总统而来，来后副官亲自接待，小汽车还有士兵昼夜护卫，我就是个唱戏的，能有这么大面子？

花满堂再没心情游玩了，回到宾馆后，来回踱步，自己究竟哪里出问题了？正如坠迷雾间，副官进来了，说："后天就是大庆的日子了，刚才大总统问，你唱的曲目是什么？大总统想听听。"

花满堂想了想，说："哦，准备了许多出戏，我这就写出来，具体唱哪出，听大总统安排。"然后提笔写出那些曲目名称后，递给副官。

副官接过后正要走，花满堂却又拿出一块玉佩，说："这块玉佩，是从皇宫里流出来的，非常名贵。今天我把他赠给军爷，权当感谢军爷这两天来对花某的照顾。"

副官嘿嘿笑着，接过玉佩，说："客气！那就恭敬不如从命了。"

花满堂话题一转说："不过，有件事想问下军爷。大总统命人保护我的汽车，又劳烦军爷陪伴，我总觉得有些奇怪，军爷你能不能……"

副官压低声音说："你啊，太张狂了！大总统在保定府都没有小汽车，你可好，居然开着这玩意儿来了，造成那么大的轰动。这是大总统的庆典，却被你的小汽车给抢了风头，这不是让大总统很难堪吗？"

花满堂一听，连忙又拿出一张银票塞给副官，求副官想个办法。副官说："办法只有一个，你把这小汽车当成礼物，送给总统不就行了吗？"

花满堂不吭声了，这辆汽车是他倾其所有买的，自己还没坐热乎呢。副官叹了口气，说："你好好想想吧。还有件事要告诉你，刚才我接到命令，后天，从这宾馆到光园的路要禁街，以保证你的汽车能顺利通过。"

转眼，庆典的日子到了，花满堂和副官坐着汽车，出了宾馆。果然，沿途上一个老百姓都没有，都是带枪的士兵。花满堂看得心惊肉跳，他感觉自己不是去唱戏，而是去赴刑场。

当汽车开到半路时，突然有个士兵拦住了汽车。副官探出头问："怎么回事？"士兵报告说："前面有群羊，堵住了路。"

副官眼一瞪吼道："混蛋，难道没禁街吗？怎么还有羊？把放羊人给

·传闻逸事·

我抓起来。"士兵说："已经抓起来了。现在弟兄们正在捉羊清道。"

副官"嗯"了声，缩回脑袋说："一群废物。"一旁的花满堂不知所措。

半天过去了，汽车还在原地。副官掏出怀表看了看，探出头吼道："前面怎么样了？"士兵报告说："已经捉完了，可又来了好几头牛，弟兄们在赶牛呢，有好几个都被顶伤了。"

"牛？"副官又惊又气，推开车门走了出去。不一会儿，他余怒未消地回来对花满堂说："看样子是过不去了，再这么耗下去，恐怕赶不上大总统的庆典。这个庆典，全国的达官贵人都来了，你要是耽误了时间，这事如何收场，可真就不好说了。"

这下，花满堂彻底明白了，心说：我算看出来了，什么羊啊牛的，分明都是你们安排的，到头来还给我扣个大帽子，不就是想黑了我的汽车吗？如今我羊入虎口，只得按着人家的剧本唱。于是花满堂说："军爷，我早就想好了，决定唱完戏后，当场宣布把小汽车当成拜寿礼物，呈给大总统。如今，你可得想个办法，千万不能耽误了啊。"

副官一听，立刻眉开眼笑地点头说："好，其实现在办法只有一个，把汽车开回宾馆，然后乘黄包车抄近路，赶赴光园。"

花满堂只得点头同意。就这样，

花满堂终于赶到了光园，唱完戏后，当场宣布把小汽车当成贺礼，送给大总统！哪料曹锟却连连摆手，扭着胖身子走上台，一通慷慨大义、两袖为民清风的表白过后，居然不要。

花满堂傻眼了。不要？你不要却让副官那么折腾我？忽然，花满堂明白了，哦，这不是"曹丕三让汉家天下"的戏文吗？果然，台下一片掌声、口号声，像炸了锅似的。紧接着，花满堂第二次提出，把小汽车送给大总统。曹锟再拒，花满堂第三次又提。

这回台下的副官，终于带头喊了起来："大总统，您就收了吧。不然要寒了天下百姓的心啊。"顿时一片附和声炸响。

曹锟思索良久后，终于表示收下小汽车，然后面对台下朗声说："我不是为我曹某自己收下这辆小汽车的，而是因为我发现了一个问题，这辆小汽车进城时，老百姓们为了观看，居然把路都堵了，我不得不派兵保护。这说明了什么？说明老百姓们太没见识，太需教化了。所以本总统决定，把这辆小汽车摆到城门口三天，让老百姓随便看，随便摸，绝不派兵保护。"

（题图：刘为民）

延伸阅读

您想阅读这位作者的其他精选作品和创作感言吗？请扫描右边的二维码。更多精彩，立刻体验。

60

虚拟财产惹官司

□吴迟

汪翔是一个在校大学生。这天，他正在网吧里打游戏，一个年轻人坐到了他的对面，问："朋友，有空谈谈吗？"不等汪翔反应过来，递过来一瓶可乐。

汪翔心里直打鼓，眼前这年轻人自己根本不认识，无缘无故请自己吃东西，难道是有所企图？

年轻人见汪翔不做声，态度更加友好了，说："你叫轩辕兔是吧？你好，我叫章武。""轩辕兔"是汪翔的网名，一个陌生人怎会知道自己的网名？

原来，这个年轻人在上网时偶然发现汪翔的QQ号是七位太阳号，级别很高，而且他和汪翔正在玩同一款QQ游戏，他便生出买下这个QQ号的念头。见汪翔不吭声，章武伸出三根手指："3000，卖不卖？"

汪翔吃了一惊，没想到当初免费申请来的QQ号，居然有人开价3000元来买。见汪翔犹豫的样子，章武笑了："你考虑好了，给我电话。"随后他留下一个手机号码。

3000元对一个在校大学生来说还是有诱惑力的，几天后汪翔拨通了章武的电话，答应了这笔交易。

汪翔白捡了3000元钱，挺高兴，直到这天接到表哥打来的电话。表哥在电话里问："翔子，你那个七位太阳号还在用吗？是这么回事，我一哥们，特有钱，他女朋友生日正

好与你的号码一致，他想买来送姑娘，我好说歹说帮你抬的价，你猜人家给多少？嘿嘿，5000！"

汪翔一听，心里痒痒的，可又无可奈何，说QQ号已经卖掉了。

汪翔郁闷极了。一天，他在寝室里上QQ，发现登录的对话框里仍然保存着卖掉的QQ号，汪翔随手习惯性地输入了原密码，网络提示密码输入错误，紧接着出现的对话框提示可以通过向腾讯公司申诉的途径找回密码。汪翔心里一动，试着根据对话框的提示一步步输入当时申请QQ号时预留的问题答案，不一会儿，汪翔重新找回了密码。

汪翔用修改后的新密码登录了QQ号，心里好高兴啊。这个卖掉的QQ号竟然轻而易举地又回来了！

汪翔正高兴着，手机铃声响了起来，接通一听，是章武打来的。原来章武正上着QQ，忽然被迫下线，重新登录却提示密码错误。他想来想去，怀疑是汪翔搞的鬼，于是打电话来质问。一听汪翔语气吞吞吐吐，更证实了是汪翔盗号。章武生气地说："既然你不讲诚信，那就把3000元还回来，大家两清。"汪翔自知理亏，立马就同意了。

汪翔下了线，马上联系表哥，问他那哥们还要不要QQ号，表哥答复说他已经买到别的号了。

汪翔傻眼了，章武那3000元他早就花完了，现在拿什么还回去？章武见汪翔迟迟不还钱，生气地警告他如果不还钱就要采取法律手段。

汪翔听他这么说，心里有些害怕，找同学借了点钱但还是凑不齐3000元，提心吊胆了好几天，却风平浪静。汪翔觉得事情应该没有那么严重，又打消了还钱的念头。毕竟QQ盗号太平常了，几个室友的QQ号几乎都被盗过，要是谁QQ被盗号了就报警，警察还不得忙死？

汪翔以为风头过去了，继续学校和网吧两点一线的生活，谁知不久公安机关找上门来，他这才知道，原来章武真的报案了。

汪翔对盗号一事供认不讳，但不明白为什么事情会闹得这么大。更令他震惊的是，检察院对他提起公诉，最后法院以盗窃罪判处汪翔有期徒刑6个月，缓刑1年。

律师点评：

这个故事涉及的一个法律问题，即盗窃具有经济价值的虚拟财产也构成犯罪。

根据法律规定，不是所有的虚拟财产都有经济价值，但当虚拟财产进行了对价的转让后，即具备了财产的属性。因此，故事中汪翔的盗号行为，显然已构成盗窃罪无异。

（题图：丁德武）

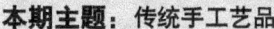

本期主题：传统手工艺品

中华民族是个勤劳智慧的民族，孕育了无数能工巧匠，他们用自己灵巧的双手创造了各式各样精美绝伦的手工艺品，每一样背后都有着美丽动人的传说。

杭州绸伞

这天，鲁班和妹妹来到杭州西湖游玩。忽然，天空下起雨来，两人觉得有些扫兴。妹妹灵机一动，提议道："哥哥，要不我们各自造一样东西，看谁的东西能使人们在下雨天也能游西湖？限定今晚一夜工夫。"鲁班当即答应了。

当晚，鲁班找来木头，刨光后雕上各种花鸟，然后在西湖边竖起四根柱子，盖了四只翘耸耸的角，挂上四只铜铃，造好了一座四角亭。他心想：这下哪怕雨下得再大，坐在亭子里也好看风景了。

接着，鲁班又继续造各式各样的亭子：六角亭、八角亭……到天亮时，鲁班竟造好了十座亭子。他兴冲冲地走回家，忽然看见妹妹迎面走来，手里撑着一件东西。这东西向上一张，像他造的亭子顶一样，四周有三十二只翘耸耸的角，每只角下面挂着黄澄澄的绸须须，上面遮着一块彩色绸子，绸子上还绣着孔雀牡丹图案。顶下只有一根"柱子"。

鲁班好奇地从妹妹手里拿过来一看，这东西是用山上的竹子做的，有三十二根长竹条和三十二根短竹条，长竹条与短竹条之间，装有灵活的插销。要用的时候，一张就撑开；不用的时候，一收就缩拢。真是又轻巧，又美观。

妹妹笑着说："哥哥，下雨天，你只能坐在亭子里面看风景，而我撑着这半个'亭子'，能走来走去。"鲁班一听，甘拜下风。

鲁班妹妹造的半个"亭子"，因为在下雨天可以撑开来，大家就叫它"雨散"。后来，就传成了"雨伞"。这就是杭州绸伞的来历。

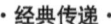

无锡泥人阿福

从前，在无锡青龙山下，有一户贫苦人家添了个女孩子，母亲生下她后便去世了。

这孩子虽然没有奶吃，却长得白白胖胖，憨厚可爱。爹爹给她取名叫阿福。

没过多久，阿福的爹爹给阿福娶了个后娘。起初，后娘待阿福还好，可等后娘生了个儿子，便对阿福越来越差，不仅把家务活全交给她，还动不动就打阿福一顿。但不管后娘怎么虐待她，阿福在爹爹和乡亲们面前从

不诉苦，总是微笑待人。

好在，阿福的弟弟很善良，他总是偷偷把好吃的分一半给姐姐。

一天，后娘不让阿福吃饭，阿福只好空着肚子上山打柴。傍晚，弟弟偷偷拿着糖饼去接姐姐。谁知刚走到半山腰，突然蹿出来一只老虎，吓得他大喊救命。

阿福听见弟弟的呼救声，急忙拿着砍刀跑过去。见一只大老虎正扑向弟弟，阿福忙把砍刀朝老虎扔过去，正好砍中了老虎屁股。老虎挨了一刀，痛得嗷嗷直叫，转身便向阿福扑来。

阿福为了把老虎引开，一面朝山上飞跑，一面叫弟弟快下山。由于一天没吃东西，阿福又累又饿，跑着跑着，一个跟头跌倒在山坡上，老虎一步就蹿了上去……

弟弟跑回村里报信，乡亲们打着灯笼火把上山寻找，在半山坡上找到了阿福的碎骨和碎衣服。

乡亲们失声痛哭，他们带着阿福的碎骨、破衣服和染着阿福鲜血的泥土回到村里。

村里的石匠爷爷得知后十分伤心，他把阿福的尸骨、碎衣，用带着阿福鲜血的泥土，精心雕了一座阿福的泥像，还上了颜色。

说来也怪，那泥像竟和生前的阿福一模一样。于是，家家户户都捏起阿福泥像来。

宜兴紫砂壶

说起紫砂壶，江苏宜兴人会异口同声地说到龚春，以及他制作的供春壶和荷莲蛤蟆壶。

龚春从小天资聪颖，手脚勤快。十八岁那年，父亲带他到一座庙里，想拜老和尚学制陶手艺。可老和尚怕传了手艺，丢了饭碗，连连拒绝。

龚春拜师不成，就千方百计留心学，刻苦记，还把老和尚制作的大小壶样默绘成图，自己动手制作茶壶。

一天夜晚，他看到月光照在桃树虬枝节疤上的投影，十分别致，忽然心里一动：这不就像一把从未见过的新式茶壶吗？

原来，最早的紫砂茶壶都是光坯，现在要以桃木节疤为壶身，饰以桃花桃叶，就得镶上圆雕一样的堆花。能做得成吗？龚春决心试试。

可紫砂泥价钱太贵，龚春买不起。他想了又想，突然想起老和尚制壶后每天洗手的小水潭。他急忙赶到那里，伸手往水里一捞，小水潭里果然淤积了厚厚一层极细极柔的紫砂泥。他喜出望外，急忙用木勺舀在盆里，不厌其烦地筛、淀、压、碾，制成干湿相宜的精料。

龚春不知花了多少工夫，终于制成了一把从未见过的茶壶：壶身酷似桃树虬枝的节疤，苍老遒劲；壶嘴和壶把都有小枝配置，自然天成；壶身两侧堆以怒放的桃花和修长的桃叶，维妙维肖；再配上黑黝黝的紫砂，色调古朴高雅。

龚春捧着新制的茶壶，恭恭敬敬地去请教老和尚。老和尚见了，连声赞叹："好壶！后生可畏！"当即取名为"供春壶"，含义有两个：一是取桃花奉春神，二是和龚春名字谐音。

很快，新颖别致的供春壶成为远近闻名的畅销货。消息传到知府大人那里，他特地把龚春请去制壶。龚春原本是从不巴结权贵的，谁知这回竟破例允诺了。

龚春用了三个月的时间，精心制成了一把别具一格的荷莲蛤蟆壶。这把壶用曲卷的荷叶做壶身，用莲蓬为盖，更奇特的是盖顶立着只张着大嘴的癞蛤蟆，活像知府大人的那副尊容！做工精致，栩栩如生，成了紫陶工艺的又一杰作。

浙江湖笔

战国时候，秦国有一员大将名叫蒙恬。有一年，他来到浙江湖州一带，精心研制理想中的毛笔。

制作毛笔，首先得有好的笔毛。蒙恬先后试验了猪毛、马鬃等十多种

材料，都没制成理想的笔毛，这让他很焦虑。

这天，蒙恬骑马出去打猎。突然，一只兔子蹿过，蒙恬立即一箭射去，兔子应声倒地。蒙恬下马拎起兔子，用手轻轻一摸，呀！多么柔软的兔毛啊！这不是做笔的好材料吗？

谁知，蒙恬回去一试，发现兔毛上含有油脂，滑溜溜的，怎么也不吸墨。一气之下，他"啪"地把兔毛给扔掉了，不偏不倚正好扔进了庭前一个盛石灰水的缸里。

过了几天，蒙恬无意中发现浸在石灰水里的兔毛，由于碱的作用，变得白绵绵的。他撩起来，拿回房中，顺手在墨汁里一试，妙啊！居然能够吸墨了，写起字来也非常顺畅。这一意外的发现，让蒙恬欣喜若狂。

此后，蒙恬又精心研究，多次试验，终于得到了理想中的毛笔！这种笔，笔尖整齐，笔锋锐利，笔身饱满，书写起来刚柔相济，富有弹性。人们称它为"湖笔"。

东阳竹编

传说在清朝末年，东阳竹编工艺的名声传到了京城。皇帝的先生李品芳听到以后很高兴，当即派手下赶到东阳，请最有名的竹编师傅马富进编织几样拿手的东西。

马富进一听，心想：官府向来看不起我们这些手艺人，今天怎么皇帝的先生也找上门来啦？我何不编几样东西逗逗他呢？主意打定，他便苦苦思索起来。

第二天一早，马富进吩咐徒弟挑选出几根质量最好的水竹，自己亲自动手，把篾破得薄薄的，刮得闪闪发亮，然后使出浑身解数，左扳右插，没多久就编好了。包扎妥当，带到京城，献给了李品芳。

李品芳一看，连连叫绝：只见在一只精致的高脚盘里有几只大寿桃，只只青里透红，光彩夺目；旁边还有一只肥母鸡，金黄油亮，令人垂涎欲滴。看着看着，他突然发现盘里还摆着两块银元，觉得很奇怪，就伸手去拿。谁知这一伸手，竟连盘子也一起拿起来了。原来，那两块银元也是竹编的啊！顿时惹得周围的人哄堂大笑。

后来，皇帝见了这件珍宝，也连声赞叹。这样一来，东阳竹编更是名声大振。

（本栏插图：安玉民　梁　丽）

一只珍贵有灵性的海豹，一个美丽却失忆的女孩，引来了一群垂涎三尺的贪婪之徒。然而到头来，贪婪的人，终将一无所有……

□ 翟德军

冰海精灵

1.救美惹祸

在辽东湾海边有个小渔村，村里有个叫孙海的小伙子，以捕鱼为生。

这天，天气特别寒冷，海面上结着厚厚的冰，孙海来到冰面上捕鱼，突然听到远处传来一种奇怪的叫声。他急忙跑过去一看，只见冰面上躺着一个年轻女子，身旁还有一只大海豹。

那海豹见了孙海，张开大嘴吼叫着，好像要一口吞下孙海似的。孙海赶紧一甩手里的渔网，把海豹套进网里，使劲把它拽到一旁，固定在冰面上，然后才走到女子旁边。

孙海蹲下身子喊她，可她手脚已经冻僵，人已失去神志，摸摸，好像还有点微弱的呼吸。在这生死关头，孙海觉得救命要紧！他急忙弯下腰，打算把女子从冰面上拉起来，可怎么使劲，也没拉动。原来，女子的衣服已经牢牢地粘在冰面上，根本就扯不下来。

一时间，孙海急得直跺脚。最后他牙一咬，心一横，顾不得男女有别，取出随身带的小鱼刀，扯住女子身上的衣服，把她的衣裤全割开了，这才把女子从冰面上抱起来，然后，他把自己的大衣裹在女子身上，背起她，一口气跑回了家。

到了家，孙海先让母亲给女子换上衣服，然后搬出洗澡用的大塑料盆，把她抱进盆里，先放上冷水，然后再一点点往盆里加温水，大约过了两个小时，女子终于恢复了神志。

见女子没有生命危险，孙海这才长出一口气。他回想着刚才的情景，发现这女子身上没有伤痕，说明海豹没咬人。而且，孙海曾听说过海豹用体温温暖冻僵人的故事，觉得这女子可能是那只海豹救的。这么一想，他马上想到了那只还在冰上的海豹。于是，他让母亲照看女子，自己在村里找了几个身强力壮的汉子，去救那海豹。

孙海和村民们跑到冰面上，见海豹已经和网住它的渔网一起冻在

了冰面上，大伙一起使劲拉网，也拉不动。

孙海急中生智，突然想到了一个办法。他拿起冰凿，奋力凿冰，凿开了一个大冰窟窿，海水涌了出来，他让大伙把靴子和帽子脱下来，用这些东西从冰窟窿里舀海水，一下一下地往海豹身上浇，让水温驱除海豹身上的寒气。在大伙齐心协力的努力下，终于把海豹和冰面分离开来。

孙海看了看海豹，这是一只斑海豹，背上长有许多斑点，是辽东湾特有的动物，因为它和狗一样机灵，因此当地人称它为冰海精灵。此时，这只斑海豹身上多处擦伤，伤情十分严重，如果现在把它放归大海，很难存活。孙海决定先想办法治好它的伤，然后把它放归大海。于是，他和大伙一起抬着海豹，回到了村里。

再说那个冰面上的女子，现在虽然已经恢复了神志，但她对于自己是谁，为何掉下冰海，都忘得一干二净。看着这个二十来岁的女孩整天以泪洗面，孙海和他母亲很是心疼，他们只能安慰她，把她留下来当成家人一样看待，

等她养好伤再说。孙海还给她临时起了一个名字，叫"冰玉"。

很快，海豹救人这件事，在村里传开了。村里有个叫二赖的，一听有这等好事，直奔孙海家。看到斑海豹，二赖眼睛发亮了，心想：这东西可是个值钱的宝贝，卖到城里，肯定能挣大钱。

第二天，二赖就进了城，他在街上转了一圈，最后在一家名为"陈氏中医堂"的诊所门口停下了。二赖听人说过斑海豹浑身是宝，要是把斑海豹当成药材卖，身价肯定不一般。

于是，二赖走进这家诊所，只见诊所正中坐着一位老中医，七十上下，鹤发童颜，颇有几分神医之相。

二赖走上前，悄声问道："老先生，我有件宝贝，想来您一定会感兴趣。"老中医让二赖说来听听。当二赖提到斑海豹，老中医先是一愣，接着连忙摆着手说："对不住，我从来不敢做犯法的生意。"二赖一听没戏，只好往门外走去，当他走到门口时，听到老中医在里面叫他："等等，请进里屋说话。"

老中医拉着二赖进了里屋，等二赖说了事情的经过后，老中医让二赖等着，他马上去联系病人。

这个老中医，对外声称专治疑难杂症，他手里攥着几个有钱的病号。此时，老中医联系的是一个叫董大富的老板，这个老板家里有的是钱，却

有个不能生育的毛病，老中医利用他求子心切的心理，在他身上挣了不少钱。今天，他打算把斑海豹卖给董大富，再从中捞一大笔。他凭着三寸不烂之舌，终于说动了董大富，同意出资买下斑海豹。

接着老中医又跟二赖讨价还价，最后同意给二赖两万元，让二赖快点把斑海豹送来。二赖马不停蹄地奔回村，找到孙海说明来意。孙海一听，一口回绝道："谁也没资格卖斑海豹，我也没资格。"

二赖哪肯罢休，他死皮赖脸，又是加钱，又是求情，缠着孙海不放。可孙海态度坚决，不为所动。

二赖没辙了，只得万分沮丧地给老中医打电话。老中医一听，马上变了脸道："那可不行，你红口白牙说得好好的，怎么回家就变卦了？董大富说了，死也要把海豹弄到手。"

二赖懊恼极了，狐狸没打着，倒惹了一身骚。他知道，这件事若是办不好，城里那边不会轻饶自己。想来想去，二赖决定还得去求孙海。他硬着头皮，叫开孙海家的大门。

2.危机四伏

这次开门的是冰玉。二赖一见冰玉，眼睛都直了，语无伦次地说："你、你就是孙海救的那个妹子？你长得真、真漂亮！"冰玉警惕地问：

"你是谁？有什么事？"

二赖上前套近乎说："咱们是一个村的，大伙都叫我二赖，算下来我和孙海还是亲戚呢。我是来找孙海的。"冰玉恍然大悟道："你就是二赖哥，孙海哥刚出去。"

听说孙海不在家，二赖觉得有机可乘，便说："妹子，是孙海约我来的，他让我帮忙把斑海豹拉到城里治伤去。"

一听给斑海豹治伤，冰玉急忙把二赖带到一个大水池旁。二赖见了斑海豹，如同见了大把的钞票，兴奋地围着水池转了好几圈。可斑海豹对他很不友好，他一伸手，斑海豹就张嘴咬他。一旁的冰玉问道："二赖哥，孙海哥让你来，怎么没告诉我呀？你要是把斑海豹抓走了，孙海哥回来我不好交代呀！"

二赖问："那你说怎么办？"

冰玉说："怎么的，你也得留些押金什么的？"

二赖笑了："行，你给我打张收条，我就给你押金。"

冰玉拿出纸和笔，刷刷刷写了一张收条，递到二赖手上。二赖低头一看，上面写着："收二赖押金人民币一百万元。"他吃惊地说："开什么玩笑，一只海豹值这么多钱？"

冰玉说："这只海豹在我心里比一百万还值钱，是无价的。"

二赖看了看手里的条子，眼珠一转，对冰玉说："这条子现在已经在我手里了，就说明我已经给了你一百万，没人能证明我没给你钱。现在，你是还我一百万元，还是让我弄走斑海豹？你自己选择吧。"

冰玉生气地说："没见过这么耍赖的，要是有人能证明你没给我钱呢？这里不只我们两个人，还有斑海豹，斑海豹可以证明你没给我钱。"

二赖冷笑道："斑海豹又不会说话。"

冰玉走到斑海豹跟前，对着斑海豹说："乖，你说句话。"斑海豹好像听懂了冰玉的话，摆摆头，在池里游了一圈。

冰玉微笑着说："二赖哥，斑海豹说了，让你看看是哪天的收条？"

二赖看了看条子，只见上面写着三十号，便说："原来是月底呀，那我就过些天再来取斑海豹。"

冰玉笑道："过些天？怕是过多少年，你也等不到这一天，现在是二月，老天没给你准备三十号，这就怨不着我了。"

二赖这才明白，这根本就是一张没用的条子，他气得扔下条子说："算你聪明，咱们走着瞧！"

二赖没骗走斑海豹，但孙海得知后却很担心，他知道二赖是不会善罢甘休的。

果然，几天后的一个中午，在海湾捕鱼的孙海抽空回了一趟家，却发现家里的水池很平静，斑海豹不见了。孙海眼前一黑，心说完了。他再看看整个房间，只见窗子半开着，窗栓折断了。他明白了，斑海豹被人偷走了。

　　孙海冷静地想了想，最有可能偷走斑海豹的就是二赖，于是他直接去了二赖家。

　　二赖没在家，家里也没有斑海豹的迹象。孙海猜想，二赖可能把斑海豹送到城里领钱去了。于是，他问村民借了辆摩托车，骑着车进了城，打听到陈氏中医堂，找到了老中医。

　　老中医听了，摇摇头道："东西丢了，是挺可惜的，你要是早卖，就不会丢了。"

　　孙海强压怒火说："斑海豹是不是你偷的？"

　　老中医笑了："你太小看我了，我想得到的东西，只会花钱买。你的斑海豹丢了，我可以花钱帮你找回来，但是找到了，你得卖给我。"

　　孙海知道问不出什么，还得找到二赖，才能知道真相。可上哪里去找呀？孙海骑上摩托车往家里赶。车驶到村口时，天已

经黑了。突然，他听到前方有人喊救命，影影绰绰看到有四五个人扭打在一起，于是他急忙跳下车冲了过去，大喊一声："别打了，我喊人来了！"

　　他这一喊，四个黑影都朝他冲过来，而且个个手里都举着家伙。孙海摸摸自己身上，没有一件迎敌的家什，空手硬拼，非吃亏不可。他只好虚张声势地大喊："你们别过来，我可不是一个人，我的人多着呢。"

　　四个人停下脚步，朝四周看了看，见没有人来，其中一个说："别听他的，咱们一起上！"说着，四个人一步步向孙海逼近，孙海已经没有退路了。

　　情急之下，孙海把手伸进嘴里，"嘘"地吹起口哨，口哨声尖利刺耳，倒把那四个人吓得停住了脚步。四个

人朝四下里看看，见还是没有人来，就又冲了上来。

孙海心一横，决定顶着上，便拉开了架势。可他只会打鱼，哪打过架呀！他做了几个拉网起网的姿势，还别说，他这一手，真把这四个人给蒙住了，他们弄不懂孙海使的是哪门哪派的招数，只是围着孙海，没人敢上前接招。

对峙中，孙海正想着如何脱身，突然听到对方有人"妈呀"一声惨叫，接着四个人都受到了袭击，顿时丢下孙海，不约而同地往远处的一辆汽车跑去，迅速爬上车，开车逃走了。

这时，孙海才看见，在四个人的后面有好几条狗追着，这些狗都是村里的。正是这些狗，帮了孙海的大忙。

原来孙海每天起早贪黑捕鱼，每次夜里回来，为了不影响乡亲们睡觉，他走到村口，都会吹几声口哨，他一吹口哨，狗听出是他，就不叫了，他平时看到狗，也会经常扔些小鱼给它们。今天，孙海在危急之时，想到求救于狗，他也拿不准狗会不会来帮忙。他只想吓吓那四个人，没想到，会来这么多的狗，给那些人来了个突然袭击。

接着，孙海走过去看那个挨打的人，那人倒在路边的小沟里，估计晕了过去。孙海把他拖上来一看，竟是二赖。孙海忙背起他，送进了乡卫生院。

经过一番救治，二赖总算醒过来了。他见是孙海救了自己，顿时悔恨交加地说："孙海，我错了，我竟然到你家去偷斑海豹。唉，真是一言难尽……"

原来，董大富没买到斑海豹，就让老中医联系二赖去偷，如果偷到手，老中医愿意再加一万。二赖一见有钱，就同意了。他找了两个帮手，撞门撬窗，进了放斑海豹的房里，不料竟有人捷足先登，斑海豹没了。二赖空手而回，无法交代，只得关了电话，躲了起来。

也是二赖活该倒霉，孙海去找老中医，老中医一听就以为二赖得手了，他高兴地立马把这好消息告诉董大富。董大富立即让手下去找二赖取斑海豹。董大富的人找到二赖后，二赖却说没偷到斑海豹，董大富认为二赖在说谎，就让那几个手下狠狠揍了二赖一顿。

既然二赖没偷着斑海豹，那斑海豹让谁偷去了呢？这个问题让孙海想破了脑壳也没想明白。回到家，冰玉见孙海脸色不好，忙问他怎么了。

孙海不安地说："今天中午我回来过，发现斑海豹不见了，找了很久也没找到。"

冰玉神秘地拉着孙海，走到里

屋，说："你看看，我们的斑海豹！"孙海一看，斑海豹正好好地在那里躺着呢。原来，冰玉早就想到会有人来偷斑海豹，所以她事先就把斑海豹转移了，藏在了她的房间里。

3.将计就计

斑海豹没丢，孙海心情大好，他跟冰玉商量，利用斑海豹丢失这事，索性把斑海豹藏起来，直到斑海豹的伤好了，再放归大海。

可难题来了：斑海豹不能总是藏在房里，见不到阳光，这不利于伤口愈合呀。冰玉只好在中午阳光明媚的时候，偷偷把斑海豹放出来晒太阳。

这天，冰玉刚把斑海豹放出来，突然从墙外跳进来一个人，此人不是别人，正是二赖。

二赖见了斑海豹，得意地笑了："哈哈哈，总算让我抓到了，我蹲守好几天了。你们害得我好苦呀！干脆的，就把斑海豹卖给我，我既往不咎，否则，我跟你们没完。"

冰玉生气地说："凭什么卖给你？就算你要我的命，也不卖给你。二赖，孙海哥救过你一命，你不道谢，还恩将仇报。"

二赖说："哼，孙海救我，是因为怕我死了，断了你家斑海豹的线索，他若是知道斑海豹没丢，才不会

救我呢。你告诉孙海，让他等着我，晚上，我有一件十分重要的事情要和他说。"说完，就走了。

晚上，孙海回到家里，听冰玉说了白天的事，也气坏了，刚想去找二赖理论，二赖却不请自到。他站在门口说："孙海，我这是为了你好，有人要告你。"

孙海气呼呼地说："告我？告我什么，我哪儿犯法了？我把斑海豹放在家里，是让它养伤，等它伤好了，我就把它放归大海，我有什么错？"

二赖说："这是没错，但人家告你跟这一点都不挨边，他们说海豹救人，只是掩人耳目，冰玉这小娘们，是你从人贩子手里买来做媳妇的。"

孙海一听，脸都气青了："二赖，你胡说八道，血口喷人！"

二赖说："他们说了，只听说过海豚救人，没听说海豹也能救人。要是把海豹卖给他们，这事也就算了。"孙海强忍着火气说："让我再想想。"

这天夜里，孙海想了半宿，决定来个将计就计，待掌握证据，把他们抓起来，才能保住斑海豹。

第二天，孙海和冰玉商量之后，告诉二赖："我想明白了，决定卖掉斑海豹，但我要亲手交给董大富，一手交钱，一手交货。"

二赖笑道："这就对了！这次，你一定要多讹点钱，别让我白挨打。"

接着，二赖给董大富打电话，和他约好，三天后，在通天崖交易。

办完这一切，孙海回到家，看到冰玉在抹眼泪，一问才知道，她舍不得斑海豹。这些天，冰玉一直悉心照看斑海豹，每天给它喂食。斑海豹是有灵性的动物，谁对它好，它能感应得到，现在它和冰玉已经成了好朋友，冰玉来到水边，斑海豹会像孩子一样游过来，掀起一片片水花，欢快地游来游去。孙海见了，内心也有些不舍。

冰玉问孙海："一定要这么做吗？"孙海说："不这样做，抓不住坏人，我们也无法保住斑海豹。"

冰玉想了想，说："我一直都把斑海豹当成我的救命恩人，没有它发出声音，你也不会来救我。我想好了，我要代替斑海豹去交易，反正到时候董大富来了，我就报警，也不会有什么闪失。"见冰玉如此坚持，孙海只好同意了，两个人把一切细节讨论了好几遍。

三天时间很快就过去了，这天早上，孙海准备了两只一模一样的大箱子，将斑海豹放进一只箱子里，将另一只空箱子藏了起来，专等二赖来。

八点钟，二赖准时开车来了，车停在门口。二赖检查完箱子里的斑海豹后，孙海让他把车倒进院子里。就在二赖出去倒车的间隙，孙海和冰玉把装斑海豹的箱子抬进里屋，又抬出空箱子，让冰玉钻进箱子里面。等到二赖把汽车倒进院子，孙海就让二赖帮忙抬起箱子，装进后车厢。然后，两人上了车。车子直奔通天崖。

孙海和二赖到达通天崖后没多久，董大富的车也来了，可是从车上下来的，却不是董大富，而是一胖一瘦两个年轻人。二赖觉得不对，上前问道："董大富为什么没有来？"

胖子说："这种事，用不着咱老板亲自来，你把东西交给我们就行了。"二赖说："先让我们看看钱。"

瘦子说："先让我看看东西。"二赖拍拍箱子，里面发出了斑海豹的叫声，他笑着说："你们听见了吧？快过来看看吧。"

胖子和瘦子一起走了过去，掀开了箱盖，只听里面突然发出一声惨叫，接着，他们看到一张披头散发、面色惨白的脸，两人顿时吓得大叫。也就在这时，从三面包抄过来十多个人，手里都端着枪，大喊道："我们是警察，谁也别动。"

原来，二赖一开车，躲在箱子里的冰玉就把事先准备好的短信，发给了"110"，并且不时地把手机里录下的海豹叫声放出来，迷惑二赖。等到了通天崖，警察已发短信告诉冰玉他们到了。冰玉心里有了底，便装成女鬼吓唬董大富的人。

此时，那一胖一瘦两个人听见警察的喊声后，一前一后，像百米冲刺般跑向悬崖，瘦子率先跳了下去，胖子伸手想抓，没抓住，也跳了下去。两人摔在悬崖下的冰面上，当场毙命。

4. 一语惊梦

谁也没料到会出人命。冰玉以为自己吓死了人，十分不安。回去后，她常常一个人发呆，一坐就是半天，一言不发。孙海见状，便没有出海，

在家陪着她。

这天，孙海听到水池里的斑海豹发出几声尖叫，知道这是斑海豹饿了要吃东西的叫唤。他见冰玉坐着发呆，就伸手拍拍她的肩膀，说："你去喂海豹吧。"

不料，冰玉一听这话，突然疯了一般，对着孙海的脸就打了一巴掌。孙海被打蒙了，问："冰玉，你怎么了？"

冰玉这才发觉自己的失态，上前抚摸着孙海被打红了的脸说："对不起！对不起！刚才你对我说什么来着？"

孙海小心翼翼地说："我说让你去喂海豹。"

冰玉沉思道："对，就是这句话，有人曾经对我说过。"她紧锁眉头，沉思了好久。突然，冰玉大叫起来："啊，我想起来了。我掉进冰海之前，听到背后有人说：'你去喂海豹吧。'"冰玉捂住了脸，泪水顺着她的指缝流了下来。

孙海默默地看着冰玉，没有打扰她，那一定是一段十分痛苦的记忆。

过了很久，冰玉才放下双手，说："那天是有人把我推下冰海的。那个人是我的男友，他叫陈明。出事那天，陈明突然说要带我到冰海上钓鱼。他用冰凿将冰窟窿凿得好大，说里面有只海豹，让我过去看。我一时好奇，

就走了过去。谁知当我低头看海豹时，陈明却在后面推了我一把，说：'你去喂海豹吧。'之后，我就什么也不知道了，现在想来，是他谋杀了我。幸运的是，海豹并没有吃我，更幸运的是遇上了你！"

孙海大吃一惊，他原以为冰玉是因为有什么想不开的事，跳海自杀，没想到是有人对她下毒手，而且是她的男友。

冰玉接着说道，两年前，她孤身来到这座城市，在网上认识了陈

明，很快两人就同居了。她知道陈明家境很好，当时，她很想嫁给这个有钱人，可陈明只是贪图她的美貌，嘴上说很快就和她结婚，却迟迟没有行动。有一次，陈明被冰玉逼急了，就说："你要是能给我生个儿子，我就给你转正。"可是过了很久，冰玉的肚子也没有动静。后来，冰玉发现陈明还有别的女人，就和陈明摊牌，逼他和自己结婚。没想到，陈明竟动了杀念，把她约到了海边，推下了冰海。

孙海听后，觉得此事非同小可，就带着冰玉去了派出所报案。负责接待的刘警官把全市所有叫陈明的档案都调了出来，却没有冰玉要找的人。刘警官断定，陈明是个化名，他问冰玉："你们有合照吗？"

冰玉点点头，打开邮箱里的照片，刘警官只看了一眼，就一拍桌子，说："这个陈明就是那个死去的瘦子。"

原来，刘警官对之前两个年轻人的跳崖，一直心存疑惑。找董大富问话，对方却说不认识他们，说他的车丢了，电话也在车上，这两人是偷了他的车，接了二赖的电话，才去接头的，多半是让装成鬼的冰玉吓得慌不择路，才掉下山崖。刘警官觉得董大富说的话不合情理，出事时，两个年轻人所处的位置离崖边有十多米的距离，一个正常人不可能毫不犹豫地跳下去，除非是真的想死。

这会儿，刘警官听了冰玉的诉说，认定当时瘦子见了冰玉，之所以那样惊骇异常，飞快跳崖，他一定以为警方是为他杀人的事来的，而且他不相信冰玉还活着，所以就来了个畏罪自杀。可这个瘦子究竟是谁呢？

5. 没有赢家

接下来，刘警官先是查明了二赖参与倒卖野生动物，把他拘留起来，然后发现老中医没有行医资格，专门骗人钱财，又抓了老中医。最后，他把目标锁定在董大富身上。

两个月后，警官传讯了董大富，可是董大富面对刘警官的所有提问，统统不予回答。刘警官说："你不说没关系，我们已经把一切弄明白了，我可以把真相告诉你。"

接着，刘警官讲起了董大富的发家史。

三十年前，董大富是城里一家小食品厂里的工人，后来，那个小食品厂倒闭了，他自己开了家熟食店。几年后，董大富手里有了一点积蓄，便把原来食品厂那块地租下，自己开起了食品加工厂。他高薪请来外地专家，生产孩子们最爱吃的小零食。从此，生意越做越大。

讲到这里，刘警官对董大富说："虽然你表面上一直说你不能生育，但我们发现事实并非如此，不能生育

的是你儿子！"

董大富只有一个儿子，却偏偏不能生育，眼看着万贯家财后继无人，董大富心里万分着急！他怕让外人知道实情，也为了保护儿子，因此对外求医时，就自称是自己有病。他明知道老中医是在骗他的钱，但他却心甘情愿地让老中医骗。为啥？他是为了安慰儿子，让儿子有治疗毛病的信心。

前不久，董大富发现儿子情绪反常，心神不宁，有轻生的迹象。就在这时，老中医向他推荐了斑海豹。为了安慰儿子，让他有活下去的勇气，他装成相信斑海豹能治病。他觉得斑海豹能不能治病，这已经不重要了，有了斑海豹，儿子才有生活下去的信心，所以他才对斑海豹如此上心，不惜花费一切代价，也要弄到斑海豹。他特意安排儿子去接斑海豹，让儿子拿着那么多的钱，以表他对儿子舍得花钱。

董大富的儿子叫董江，曾化名陈明，就是那个跳崖的瘦子，而那个胖子，是他的保镖，董大富告诉保镖，一定要保护好董江，所以董江跳崖的时候，胖子才会舍命去救。

说起董江不能生育的毛病，并不是先天性的。董江从小就在父亲的厂子里混，厂里生产的都是食品，小孩子爱吃什么就抓一把。可是这些食品里都含有添加剂，口感虽好，吃

多了却对人的身体有害。

工人们见是老板的孩子，谁也不敢管，就任由他吃。直到有一天，被董大富发现了，从此，他对儿子严加看管，再也不让儿子去他厂里，但为时已晚，董江成年后发现没有生育能力，就到处求医治疗。医生分析说，可能是吃了过量的添加剂造成的，能不能治好，就看造化了。至此，董大富感到后悔万分，自责为挣昧心钱，害人又害己。

刘警官说完这些，董大富愣愣地看着他问："你是怎么知道这一切的？"

刘警官拿出一本日记本，这是董江生前写的，董江心中的苦闷无处诉说，只能发泄在日记里。

刘警官把日记本递给董大富说："你一定想知道上面都写些什么，好好看看吧，董江他恨你，恨你太贪心，为了挣钱不择手段，害人又害己。"

董大富低下头说："我知道我错了，可是一切都已无法挽回，董江决定出手杀人的那一刻，就注定他活不下去了。"

刘警官摇摇头说："可那个女孩并没有死，她比我们想象的更坚强更幸运，一只斑海豹和一个年轻渔民救了她，同时也给董江带来了生的希望，但是你们浪费掉最后的机会。"

董大富提出想见见那女孩。刘警官说："她不愿意见你，但是我有一段视频，你可以看看。"

视频上，有一对青年男女将一头硕大的斑海豹抬到沙滩上，斑海豹一步一回头地慢慢爬向大海……

这两个人就是孙海和冰玉，冰玉满眼泪水，看着斑海豹游走的方向，说："斑海豹在我们人类的贪婪中，面临灭绝的命运；董江管不住自己的嘴，失去了生育能力；董大富贪恋金钱，失去了儿子；二赖和老中医想发不义之财，身陷牢狱；而我贪图荣华富贵，险些葬身冰海……"

孙海拉住冰玉的手，说："贪婪的结果，就是一无所有，不过现在知道还不晚……"

（题图、插图：杨宏富）

诚信，是我们需要用一辈子学习的功课……

无人卖菜的菜市

□ 田　光

人的一生都要经历很多事，有遗憾的，有后悔的，下面我就说说最让我后悔的一件事。

几年前，我来到外地的一家食品厂当厨师。老板把一个月的菜钱交给我，我脑筋一转，嘿，发财的机会来了。如果买菜时讨价还价，节省百分之十应该不成问题。这样一来，每个月就有一笔额外的收入了。问清市场的方位，我就满心欢喜地去买菜了。

来到市场后，我先买青菜。真是怪了，菜市上摆着一担担青菜，却不见一个卖菜人。我挑选了两扎青菜，想讨价还价，竟找不到对手，就扯开嗓门喊："喂，谁的青菜？"

正好有一位大叔挑菜来卖，他放下担子，喘着粗气说："我们这里没有人卖菜的。"

我十分好奇："卖菜人都到哪儿去了？"

大叔说："那些人把菜挑到市场，就回家干活去了。"

我疑惑地问："他们不怕青菜被人偷走吗？"

大叔嘿嘿笑道："不用担心，从我爷爷的爷爷起，就是这样卖菜的。你看，你一个外地人，第一次来买菜，就没有偷菜嘛。"

我为难地问："那我交钱给谁？给多少？"

大叔指指菜担旁边的砖头说："每扎青菜两块钱，放到竹筒里就行了。"

我这才发现，每担青菜后面的砖头上，都挂着一个小竹筒。有的竹筒

油光水滑的，估计好几辈人摸过它们了。每个竹筒上都贴有小纸条，纸条上写有菜价。我老老实实地往竹筒里放了四元钱。

第二天去买菜时，我就没这么老实了，该给四元的，我只往竹筒里放三元。不用讨价还价，就节省了四分之一，我暗暗高兴。晚上数钱时，我却有点后悔了。给一半菜钱也没人知道，干吗要给四分之三呢？

第三天去买菜时，我拿了两扎青菜，本来打算放两块钱的。可在手指碰到竹筒的瞬间，我脑海里闪出一个念头：干脆一分钱不放算了。结果这天买的所有青菜，我都一分钱不放。

从此以后，我买青菜再也不用花钱，只是将手伸向竹筒，做一个放钱的动作，蒙骗旁人的眼睛。开始我还

有点不好意思，感觉自己像小偷，可久而久之，就心安理得了，谁叫他们跑回家，不好好卖菜呢？

大约半个月后的一天，我早上起来，看见厨房门口放着一堆青菜，比我往常去市场拿的还要多。这些菜是谁放的呢？工友们还在睡觉，老板全家出远门去了。我很纳闷，但我不动声色，悄悄把青菜拿到厨房里，记账时照旧把青菜钱记上。此后每天早上起来，我都看见厨房门口放着一些青菜，这样我就不用去市场装模作样买青菜了。

可惜好景不长，有一天早上，我起床后，发现厨房门口空荡荡的，左看右看，都不见青菜的影子。我正失望呢，一个小女孩从屋角闪出来，问："大哥，你是找青菜吗？"

我好生奇怪，问她怎么知道我找青菜。女孩说："门口的青菜是我爷爷放的，爷爷今天病了，叫我带你去菜地摘青菜。"

我奇怪地问："你爷爷为什么要送青菜给我？"

小女孩答非所问："我爷爷像神仙一样，说得真准。"

我更奇怪了："你爷爷说什么？"

小女孩神秘地说："我出门的时候，爷爷说：'要是那位大哥问我为什么送菜给他，你就带他到家里来。'"

我太想见到女孩的爷爷了，就说："走，现在就到你家去。"

我跟着小女孩，来到一座低矮的房子里。昏暗的屋里只有一个人躺在床上。走到床前，我才看清楚，女孩的爷爷竟是我第一次买菜时碰见的那位大叔。

大叔腰痛，连下床都困难。我劝他去医院看看，大叔说："这是老毛病，不用去医院，家里有药酒，涂几天就好了。"

闲聊几句后，我才问："大叔，你为什么天天送青菜给食品厂？"

大叔说："不是送给食品厂，是送给你。"

我愣了一下，接着问："为什么要送给我？"

大叔反问我："你怎么会不知道？"我心里咯噔一下，难道大叔知道我去市场买菜不放钱了？可就算他知道我白拿青菜，也没有必要送青菜给我呀。这么一想，我故作镇静地说："我真的不知道。"

大叔微微一笑："你心里知道，嘴上不肯说。也罢，让我替你说吧。有一次，我在市场摆好青菜就去买盐，走到杂货店门口，才发现身上没带钱。我只好折回来，看有没有人买青菜。结果，我远远地看见你买了我的两扎青菜。可是，我伸手去竹筒里拿钱时，却发现竹筒里一分钱也没有。我这才恍然大悟，原来你去市场买菜，只是伸手到竹筒口虚晃一下，根本没往里面放钱，难怪这阵子老是有人说菜钱

不对。"

我脸上热辣辣的，但心里的疑问依然没有解开，只好硬着头皮问："大叔，那你应该问我要菜钱才对呀，为什么反而天天送菜给我呢？这样你的损失不是更大了吗？"

大叔脸色一沉，郑重地说："你的算盘怎么打得这么精？这个没有人卖菜的菜市，最少有几百年历史了。从我记事起，就没见过拿菜不给钱的。你白拿青菜的事，知道的人越来越多，更可怕的是，有些人开始学你的样，也拿青菜不给钱了。万一把风气搞坏，就是花几十年，甚至几百年，都恢复不过来啊。我不光是送青菜给你，更是救这个菜市，救我们老祖宗传下来的淳朴风气啊！"

顿时，我羞愧得无地自容，没有勇气看大叔，甚至不敢看小女孩一眼。低头望了半天地面，我掏出一把小镊子，双手托起，恭恭敬敬地递给大叔。

大叔接过镊子，满脸疑惑地问："给我镊子干什么？"

我羞愧得说话都不利索了："这把镊子是我昨天买……买的，本想今天去市场偷偷夹……夹竹筒里的钱。我……我……"

我说不下去了，悔恨的泪水流了下来。大叔握住我的手，安慰说："不要难过，市场里的青菜，现在依然不需要人卖，老祖宗会原谅你的。"

（题图、插图：佐 夫）

家有考生

□ 张春风

刘剑是一名高三学生。他在班里有一个劲敌，名叫李刀。每次考试，两人都轮流坐庄。巧的是，两人住在同一个小区同一栋楼，还是楼上楼下。

这天晚上，刘剑正在屋里做作业。突然，"啪"的一声，停电了，屋里顿时一片漆黑。妈妈焦急地喊道："怎么停电了？"边喊边摸索着走到阳台一看，整个小区都停电了。

妈妈气呼呼地说："停电应该提前通知的嘛，搞得我措手不及！"

刘剑伸了个懒腰，说："妈，没事，我作业快做完了，明天早点起来，补上就行了。"

妈妈责怪道："都火烧眉毛了，还想偷懒？你少努力一分钟，别人就可能超过你，想想楼下的李刀吧。"

刘剑不以为然地说："整个小区都停电了，李刀也没法复习功课呀。

再说了，这会儿物业也下班了，电力抢修最早也要等到明天了。"

妈妈想了想说："不行，我去买蜡烛。"说着，急急忙忙下了楼。可是，这会儿都十点了，附近的超市肯定都关门了，怎么办呢？突然，她看见巷子口的一家小卖部还亮着灯，便赶紧走过去问有没有蜡烛。

店主是位老大爷，笑眯眯地说："有！"

顿时，刘剑妈妈长舒了一口气。大爷戴着老花镜，弯着腰，在货架上摸索了半天才找到，正想拿下来，却突然又停住了手，说："哎呀，这蜡烛不能卖给你，最后一根了。"

刘剑妈妈愣住了："为什么呀？"大爷说："这根蜡烛，已经有人预订了！"

刘剑妈妈不乐意了："可是，是我先来的呀，当然要卖给我了！"

话音未落，门外又跑进来一个人，着急地喊道："大爷，我要买的蜡烛呢？"

刘剑妈妈回头一看，来人竟然是李刀的妈妈。不用说，也是为了儿子复习功课来买蜡烛的。

大爷拿出蜡烛，正要递给李刀妈妈。刘剑妈妈喊道："总得有个先来后到吧，这根蜡烛得卖给我。"

李刀妈妈也不甘示弱："明明是我先打电话给大爷的，这根蜡烛得归我。"

刘剑妈妈吼道："打电话管什么用？我人比你先到。"

李刀妈妈喝道："管你人先到晚到呢，反正，是我先订的货。"就这样，两人吵得不可开交。

最后，大爷急了："别吵了！"顿时，两人谁也不说话了，一起眼巴巴地望着大爷。

大爷苦着脸说："你俩听我一句劝行不？这根蜡烛对半分，这总可以了吧？"

刘剑妈妈摆摆手说："不行！半根蜡烛根本不够用！"李刀妈妈也摇摇头："就是！大爷，您卖给我吧，我出十倍的价，给您十块钱！"

刘剑妈妈赶紧说："大爷，我出三十块……"李刀妈妈说："我出

五十块……"两人声音越来越响，价格也越抬越高，谁也不让谁。

最后，大爷猛地敲了敲玻璃柜台，喊道："别吵了，这根蜡烛，我谁也不卖，你们回去吧。"说罢，转身进了里屋。这下，两人傻眼了，只好悻悻地走出了小卖部。

突然，两人感觉眼前一亮。原来，不知什么时候，小区竟然来电了。一个个窗户里，露出一盏盏雪亮的灯，比任何时候都要美。

于是，两人急匆匆地往家赶。刘剑妈妈回到家，打开门一看，屋里黑乎乎的，刘剑竟然不在家。与此同时，李刀妈妈也回到了家，屋里也一片漆黑，李刀也不在家。

顿时，两人异口同声地喊了起来。很快，她们在楼道口相遇了。这时，两人也顾不上吵架了，结伴下楼找孩子。刘剑妈妈担心地说："怎么办？这深更半夜的，孩子不会失踪吧？"李刀妈妈赶紧安慰："不会的！孩子都这么大了！"

很快，两人在小区花园里发现了两道亮光。走近一看，刘剑和李刀正借助各自手机发出的光亮，在亭子里下棋呢。亭子里不时传来欢声笑语，在黑夜里显得格外轻松，格外温暖。

两个妈妈你望望我，我望望你，一句话也说不出来。

（题图：佐　夫）

暗语妙用

□ 陈新祥

王二是个小偷。这天，他带着徒弟小毛上了一辆公交车。找好目标后，王二示意小毛下手。小毛战战兢兢地走到目标身边，犹豫半天也没敢下手。

王二暗暗着急，忽然想起以前曾教过小毛一些小偷间的暗语，便掏出手机装模作样地打起电话来："喂，老婆，我钱包放在'二楼'房间里了，你赶紧给我送过来。"

"二楼"在小偷暗语中代表的是

上衣下口袋。小毛当然听得懂他的意思，便壮着胆子向目标口袋摸去，可是一无所获。

王二眉头一皱："什么？'二楼'没有？那你再上'三楼'找找。"

"三楼"的意思是上衣上口袋。小毛依言而行，结果仍是空空如也。

王二眉头皱得更紧了："什么？'三楼'也没有？那你到'南北房间'再找找嘛！"

"南北房间"意思是裤子两侧口袋。小毛刚想动手，王二似乎有了新发现："算了，你还是重点找'朝南房间'吧。"

小毛听后，向目标左裤袋摸去，果然掏出一个钱包来。王二见状心花怒放："找到了赶紧给我送过来。"说完，他乐呵呵地"挂"了电话。

这时，身边一个戴眼镜的男子忍不住调侃道："大哥，你真能折腾人！一会儿'二楼'，一会儿'三楼'，一会儿'南北房间'，整得你老婆满楼跑！"

王二尴尬地笑了笑。这时车靠站了，他赶忙带着小毛下了车。

小毛交上钱包后，王二正喜滋滋地准备"入库"，谁知手刚往裤子后面的口袋一插，脸上的笑容瞬间僵住了。小毛忙问怎么了。王二看了眼远去的公交车，跳脚骂道："该死的眼镜仔，竟趁我指挥你'翻楼'疏于防范时，把我的'后院'给劫了！"

处处有新闻

□ 张运国

小陈是个见习记者。这天，他在街头看到一个人掏出火柴点烟时，"哧"的一下，火柴梗断了。

小陈顿时有了灵感，连忙写了一篇报道，批评现在的火柴质量太差。稿子写好后，他便拿给资深记者大胡看，请他提意见。

大胡瞥了一眼稿子，不屑地说："这么普通的一件小事，一点新闻价值也没有。要写好这样的报道，就要进行定量研究，等得出实实在在的数据后，再写才有说服力。"

有了大胡的指点，小陈忙跑到超市买回十盒火柴，然后在家深入研究起来。他耐着性子，一根接一根、一盒接一盒地擦着火柴。等十盒火柴全擦完，小陈惊讶地发现，断梗的居然很少，根本无法支撑原先那篇报道的观点。

小陈正唉声叹气，突然他脑子里灵光一闪，有了新的写作思路。

第二天，小陈找到大胡，兴奋地说："我擦了整整十盒火柴，忙了一个小时，发现断梗率很低，所以我换了个思路，写了一篇报道，是表扬火柴质量的。"

大胡一听，指着小陈的稿子，恨铁不成钢地说："这报道还是一点新意也没有，一来现在用火柴的人很少，没人关心这个，二来这样的报道会让人感觉是花钱买来的广告，只能引起读者的反感。"

小陈顿时像霜打的茄子蔫头耷脑的，半晌说不出话来。

大胡却忽然哈哈大笑起来，说："我倒有个好点子，别忘了明天看报纸。"

第二天一早，小陈急急忙忙翻看当天的报纸。他在二版头条上看到大胡编写的消息，题目叫《一屌丝闲极无聊，一小时擦十盒火柴玩》。

最忙的人

□ 卜一轩

吴老汉的三个儿子都在县城。快过年了，吴老汉天天盼着儿子们回来，可眼瞅着快大年三十了，三个儿子一个都没回来。吴老汉急了，逐个打电话过去催。老大开了家店，正忙着查账。老二做承包工程的，正忙着给方方面面的关系打点年礼。

吴老汉摇摇头，又打了老三的电话。老三两口子最没本事，一个是水

电装修工，一个是推销员。吴老汉心想，你们俩总没啥要忙的吧。哪知一问，老三也说有点收尾工作没做完，最快也得明天才能脱身。

好在第二天，老大老二都带着妻子和孩子风风光光地回来了。偏偏是吴老汉心目中最不忙的老三，过了中午仍不见人影。

一打电话，原来老三媳妇还有事没做完。"你们哪！"吴老汉叹道，"钱哪能赚得完呢，你们就不能给自己放一天假？"

后来又打了两回电话，老三都说快了快了，可就是没动身。别人家都开始放鞭炮了，吴老汉再也忍不住了，气呼呼地叫上老大："去，跟我去接孙子小明回来算了，让他们夫妻俩在城里过年吧！"

老大开上车，载着吴老汉往城里赶。哪知到了老三家，两口子都在，却没见孙子小明。

吴老汉气呼呼呼地问老三："小明呢？让他先跟我回去，你们忙完再回吧。"

"爹，不行啊。"老三说，"小明现在没空，我们这不是在等他吗？"

吴老汉愣了，一个才七岁的小屁孩能有啥忙的？

"小明在上补习班呢。这辈子我在兄弟几个中最没出息，所以绝不能让小明输在起跑线上。"老三解释说，"放心吧，还有半个小时就下课。"

诊断书

□ 张志华

小原住院时，勾搭上了一个在医院食堂打工的女孩，出了院就吵着要跟妻子离婚，妻子坚决不同意。

这天晚上，小原喝了点酒回家，借着酒劲儿，他决定给妻子点颜色看看。他进厨房拿了根擀面杖，瞪着眼逼近妻子。妻子见他如此凶神恶煞，没等他发飙，就说："你不就想离婚吗？何必动粗呢，这事我同意！"

小原没想到妻子会这么说，扔下擀面杖，扑通跪下说："谢谢媳妇儿，感谢你成全我！"

不料，妻子冷笑道："你得答应我一个条件，把狐狸精带来，我要检验检验她，看她对你是否真心。"

小原怕妻子耍花招，本不想答应，但妻子撂下句话："愿意的话，明天上午见，否则，离婚的事免谈！"小原只好答应了。

第二天上午，小原果真将女友带来了。妻子见了小原的新欢，并没有大吵大闹，她只是平静地递给她一张纸，示意她看看。

女友看过后，狐疑地看看小原，突然狠狠地扔下纸，骂了声"骗子"，捂着脸跑了。

小原觉得莫名其妙，他捡起地上的纸，仔细一看，竟是前阶段他住院时医院出具的诊断书，诊断结果是：他患了胃癌！

小原顿时蒙了："你不是说，我得的是胃炎吗？怎么变成了胃癌？"

妻子面无表情地说："我本想瞒着你的，是你逼我说出来的！我原本不忍心把你这个病入膏肓的家伙交给别人，她如果非要，我就给她……"

听到这里，小原一下子瘫倒在地。妻子看也不看他，拿起诊断书，转身进了卧室，偷笑道："哼，想跟我离？我姐能治好你的病，也能让你患上不治之症！"

有话直说

□ 方 圆

小吴最近办事要请人吃饭，听说楼下邻居芳芳跟对方是同学，就想请芳芳一块儿去，有个熟人好说话嘛！

可要开口问时，小吴又犹豫了。咋啦？芳芳倒是个热心人，可芳芳的老公老李心眼特别小，疑心特别重，看见老婆跟男人打个招呼都要打个问号，现在要借他老婆去陪吃，能同意吗？

小吴正考虑怎么开口，正好看见

老李开车去接芳芳回来了。小吴灵机一动，上前笑着说："老李啊，天天都去接嫂子，真不愧是模范丈夫啊！"

老李摸着车子，笑眯眯地说："没办法呀，自打买了这部车，你嫂子就挤不惯公交车了，我再忙也得接送啊。"

小吴心下一喜，说："您这么忙，我明天正好要去嫂子单位办点事，我帮您接嫂子得了。"

"啊，不用不用！"老李笑哈哈地一拍他肩膀，"这点时间我还是有的。"说罢，快步上了楼。

小吴一看这招不灵，只好跟芳芳实话实说了。芳芳倒也痛快，说："行是行，就怕我老公知道了不高兴。这事不能瞒着，越瞒他越怀疑。"

小吴点点头说："那就请嫂子跟他说一声。"

第二天一早，小吴在楼梯口碰到了老李。老李一见他，就哈哈一笑："你呀，有话直说不就行了，不就是叫我老婆陪你出席个饭局嘛！"

小吴又惊又喜："你同意了？"

老李说："哎呀，多大点事？我还叫她穿漂亮点哩！"

小吴激动地说："太谢谢你了！"

老李摆摆手，径直朝自己的新车走去，一边掏钥匙一边嘀咕："这家伙，说话拐弯抹角的，我还以为要借我的宝贝汽车呢！借老婆可以，要借汽车啊，没门！"

最了解的人

□ 邓　芸

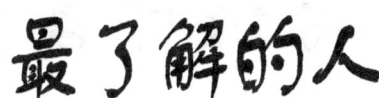

阿明收到了一份尴尬的结婚请柬，发请柬的竟是他的前女友。阿明本来不打算去，后来一想，不去显得自己太小气了，于是硬着头皮去了酒店。

到了酒店，阿明随便找了个座位坐下来。这一桌已经坐了九个人，都是年轻的小伙子和漂亮的女孩子，加上阿明，刚好凑够一桌。

这时，坐在阿明旁边的一个女孩问他："你好，新娘几岁了？她看上去好像有三十岁了。"

阿明愣了一下，然后微笑着说："没有，她……今年二十八岁。"

女孩点点头，接着问："她喜欢吃辣吗？"

阿明有点惊讶，不过他还是很有礼貌地回答女孩："不喜欢。她一点儿辣都不能吃。"

"嗯。"女孩继续问道，"她的父母是干什么的？"

阿明更惊讶了，不过他还是回答道："哦，她老家在农村，父母和哥哥弟弟都在农村。"

女孩点点头说："说实话，我觉得他们生活在一起不太会幸福。"

阿明惊讶不已："为什么呢？"

女孩说："新郎比新娘年纪要小，新郎每天都要吃辣，没有辣椒他就吃不下饭。最重要的一点，新娘隐瞒了自己的身世，新郎向来不能接受农村来的姑娘，更何况她还有哥哥弟弟一帮子农村亲戚。"

"你是男方的客人吧？"阿明忍不住说出他心里的疑惑，"还有，你怎么知道我是女方的客人呢？而且还知道我对新娘这么了解？"

女孩有些奇怪地看了他一眼，然后把桌上摆的一块牌子翻了过来。阿明仔细一看，只见牌子上写着：前男／女友席。

看谁厉害

□ 张静娟

老秦开着一家理发馆。这天，他刚送走一位胖胖的顾客，正要把地上的头发清理掉，忽然跑进来一个瘦子，喊道："师傅，别动！"老秦连忙停住扫帚。只见瘦子一弯腰，从地上捡起一把头发，走了。

老秦心想，莫非这个胖子是什么著名人物？他的头发很值钱？想到这儿，他赶紧命令伙计把胖子的头发收

好，他要跟踪瘦子，弄个明白。

老秦跟着瘦子走了好几条街，最后来到一家鞋刷厂。老秦躲在一边，见瘦子正想进去，不料，被看门的老头拦住了。瘦子忙递过一支烟，说："师傅，我是来谈业务的……"

老头接过烟，望了望说："巧了，那不是业务部李经理吗？"说完冲不远处的一个男人喊道，"李经理，有人找你谈业务！"

很快，李经理过来了，问瘦子什么事。瘦子点头哈腰地掏出一个纸包，说："经理，我想定做一个鞋刷。"

李经理奇怪地问："定做一个鞋刷？那可贵了，一个两百块！"

瘦子咬咬牙说："两百就两百！"说完把纸包里的头发交给李经理。

李经理接过来一看，说："我还以为是什么珍惜动物的毛呢？这、这也太软了，还不如我们厂的猪毛呢！"瘦子却铁了心要做。

李经理只好说："那你等一下，我交给工人，十分钟就搞定！"

十分钟后，李经理把一把崭新的鞋刷递给瘦子。瘦子付了钱，乐呵呵地出了厂。老秦赶紧躲到了旁边。

只见瘦子对着那把鞋刷得意地说："哼，死胖子，我不就是你的秘书嘛，又不是保姆！居然让我替你擦桌子、擦皮鞋！以后我就用你的头发刷鞋，看谁厉害？"

（本栏插图：包丰一 顾子易）